@37°C女人

蠡湖吹雪 著

新华出版社

图书在版编目（CIP）数据

@37℃女人 / 蠡湖吹雪著. -- 北京：新华出版社, 2016.11
ISBN 978-7-5166-2976-5

Ⅰ. ①3… Ⅱ. ①蠡… Ⅲ. ①长篇小说－中国－当代
Ⅳ. ①I247.5

中国版本图书馆CIP数据核字（2016）第277016号

@37℃女人
作　　者：蠡湖吹雪

责任编辑：郑建玲　刘燕玲　　**封面设计：**臻美书装
责任印制：廖成华

出版发行：新华出版社
地　　址：北京石景山区京原路8号　**邮　　编：**100040
网　　址：http://www.xinhuapub.com
经　　销：新华书店、新华出版社天猫旗舰店、京东旗舰店及各大网店
购书热线：010－63077122　**中国新闻书店购书热线：**010－63072012

照　　排：臻美书装
印　　刷：北京文林印务有限公司
成品尺寸：165mm×230mm　1/16
印　　张：17.75　**字　　数：**190千字
版　　次：2017年2月第一版　**印　　次：**2017年2月第一次印刷
书　　号：ISBN　978-7-5166-2976-5
定　　价：39.80元

目录
CONTENTS

序 / 1

第一章　眼见为实 / 1

第二章　心虚 / 22

第三章　雪上加霜 / 42

第四章　家里家外 / 62

第五章　反击 / 82

第六章　假作真时 / 99

第七章　代总裁 / 114

第八章　惊天秘密 / 132

第九章　断舍离 / 145

第十章　谁是内奸 / 159

第十一章　夜未央 / 176

第十二章　戾气 / 193

第十三章　味甜不甘 / 206

第十四章　如果还有如果 / 227

第十五章　站起来 / 245

后　记 / 274

序

有人说，不走进呼伦贝尔，就永远不会读懂那种苍凉雄浑的意境，体味不出飘荡在草原上空悠扬颤动的歌声中的蓬勃葱郁之气，更无法理解这个逐水草而居的草原民族无视万丈红尘的自信与从容。

其实婚姻也是如此，当很多剩女剩男找不到心仪的那个人并以恐婚为借口不愿意结婚的时候，可曾想到，如果你一直懒得去优化自己，那么别人也懒得与你长相厮守。所以，别指望眼瞎的人来爱糟糕的你，就算有那也不会长久。还有些女孩从小得不到家庭的呵护与赞美，骨子里总认为自己不够好，以卑微的姿态和默默的付出，艰难换得想要的被爱。因为带着苦涩的付出，对方感觉就像吃到一个酸橙，虽然可以解渴，但终究不能愉悦。

有人说婚姻是一场精神和地位上的门当户对；还有人说不是在最好的时光遇见你而是有你才有最好的时光；亦有人说婚姻就是彼此在一起感到舒服。无论是大俗还是大雅之语，其实都没有诠释幸福婚姻的全部要义——“奉献、包容、有爱”。

对此在《@37℃女人》里我没有沿着人们习惯的思绪来回答和验证人们的期望，而是围绕“奉献、包容、有爱”来诠释跌宕起伏的婚姻生活，来回答女性们如何当“公主”，怎么当“女王”和妻子。简单说“我是什么样的人不重要，重要的是你能否让我成为你想要那个人”。

近年来，在各种“韩流”的影响下，男人喜欢智慧与美貌并存的女孩；女人则喜欢帅哥与侠义并存外加有钱的男人。这些都没有错。但必须扪心自问：我是他或她的那一款吗？我配他或她吗？很遗憾的是没人在心底去思考这一问题，相反他们觉得自己是最好的那一款。于是在自恋中哀叹好男人难找，好女人难觅。

生活不止是苟且还有诗和远方，其实是一个辩证的统一。

婚姻生活的幸福，既需要物质做基础，更需要文化来铺垫。《@37℃女人》中的安雨就是一个脱离世俗的女人，她在爱情、婚姻、事业和家庭上拿捏得非常到位。在她的世界中，即使知道明天世界要灭亡，她依然会从容地去种下一棵葡萄树。于是在丈夫最骄傲的时候，她没有忘记初心，而是居安思危，学会宽容面对；在丈夫危难时，她沉着冷静面对，最后睿智担当，化险为夷……

婚姻是一条流淌的河，不论在哪个转角掀起波澜，在哪个转角平静安谧，都容不得半点忽视。为此有人说，好的婚姻，一定是无论在残灯耿然的夜晚，还是在风和日丽的艳阳天，都需要用筚路蓝缕的意志，坚定、努力地走下去。

第一章　眼见为实

一

蠡湖岸，风含情，水含笑。

“姐，如果姐夫背叛了你，你还会不离不弃生死相依？”安晴一脸试探地看着安雨，眼神里带着一丝心疼的试探。

“你在说什么呢？我知道你是‘事故’体质容易被伤害，但在我这儿是不可能的事情。”安雨幽怨地斜了安晴一眼，似有无限委屈要倾诉，那张原本细腻白嫩的脸也涨得通红，嘴唇像在颤动。

“我是说万一……”

“我的世界没有万一，倒是你应该早点考虑下个人问题了，爸妈都着急了……”安雨转移话题道。脸上是一贯的从容大度，那是与生俱来的高人一筹。

为此安晴又痛心疾首道：“姐，你怎么就那么自信呢？这世界上什么糗事都可能发生而且在发生的时候你会措手不及。”

“胡说什么呢你！不理你了。”说完她把脸转向浩渺的蠡湖正前方的摩天轮，于是她的心绪像摩天轮一般随风而转起来。

她觉得身处这个时代，每天有太多伪真相在面前晃动。叔本华说，经过自己思考获得的真相像自己天生的四肢——也只有这些东西才真正属于我们。只有保持独立思考和理性思辨，才能真正带来人类智慧的增长。

安晴顿时被抛在云里雾里。

其实她也有爱过，不过爱的不是人。

记不清哪年哪月，流行养“小鬼”，大多数养“小鬼”的人是为发财，或者为了复仇，但她只想让它为她带来一位帅气多金的男友。

她每天很虔诚地供奉“小鬼”，严格按照规矩办事。吃饭的时候多摆一套餐具，喝水时先把水浇到脚边，不管去哪儿都坚持在座位旁留个空位，有什么心事都对着空气低语，她相信“小鬼”能听到她说的话。

“小鬼”跟了她五年，存在的迹象明显有上位复活的趋势。供奉给它的饭菜会消失不见，给它玩的玩具也会被损坏，有时候她在睡梦中听到“小鬼”呼唤她的名字，很温柔很深情。

全身心地付出，几年来她没有交到一个男朋友，曾经有两个男孩对她不错，但和她谈一阵子后就没有了下文。一个男孩忽然玩人间蒸发，音信全无；另一个男孩说他得了病，得赶紧去国外治治。

起初，她一直以为是她的问题，觉得自己不够魅力，性格存在缺陷，或是自己的地位太高他们不配，所以才一直单身，后来她才发现，不是自己本身的问题而是“小鬼”给闹的，不过最终她总结还是她的问题。

第一段恋情就这样结束了，她生气地把“小鬼”扔掉。

安雨蹙着眉，看着远方，像竭力在揣度她话的意思，又像是在欣赏湖光山色。她身上最闪光的一个品质，就是极度冷静，独立思考，尤其是她对事物的判断力，不容置疑。这个品质，依然和安雨的性格一样，如此完美。

而安晴今天之所以这样跟姐姐说话，看似无心，其实有意。

前天晚上，安晴做完节目后路过姐夫的远盛集团，发现远盛集团灯火辉煌，也不知是出于新闻人的好奇，或是见多了的社会现象，还是想从这位帅哥姐夫身上发现点什么，便鬼使神差地走上楼去。

夜有所思，往往源于心有所想。安家所有人的幸福她都放在心上，扛在肩上，尤其是姐姐安雨，她总觉得她像一个受气的主，总怕姐姐受到伤害，于是她认为保护姐姐，就是保护安家，所以义无反顾，铁肩担道。

影子就像魔鬼一样跟着她。台阶上一个趔趄前跨一步，她差点闪着腿，保安扑哧一笑，把她拦在远盛集团大门口，然后借机揩油，眼睛从上到下又从下到上没完没了地搜索着。为此安晴很有些讨厌地说："我是你们总裁的朋友。"

保安看到她一脸骄傲的样子，脸上立即凸显出诡异又带着一丝不屑的神情，回道："我们总裁的朋友太多了，比你漂亮的我也见多了，拿出你的证件。"说着那只比椒盐鸡爪还张狂的手，就一下蹿到她的胸前。

安晴吓得哆嗦的后退了一下，脸一沉，生气地一把搡开了保安。保安一个趔趄，还没等他反应过来，安晴冲了进去。保安喊了几声"站住，站住"，安晴已经进入电梯。

保安无可奈何地摇摇头，又叨念了几句只有他自己听得懂的脏话。

安晴一路上楼，顺畅无比。推开总裁办公室虚掩的门，眼前的一幕让她目瞪口呆——一名年轻漂亮女子正依偎在姐夫祁远盛躺的沙发前，玉指纤纤地给他按摩太阳穴，而姐夫祁远盛则在喁喁细语着，好像很享受的样子。

悲剧在美景良辰中就此发生了。

"你们这对狗男女在干什么？"……安晴愣了一下，反应过来，声嘶力竭地怒吼道。那女子被这突如其来的怒吼吓得一个哆嗦，腾地站起来懵在了那里。

"这是谁呀？"祁远盛顿时酒醒了一半，接着从沙发挣扎起来说道，"哦，是你呀，你怎么现在来了？"……他像是被渡劫了，立刻蔫到极致。

祁远盛觉得她就像一个入侵者，不由分说地打碎了他的梦境，使他感到一种无法摆脱的钝痛，但他的大脑还在游移着，一时间找不到合适的词语来形容此刻的感受。

安晴一看姐夫无所谓的表情，顿时就怒火中烧，说道："我真想给你们两个巴掌，你怎么能做出这样的事！"那愤怒的声音在夜晚显得那么豁亮而回响，她真的举起手来，作势就要落下去。

祁远盛见此，晃晃悠悠上前一把抓住安晴的胳膊，然后对峙地看着对方。

给祁远盛按摩的是集团总裁助理，名叫文琪，是一位典型的白富美。

在发懵中，文琪静静地看着冷峭的安晴，这几乎让她心神失守，莫名地沁出几滴不应该有的眼泪，接着她又慢慢闭上了眼睛，任泪水四溢起来。这样的场面她第一次遇见。

"怎么还委屈了你了？这可是我亲眼所见！"安晴已经被怒火烧得失去了理智，语气中充满了鄙夷。

祁远盛定了定心神，连忙解释道："安晴你听我说，我们什么也没有……"

"啊哈！是不是我来的不是时候？没到关键部位吧！"

祁远盛抚了抚疼痛欲裂的额头，晃晃悠悠地坐下说："今天陪客户喝酒，喝多了，头疼，她不过是帮我按按太阳穴舒缓一下……"在说这番话时，他心里的血仿佛从一个隐秘的伤口，津津流走。

"说你脸厚，我都不信，看来真的不薄。那是不是你想按摩哪儿，她都要配合你？"安晴说着语气更加严厉道："好吧！今天就成全你们来个现场直播！"说完就举起手中的便携式摄像机。

对此，祁远盛也生气了，干脆摆出一副没做亏心事不怕鬼敲门的样子道："随便你怎么想，要拍你就拍吧！最好拿到你们电视台去播出来。"说着还把文琪拉到沙发上并排坐下。

"你这还真是'死猪不怕开水烫'啊！"安晴下颌顿时痉挛一下，泪水涌出，随手将摄像机摔了过去，便转身离开了。

泪水伴着她的飞奔砸落在远盛集团的走廊上，这时安晴才相信男人不是不出轨，而是看有什么样的“鬼”在等他。安晴很是为姐姐的不幸而难过。

“等着吧，祁远盛！始乱终弃，你一定会死得很惨的！”

有人慧眼识珠，有人牛眼识草。

安晴愤怒地跑出远盛大厦，一阵寒风扑面而来，她踉跄地止住了步子，开始擦拭着眼泪整理头绪，思考着该怎样将看到的一切告诉姐姐。

“不能告诉姐姐，她正怀孕中，受不了这样的刺激……更不能告诉父母，他们的身体承受不了这样的痛苦……”

多少次在影视剧中见到的狗血剧情，居然一下子发生在自己家人的身上。

安晴拖着沉重的脚步回到家里。推开家门，没想到父母还没睡，并和姐姐安雨在说着什么。这让安晴意外的同时，想起白天的事情，险些一下子泪奔而出。

“你的眼睛怎么这么红？”父亲很是意外地问。

安雨也半认真半打趣地问道：“是呀，怎么回事，我们家的女神？”……她眨着美目，颇为不解。

安晴闭眼连忙整理情绪，摆出平时一贯大大咧咧的样子，用二次元少女的口吻道：“谁敢惹我呀？可能是刚才风大吹得迷了眼吧……”说完就径直走向了卫生间。

“你不能这个样子，知道吗？你要挺住！”安晴看着镜子里的自己，警告道。可是眼泪还是止不住，稀里哗啦地往下流，她干脆脱衣服洗澡并大声叫道：“姐，帮我把洗澡的衣服拿来。”

听到她的叫喊，安雨看着妈妈嫣然一笑，责怪道：“这货真是长不大的主！”但还是起身给她去拿衣服去了。安母见此连忙阻止道：“你别动，你别动，我来我来……你现在可是我们家的重点保护对象。”安雨甜蜜地一笑，又坐了下来。

妈妈的话的确没错，这次怀孕确实来之不易。和丈夫祁远盛结婚八年，一直在努力，却因为输卵管堵塞，多年不孕，然后就穿梭于各个医院的不孕门诊。正当她心灰意冷写好离婚书的时候，突然一个早上开始恶心呕吐起来。

到医院一检查，绝望中有了希望，她居然怀孕了。

她喜极而泣。

记得半年前，她几次试图表达，如果今年再不能怀孕就准备离婚时，丈夫祁远盛总是各种岔开她的话题，这让她很是感动。但在感动之余她还是决定准备结束这段幸福的婚姻，尽管她是那么舍不得，但为了丈夫，为了满足他父母的心愿，她必须这么做，因为她爱他。

热水从头顶一泻而下，安晴的灵魂仿佛在一点点贯通，泪水慢慢止住。

她想，如果姐夫回家如实向姐姐坦白今天的事情，她或许会考虑原谅他，权当是馋嘴的狗，偷吃了人家的一块肉，教训一顿就算了。如果姐夫像许多偷腥的男人一样提出离婚……她一定会利用她在电视台的人脉，让他和那个女人身败名裂……

血脉贲张中，当她想好一切对策走出洗漱间时，发现父母已经去睡觉了。姐夫祁远盛不知道什么时候来的，正和姐姐说着什么。安晴刚刚整理好的情绪又在一瞬间被推翻，眼睛里都在喷着火焰，夹杂着阴暗冷漠的利箭。

一个瞬间对视，祁远盛就窥破了她想干什么似得败下阵来。

"哎呀姐夫，这个时候怎么有空来呀？你的好事忙完了？"安晴皮笑肉不笑地说着几句不咸不淡的话，顺势坐到祁远盛对面的沙发上。

安雨见妹妹穿了件浴袍，似芙蓉出水般清丽，尤其是雪白的大腿裸露在外，坐在一个男人面前很是不妥，便借故责怪道："你辛苦一天了，快去睡吧，我要跟你姐夫回家了。"边说还边使着眼色。

谁知，安晴像是故意装作没听见一样，接着说："今天正好不累，想和姐夫好好聊一聊今天专题采访的事情，不然我一晚上也睡不着。"

安雨一愣，很奇怪地问："专题采访？你采访他干吗呀？"

"当然是宣传大企业家如何带领妇女儿童搞万众创业的伟大事业呀！"安晴从座位上站起来阴阳怪气说道。

安雨有些不明所以，又看了一眼丈夫祁远盛阴沉的表情，反问道："你说什么呢？"

安晴看姐姐一脸的迷茫，故意夸张说：“就是创造妇女儿童呀……姐你不知道吧，这大企业家都是吃里爬外的人，一边损害着自己国家的利益，一边与外国狼狈为奸……所以得经常来个专题采访。”

安晴的话越说越难听，祁远盛为此很难堪，可他又不能生气，于是急中生智巧妙地接过话题道：“我们可不是那种吃里爬外的企业啊，我们赚国人的钱，绝对花在国内，不像一些人坑中国人的钱，跑到国外去肥水只流外人田……”

“得得得，肥水有没有只流外人田，我可清楚得很！”安晴一脸的“我不相信，相信你才怪”。祁远盛被抢白得插不进嘴，第一次解释宣告失败，不过他依然在努力地语带深意地做着解释，说：“有时候事实不一定是真相，真相不一定是事实。”绕口令样，千言万语，汇成了句毫无新意的话。

眼看陷入僵局，安雨赶忙出来打圆场：“什么肥水只流外人田的，快去睡吧，不嫌累。”

“姐你可不知道，现在男人往往说在外喝酒不回家，其实就是在肥水只流外人田呢，你可记住了啊！”

祁远盛用救助的眼神看了安晴一眼，感到身上每个细胞都是那么沉重怏怏地低下了头。

这一切都被安雨看在眼中，她连忙说道：“大家都不容易，你睡觉去吧，我们要回家了。”说着她就伸手做出让丈夫祁远盛扶着她的动作，结果被安晴抢先一把拉了过去说：“姐，今晚你不许回家，跟我睡。”

“别闹了我的好妹妹，我这样子跟你睡也不方便，你姐夫明天还要工作呢。”安雨说完，挣脱了妹妹的手。

“姐啊姐，”安晴非常失望道，“你就是太善良，太傻了……”说完她又狠狠地鄙视了祁远盛一眼。

没想到祁远盛突然不甘示弱地接着她的话说：“傻完了就长大了，还不知道谁傻呢。”说完逃跑似的重重关上门。

蠡湖有时候就像一位温柔的少女，风光旖旎，惹人遐思。可有时候又像一位暴躁的少妇，波涛汹涌，让人恐惧。

同样的灯光，同样的夜幕，灯光闪烁间，仿佛一片预示着末日来临的征兆，把这里染成了肃杀的绝地。

“走吧，我们回家吧。”安雨打了一个寒战，提议道。安晴“嗯”了一下跟在身后。

二

“动也不能动，喊也喊不出来，还有人在掐肚子，妈呀，吓死宝宝了。这是鬼压床吗？”黑夜与白昼对调，梦境变成现实。安雨沉浸在将为人母的幸福之中，这梦把她吓得不轻。

“宝贝，亲爱的宝贝，欢迎你来到我们这个大家庭，有爱你的爸爸妈妈、爷爷奶奶、外公外婆，还有期待你的小姨呢……”说到这儿，安雨下意识地抚摸了一下肚子，“你这个小姨什么都好，就是脾气不好，还特别疑神疑鬼的。但是呢，我相信她会超级喜欢你，她会给你买最漂亮的衣服，带你出去玩，你一定会喜欢她的。”

“对了宝贝，你爸说让你老老实实的，别折磨妈妈，周末带你去吃牛排，陪爸爸妈妈一起度过八周年纪念日，爱你……”

走进历史的母爱是崇高的，融入生活的母爱往往是繁杂的。

迷迷糊糊地听着妻子的自言自语，祁远盛眼里已经溢满泪水，他努力地控制了下情绪，起来走进厨房去给安雨热牛奶。

人一清醒就后悔。他开始后悔今天喝酒，更后悔让文琪扶着他上楼，不然这一切就不会发生。

“老公，今天安晴真的到你单位采访了？”安雨知道她这个妹妹有时候疯疯癫癫的，因此很是不确定地问道。

“是的，也不知道今天哪阵风把她吹过去的，说非要采访我，结果被我拒绝了还很不高兴。”祁远盛脸上的尴尬如流星般划过，搪塞道。

安雨为此放下手中牛奶杯，好奇道：“自己人这么好的资源干吗不用啊？

帮你免费做广告宣传一下不是很好吗？”

“这企业吧，关键在于质量和创新，不是靠电视上有声音就能发展起来的。”

“不对吧，现在宣传炒作也很重要啊，你看电视上的那个‘累了困了喝X虎’，小孩子们就都记住了，”说完她又补充道，“你看那些明星为了出名，把隐私都抖出来了。”

祁远盛扑哧笑了出来，说：“记得那年我到德国考察，发现卫生间里的马桶水箱居然藏在墙里面，硕大的冲水开关也是嵌在墙里的。我就想，若是水箱里的零配件坏了，非要砸墙不可。但德国人就有这技术自信，相信那水箱及其零配件用上几十年也不会坏。”

“真的呀？”安雨闪烁着美丽的大眼睛说，“不会吧？”

“在德国待的时间越长，就会越来越多地发现隐藏在平淡无奇中令人震惊的细节：为什么德国的道路几乎看不到积水？为什么德国锅那么经久耐用？为什么德国看不到乱七八糟的电缆电线？”

安雨对此也感触道：“对对对，你说得不错，做企业关键还是在于质量和创新，还要有匠心精神，这些年国人老跑到别国买马桶盖就说明这个问题。”

“没错，是工匠精神，没想到咱媳妇还很紧跟时代呢。”祁远盛打趣道。

安雨嫣然一笑说：“对了，老公，我决定再过两个月就不上班了，在家安心养育我们的小宝宝。”……“当然好啊，你终于想通了！”祁远盛随即惊喜地说，“几年前就让你在家当全职太太，你却不愿意……”

安雨脸上露出难为情的表情道：“那时不是因为没有小家伙，一身轻的嘛。”“不是吧，好像是舍不得丢掉你伟大的事业吧！”说完他就去给她放洗澡水。

安雨为此嘿嘿一笑算作回答。

这时安雨想起当初祁远盛为了让她在家当全职太太吵架的情形，那也是他们从恋爱到结婚以来的第一次吵架。

那天，祁远盛从集团加班回家，大概累了的原因，回家后便重重地一屁股坐在沙发上，丢下文件包就催促说：“快去给我放洗澡水。”……可是那天安雨也在注册会计师事务所忙了一天，又加上老朋友的“光临”，非常疲倦，头重脚轻。听到丈夫的话后，她还是努力地走向洗漱间。没想到刚放好洗澡水，丈夫又伸手要喝水并希望她能放点柠檬汁，安雨很是无可奈何地去冰箱寻找柠檬。

忙活半天后，她想歇一下的时候，这时他却从洗漱间出来，说：“我饿了，还没吃饭呢，能不能帮我做碗面条？”

“你就不能体贴一下我吗？”安雨有气无力地说道。“我也上了一天班很累啊！”

祁远盛顿时火冒三丈起来，说了一堆“我养得起你，你这才赚几个钱，作为女人就应该相夫教子，在家安安静静地等待丈夫下班，许多女人想这样的生活也想不到……”之类的话。

那天，他似乎愤怒得特别理直气壮。安雨气哭了。

那往昔的爱一幕幕从记忆中捞了出来，带着淡淡的酸涩苦苦地挣扎着随风而来。

于是，在有气无力的挣扎中，安雨的小宇宙也爆发了：“告诉你，祁远盛，当今时代，新的夫妻关系是各自独立的，养家是共同的，教子是共同的，买车购房也是共同的责任，你别把别人不当人，别人就非要矮人一等。”

安雨一直觉得，爱是婚姻最后的庇护所，当这座全身心构筑的城堡坍塌之时，也就是婚姻走向灭亡的时候了。

没想到一向温顺的妻子如此暴躁而振振有词，几秒钟后，祁远盛又很气恼地说：“这女人生来就是相夫教子，过悠闲生活的。大雅的东西终归是要大俗来滋养的，否则女人的从容雅致怎么培养？你的丈夫有能力为你提供这一切，你为什么还要跟自己过不去？”

安雨觉得，这是丈夫第一次说出这么有智慧的话。尽管她心里是认同的，但嘴上还是不依不饶地道：“远盛，我告诉你，有一种女人，她们人格独立、思想独立，情感也独立。她们花的是自己挣来的钱，还具备了贤妻良母的素质。既有公主的病，还有一颗女王的心！”

原本是一句女人们在网络上的随意调侃，可在祁远盛听来句句如针刺骨，他更加生气道："一个穿梭于男性群体，天天风风火火同男人抢饭碗的女人和一个高雅精致的女人，谁更吸引男人的眼球？哪一种生活更舒服？不用想也知道，就看有没有勇气舍与得。做全职太太是冒险？那当初选择结婚岂不是一场更大的赌博？"

随着他的话语落地，安雨大叫一声："你也太大男子主义了吧？是的，我不会去冒险！"说完就将沙发上的抱枕飞了过去。

没想到祁远盛却又补了一句："当今社会真是世风日下，让畜生上床不让人上床，给畜生买口粮不养老娘，女人不愿相夫教子……真是风气败坏，道德沦丧……"

"那你去找那个不道德沦丧的人呀！"

祁远盛愣了一下，刚想说话，安雨却已经起身走进自己的房间并将房门反锁了起来。

在接下来的几天中，祁远盛开始反思自己是不是找错人了。记得曾在一本书上看过："比较好的婚姻模式是两个人都感到比以前单身更好了，这是两情相悦的情况。所以找相互喜欢的，愿意为对方付出，因为对方的出现而感到幸福。"

而现在，我给她幸福了吗？她给我幸福了吗？……这么一想，祁远盛惊出一身冷汗。妻子安雨现在在注册会计师事务所工作，还担负着审计部长的职位。应该说这一职位一半来自她的业务素质，一半来自她对人生理想信念的追求，就如同她当初不顾千山万水去见他一样。

祁远盛和安雨是高中同学，那时他亲昵地称她为"小绵羊"。之所以这样称呼她，因为那时她跟所有灰头土脸的女生都不一样，她长相孱弱但五官清秀、皮肤白净，连土气的校服穿在她身上都仿佛是仅此一件的绝版。所以当老师宣布他与她成为同桌时，他的心里惬意极了。

他们一起谈偶像、谈化妆品、聊好吃好喝的，然后深深确信，彼此是高山流水遇知音。

早恋，悄然萌芽。

不过这事很快就惊动了老师和家长们。安雨的父亲找老师、找校长，但是他们并不知道自己错在了哪里，义无反顾地继续在一起，直到祁远盛在老师和校长不断的谈话中，一气之下选择了退学。

安雨为此很伤心。

随着祁远盛的退学，所有的一切好像都化为了平静。日子过得风淡云清，但彼此心里并没有放下。

祁远盛入伍后，来到千里之外的东北地区。一晃两年多过去了，在训练学习之余，便在网络上试图与他的小绵羊联络，没想到，众里寻她千百度，她却已在风雨同行兼程中。

伊人未变，祁远盛又发起了猛烈的攻击，一天一封情书，安雨幸福无比，得瑟地在 QQ 空间大晒情书，引得大学同学好不羡慕起来。

那次，安雨一激动就飞到了东北，然后再坐七个小时的大巴车，到了祁远盛部队驻地。而祁远盛作为义务兵不允许恋爱，部队管理严格，他们的相见时间只有两个小时。

就为了这短暂的相聚，安雨花了一个多月的伙食费，还要在路上折腾两天。好在大学里管得松。正是这么艰辛的相聚，她依然幸福得不得了。

回到学校后，她首先把他们 kiss 的照片放到空间里，帅哥美女的亲昵照立即引得好多帅哥控们，大呼此生不枉来一遭。

东北地区风景优美，群山连绵、蓝天白云的映照下，他们的相拥在一起的甜蜜格外清澈自然。

有一张照片特别感动大家，照片上的祁远盛晒成了褐色的皮肤，看起来成熟得像史泰龙的年轻版。安雨一脸浅笑地靠在他的胸前，长发在微风下散落在他俩的脸上，仿佛他们早已经相互交融不分彼此。

祁远盛在照片下留言："你若不弃，我必生死相依。"安雨很快回复："我若牵手，一定白头！"

爱情或友情，都需要一个会做而不是只会说的人……三年以后，祁远盛退伍了。终于结束了远隔千里的相思，他们像许多恋人一样，很快地同居在一起，过上了幸福情侣的生活。

安雨家人知道这一情况后，苦苦相劝：“嫁给贫穷的婚姻是靠不住的……”

安雨却只是淡淡一笑说：“不试你怎么知道不幸福呢？”

这时祁远盛才明白，爱情也好，婚姻也罢，其实你看到的往往是不真实的，就像你的担心是多余的一样。那时的他觉得，安雨便是他等了一辈子的幸福。

想到这里，祁远盛又记起小时候他趴在月亮下等着看对面屋里放电视剧一样，等待这件事情总不是那么轻松的，时间总是那么漫长的。所以，终于等到了这个仿佛等了一生的人，又怎么能不好好珍惜呢？……他决定找安雨好好谈一谈……

三

窗外，一朵朵杜鹃仿若化蝶从无尽的春色中翩跹出来。鸟儿的声音鸣啭悠扬，清丽潺潺，一寸一寸把思绪照亮。

“你到我办公室来下吧。”电话响起的一瞬间，文琪的心脏骤然一个收缩。不过随着电话接通，一听他口气与平时并无两样，于是她松了口气，放下电话后就向总裁办公室走去。

“别想那么多，人还不都是跟着奈何在走。”文琪想着。

昨晚文琪回到家中，找出日记本对这段充满禅意的“心经”进行了好一番研习，发现脸上像挨了一巴掌似的火辣辣地疼。于是两行热泪如洪荒大雨，一泻千里。然后，当清晨的阳光轻轻穿透粉红色的窗帘，她感觉世界的温柔爱意，正在慢慢浸染。

世间万般技艺宛如爱情，若到深处，皆可具有鬼斧神工之妙，几近通灵之径，为之心醉为之疯魔，乃至忘记其他万物甚至无视生死。那种迷恋在佛家看来，是否也是一种执念？佛乐度人，所谓放下屠刀立地成佛，苦海无涯，回头是岸。

不曾拿起，何谈放下？文琪给人的感觉应该是一个比较西化的女孩，从高中就到国外学习生活，自然学的也是西方那套文化大观，但她骨子里还是一个很中式甚至带着禅意的女孩。大概是她觉得洋文太肤浅扎不下她的根，在国外大学毕业后，又回到中国研习佛学，考上金嶺佛学院。

如此中西合璧的文化交汇，无论是气质还是心性，都让这个女孩子看起来如此与众不同。

“总裁……”文琪推开门后，一脸公事公办地问。

祁远盛快速地瞟了她一眼说：“坐吧，我有事要跟你商量……”

她闻言，眯起眼，嘴巴随之微嘟，稚嫩的面孔上婉转游动了几丝天然的青春娇态。祁远胜怎么也想不出，她这种富家娇生惯养后代不应该有这样的气质风华，而且全是经年富贵温养出的清雅。

“干吗这么欲言又止的，”文琪坐下后喧宾夺主催促道，“不像你的风格啊？这样，你也……”

“这样我想给你安排一个更具挑战的工作，咱们也要做到人尽其才，让有才能的人干成事……去担任集团的销售总监怎么样？”

一听便知道他的用意，文琪轻蔑地看了他一眼，说道：“你这是想赶我走吧？”真言一出，立即就炸掉他心里的伪装。

“不是，不是，真的不是。你看这集团的销售月月下滑，你不帮我谁帮我啊……”祁远盛假装哭丧着脸解释道。

“你是不是因为昨天的事？”她闪烁着一双清澈如水的眼睛问。

这是如此漂亮的一位女孩，谁要娶她为妻才配得上艳福不浅这四个字，祁远盛想着想着，全身热起来，为此他盯了一眼后，躲避着回答：“当然不是！我们又没什么！”

文琪还是不相信站了起来，围着他转了一圈，像是在寻找什么蛛丝马迹似的，然后又不甘心地问道：“那本小姐我要是不去呢？”

“你实在不去我也没办法啊，”祁远盛以退为进道，“谁叫你爸是我的上帝呢。”

说完他又自言自语道："高素质的人，人帮人，帮来帮去帮自己，互相成就了彼此。素质一般的人，人比人，比来比去气不顺，心生嫉妒恨。低素质的人，人整人，整来整去整自己，害人又害己。"

"这话还差不多！不过我告诉你，祁大总裁，我爸之所以让来你这儿当总裁助理实习，是让我来学习管理，将来要担负文氏集团重任的，如果你是因为昨天的事，那就太让我瞧不起你了。"她接着又说，"再说我爸也看你是个人物才愿意帮你成就一番事业……"

文琪说话的时候，一如既往的傲，傲得俏脸带笑，吸引得祁远盛不得不投去全部目光。

"好了好了，我都知道了。就这么定了啊！"祁远盛随手从冰箱里拿出一瓶饮料递给她，并做出一个"请离开"的动作。谁知，一赶一拉，又"烧香"引出"神"。

"干吗，这么快就想赶我走啊？难道我就这么令你讨厌？告诉你祁远盛，刚才咱们说的全不算，姐我干吗要听你的！"文琪说完，一屁股坐在沙发上玩起了手机。

祁远盛苦笑了一下，扶额，心想，这白富美怎么老是不按常理出牌，变脸比变天还要快。为此他有些生气道："你成心是不是？"文琪答："哇，这你都能看出来，真是太聪明了。"说完还伸出她那白嫩的纤纤拇指挥了挥。

谈判由此又进入下一个环节，祁远盛从聪明能干到通晓中外再到如何善解人意的各种称赞，再到打出两家关系坚如磐石和朋友友谊情深似海，目前已经上升到全面战略合作伙伴高度，等等，可谓费尽了口舌，还不能让她满意。

文琪听着听着，缓缓地摇着头，大有这一票一定要捞足的架势。面对祁远盛的黔驴技穷，一脸颓败样子，文琪觉得"要价"的底线一到，她在突发奇想中，又计上心来"退让"道："我现在同意了，但你每周必须陪我吃一顿饭，否则免谈。"

祁远盛想都没想就答应了。

双方这才达成协议。望着文琪离开的背影，祁远盛深深地松了一口气，感叹“不是冤家不聚头”，思绪也随之代入进来。

那天他去江南大学商学院参加一个企业高管班。第一次进大学校园，本来就有些紧张加好奇，当他来到大学东门前，从自行车跨下时仅仅慢了半拍，被神情严厉的门卫叫住。

那是7月间，学校旁边紫罗兰的炽热香气与保安的气势相得益彰。面对门卫的质问眼神，他连忙解释说是到商学院参加企业高管培训的。可是门卫愣是不相信地看着他不说话，意思是“老板都开豪车，你这是在懵谁呢”。

人在屋檐下，不得不低头。祁远盛只好拿出邀请函，门卫审视一番后，发出一声极不情愿的“哦——”然后满脸褶子笑成了一朵大菊花，慢慢收缩后，朝大门做了一个“请”的手势。那样子又虔诚，祁远盛觉得这些人的变化实在太快了。

他飞速地跨上车，结果随着自行车的惯性向前一冲，便跟左边道并行的小轿车撞了个正着儿，侧身碰撞，他便“扑通”一下，结结实实地摔在了水泥地上。

“先生，你会不会骑自行车？”从小轿车上下来的是一位年轻靓丽的女子，说话的时候嘴里还散发出柠檬味的口香糖味道。祁远盛不知咋地，突然有些难为情，脸上泛起微微红晕。

年轻女孩想伸手拉他一把，可祁远盛已经从地上站起来了，连声说“对不起”……

“检查一下摔伤没有？”听着声音，祁远盛才认真地打量了眼前的女子。一件带银色的条格连衣裙，清澈明亮的瞳孔，长长的睫毛微微地颤动着，睫毛上还挂了一层晶莹的小颗粒。白皙无瑕的皮肤透出淡淡红粉，薄薄的双唇如玫瑰花瓣般娇嫩欲滴。

“我没事，你看一下你的车有没有撞坏。”……祁远盛向来不在乎这些皮肉苦。因为他在父母“从小不动，长大无用”的散养方式培养和“三岁看小，七岁看老”的推波助澜中，练就了“金刚不坏”之身。

眼前的女孩却眉头紧皱道：“你都流血了……走吧，得带你上医院看看……”在怔怔之中，祁远盛被推进了她的车里，发现车内还有一名中年男子。于是女孩作了一下自我介绍后，又介绍了车内男子的身份，这个中年男人竟然是商学院请来的嘉宾。

中年男人叫文胜旗，女孩叫文琪。

往事越千年，旧事撩人心。

思考结束一睁开眼，祁远盛发现小姨子安晴不知道什么时候已经神不知鬼不觉地杵在他眼前，并在用一种审视的目光打量着他。

“你是人还是鬼？”……祁远盛一个激灵坐了起来。

“不做亏心事，不怕鬼敲门，知道吗？”安晴一脸审判官的味道。

赤子之心，坦荡无尘。无路可走时，往往会狭路相逢。祁远盛顿时火气冲天，道：“我做什么亏心事了？你是像农村那种泼妇把丈夫捉奸在床了？还是干什么事被你看到了？你说，你……”

安晴一听他故意用上“泼妇”二字，虽然很是生气，但她并没有强烈反应。她知道他一时找不到合适的恶毒字眼来贬她，不知道姐夫与小姨子如何面对这样的局势对话。

“哟嗬，值得你这么激动啊？难道那天我见到的全是假的？忘了我是干什么的了吧？”

“你看到了又能咋样，事实不一定是真相，有本事你就去告诉你姐和你爸妈吧。”祁远盛说完挥着手示意让她赶紧滚蛋，那样子已经崩溃到极致。

失望之色一闪而过。

气不打一处来，她原本只是想来拿回昨天忘记带走的摄像机的，但现在她改变主意了，瞬间就提高嗓门道：“好呀，祁远盛，你敢把你昨天跟那女的事儿再重复一遍，这样我也算佩服你是真爷们了。”说着就打开手机录音录像。

祁远盛胸中的怒气像管涌样直往上涌，因此不示弱地说道：“我就跟女助理在一起了，怎么样？怎么样？你去告诉你姐吧！大不了就……就离婚呗！”

听着隔壁的争吵此起彼伏，正在收拾文件的文琪有点儿听不下去了。心想，你不就是小姨子嘛，有你这样教训姐夫的吗，别说你姐夫一身干净没事，就是有事也不能像你这样多管闲事的吧。

想着想着，她犹豫中推门走了进来，说道："哎呀，你这还真是阴魂不散啊？"

真是半路杀出一个程咬金。文琪的这话明显是火上浇油。见他们沆瀣一气，安晴哪受得了这样的气，便调转枪口呵斥道："你们这对狗男女还真是配合默契呀！那好，今天本小姐就听听，看看你们究竟多么无耻！"

斗牛者遇到牛。文琪一听正中下怀，斜睨了安晴一眼，诡异一笑道："我和祁远盛早就在一起了，不过细节嘛，不便透露。"说着故意往祁远盛身上靠。

眼见事态就要失控，祁远盛一挥手做了一个躲避文琪的动作，阻止道："你胡说什么呢？谁早就跟你在一起了？出去，出去！谁让你进来的！"就推着文琪出门。

女人间的战争总是充满了变数。祁远盛越是怕事情闹大，误会就越发加深。

这不，安晴看到文琪要走，便一个箭步上前，挡住她的去路，大有鱼死网破的味道。

失控了，失控了。

情急之下，祁远盛便大吼了一句："你们闹够了没有！都给我出去吵。"然后转身一个电话叫来保安，把她们全部推出办公室，引得集团人莫名的围观起来。

一波潮落，浪又起。

安晴怎么也没想到，来的保安正是那天晚上阻止她的那个家伙，于是她气不打一处来道："怎么又是你。"保安盯了她一眼，几乎同时，道："怎么又是你！"

随即安晴狠狠地瞪了他一眼，斥道："滚！"

霎时，保安一梗脖子，准备反抗时看了一眼祁远盛，又没敢吱声地埋下头。

那意思是你等着，总有机会收拾你。

爱怕丢情钱怕偷。她们在爱面子中战斗，又都在丢面子中结束。

在回电视台的路上，安晴开始后悔今天的所作所为，觉得自己丢了面子，也给姐夫以难堪，实在得不偿失。

她本以为有的时候巧合是一种注定的机会，是为了让你发现点什么应该发现的事情，却没想到“发现”让自己陷于无尽的痛苦之中来。

比如今天，她原本只想来取回昨天的摄像机，没想到居然彻底把姐夫祁远盛看清了。

其实昨天，在他的解释下她已经开始原谅他了。这其一是姐姐有孕在身，更不想伤害父母；另外她也知道，这大凡在事业上小有点成就的男人，有几个暧昧的女人甚至私藏个女人也是常态，更何况他是醉酒状态，也许真的如他所说，仅仅是帮他按摩了一下而已。

可令她没想到的是，今天祁远盛真的就承认了他和女助理有关系的事实。而且那女人居然不服气跑过来挑战，这让她高傲的头不堪负重。

走出远盛集团，安晴没有直接去电视台，而是风风火火加气呼呼地来到姐姐家。

有根有据，基本属实，越来越像新闻。

“这个点儿，”安雨打开门后看着妹妹有些吃惊地问，“你怎么来了？你好像哭了？怎么了？谁欺负你了？”

“祁远盛这个混蛋，我非让他身败名裂不可，气死宝宝我了！”

安雨一听，心里顿时咯噔一下，便非常震惊地问道：“你姐夫……你……怎么你了？”

“还姐夫呢，这货简直就是垃圾！垃圾！”“啊？他到底把你怎么了？怎么成垃圾了！”

“啪！”安晴把手机往茶几上重重一放，说：“如果说垃圾废品还有利用的价值，可他就是危险品，你自己好好听听！”

“到底怎么啦！”安雨急得脸红到脖颈。

“你自己听啊，我的傻姐姐……”安晴满脸恨铁不成钢的样子。

一段手机录音，带走了安雨所有的幸福，那是一种晴天霹雳的感觉。那熟悉的声音，曾经是她快乐的源泉，现在听起来却如此陌生。她曾经以为自己是这个世界上最幸福最快乐的公主，却随着一声钟响，一切如梦境般破碎。

听着听着，安雨的眼中盈满泪水，可是她努力地不让它滚落下来。此刻，她的心像是突然落入马厩的火星，疯狂燃烧，伴着马啸，瞬间燎原，化为灰烬。

“姐，”安晴小心地试探道，“接下来怎么办？”

“这事我知道了，你去吧。”安雨眼神中透出从未有过的愠怒，是她如水的性情中从未表现出的波澜。

安雨的平静反而给了安晴一种山雨欲来的恐惧感，她向来爱姐姐，更是将保护姐姐作为自己的使命，此刻她有些后悔了，后悔冲动之下把这件事情告诉姐姐，万一她一时半刻想不开……安晴甩甩脑袋，有些不敢想这件事发展的后果。

心乱了，破碎了。祁远盛已经无心工作了，可是事情总是没完没了。

集团销售总监白姗急匆匆地敲门而入：“祁总，这是本月的销售财务报表。”

“这个月的情况怎么样？”祁远盛有气无力地问道。

白姗迟疑了一下道：“销售情况不理想，比上个月又下滑了两成。”

“什么？”祁远盛幽怨道，“这是怎么搞的？”

白姗连忙解释道：“这一方面主要国际整体经济形势不利，另一方面……”

“好了，我不想听！”……祁远盛的声色俱厉令白姗很是意外，一向待下属温文有礼，今天却突然像变了一个人似的，有点不认识他了。

“祁总您听我解释。”白姗放低了语气说。

“不用了，你来当我的助理吧。”说完他顿了一下说，“你的工作交给文琪。”

世间最难耐的不是绝望的时候，恰恰相反，而是往往觉得快要丢掉果实的时候。白姗一听，也有些生气道：“我们销售部门也尽力了，这是整个国际国内形势所决定的……”

一向要强的她不能接受这个事实，况且她与文琪从一开始就不合，觉得这女人有权也就罢了，还特别有钱，有钱也就罢了，还那么漂亮。一想到自己辛苦带起来的队伍，要交给另一个人，怎么能让她甘心。

“好了，”祁远盛挥手阻止道，“你别说了，我已经决定了！”

一念至此，她扬了扬头道：“那我辞职不干了！”声音如洪钟般在办公室四溢开来，缓缓回荡出一个弧度而后飘散。

意外之外。祁远盛在意外之外中清醒过来，不知道他是急不摘语，还是什么原因，他居然向一个下属妥协了，变了一下声调解释道：“你听我说……”

主次颠倒。他们的思想本就不在一个次元上，就好似一段对话以“你好美”开始，又以“我不爱你”结束一般。接受，不代表妥协，甚至还会引发仇恨，因为他动了她的利益。

第二章　心虚

一

江南的春天，寒梅点缀，春风缭绕，无论大街小巷，还是田间地头，仿佛一夜之间，便处处开始花事繁纷了。

一如人的心事。

祁远盛带着一身疲惫回到家，家里却是黑灯瞎火的，他出于惯性地喊道："小绵羊，安雨……"词汇来回穿越地交织着，一如明天、今天。

没有人回答，妻子不在家？祁远盛一下子心慌了，知道一定是安晴告状了，不然妻子不会在这个时候不在家。他一屁股坐在沙发上，绝望地思考着对策。

纯真理想的爱情，少年未泯的良善，一如初见时天真的梦想，原来被悠长岁月里疲惫的生活所下的封印，此刻被一一唤醒，也曾美好如斯，却被现实摧毁。

醉过才知酒浓，爱过才知情重。祁远盛想了许多许多，仿佛一下子过了一个世纪。

“我问心无愧，怎么感觉自己成了千古罪人似的？”祁远盛自言自语地从沙发中站起来，一个电话打给了妻子安雨。

理直气壮，信心满满。

电话接通了，祁远盛听到了一声声抽泣的哽咽。

“安雨你听我解释……”

“你不要解释了，我知道你很忙，下班了吗？”安雨哽咽地问道。

祁远盛心里一暖，觉得妻子永远是那么通情达理，只有她最理解他。她身上有一种腹有诗书气自华的淡定和从容。

“你在哪儿，你在哪儿？”祁远盛急切地问道。他要以最快的速度见到她，告诉她安晴见到的和说的都不是真的。

“我在人民医院。”安雨说完又抽泣起来。那抽泣的苦楚仿佛就在他的面前，每一声都让他听得噤若寒蝉。

祁远盛觉得整个世界都坍塌了，他没想到把妻子伤得进了医院。孩子？大人？他脑子里快速地思索着，可他又不敢问出声来。因此小心翼翼地问：“你在哪家医院？都是我不好！都是我不好！我来了！我来了。”边说边急出了眼泪。

“不是，是爸爸……”

安雨的话一下子把他带进深渊。祁远盛以为安雨说的是他当不成爸爸了，便失声道：“我来了，你别急，我马上就到！”说完便疯狂地向医院赶去。

世间最难耐的不是绝望的时候，恰恰相反，而是你觉得希望已经靠近的时候。

安雨好不容易怀孕，他好不容易即将当上爸爸，一下子就没了，这无疑是晴天霹雳。飞速行驶的车中，祁远盛的心上下颠簸，脑海中烙印的错误，如黑色的梦魇般挥之不去。

人总是在后悔中反悔，又在反悔中清醒，然后又在清醒中自我催眠，最后在伤害中学习自爱，在谎言中学习诚恳，在失败中学习趋利避害。反反复复，没完没了。

一进医院大门，淡淡的消毒水味道充斥在空气中，令他感到窒息。他三步并作两步地冲进病房，眼前的一幕把他惊呆了。

“安……雨，爸……怎么了？”祁远盛脱口而出中转了个急弯。因为他发现岳父安泾庭正静静地躺在病床上。妻子安雨、小姨子安晴和岳母围在病床边。

祁远盛长长地松了一口气，心脏回到原位。他看着妻子轻轻问道：“爸怎么了这是？”

“还不是被你气的！”安晴阴沉着脸走到他的面前说道。他一躲闪，扬了扬头，又微微怔了一下，嘴动了一下想说什么，却又生生给咽了回去。多么孤立无援，仿佛有无数把拉满弓的箭在黑暗里随时都会射向他来，他如坐针毡。

安雨见此，连忙责怪道：“你说什么呢，都什么时候了，你们俩还打嘴官司！”

“姐，你知道他……”

“好了，你别说了！还嫌不够乱。”安雨幽幽的声音中含着一丝恼怒，白皙秀丽的脸也涨得通红。

一阵聒噪落。

祁远盛看着妻子，有些走神。他觉得，无论什么时候，哪怕是移山填海，妻子都从容淡定，这时更发现妻子美得无可挑剔。

譬如生气的时候，妻子眼里时而重峦叠嶂，时而草木葱茏，时而竹林清响，时而静谧仙境，若是看过 shaeDeTar 手下的人物就会完全明白，她那张复古且艳丽的面孔是人们一见就难以忘记的。

面对安晴的责怪，祁远盛有种罪孽深重的感觉，他无助地看了妻子安雨一眼。安雨顺势扑进他的怀里将他紧紧抱住，又微微啜泣起来，祁远盛感受到妻子的依赖，顿时心情大定，并有种莫名的欢喜。

“对不起宝贝，都是我不好，你听我说……”

如果一无所有，谁也不在乎，可如果不是一无所有，就会让人缺乏那么点义无反顾的勇气了。毕竟他和文琪在面上来看还是令人瞎想的。况且他对这位美女也喜欢，只是喜欢得没有那么龌龊。

“我不听，不要你说！”安雨以为他要解释安晴说的事情，立即阻止道。

安晴告诉她丈夫和文琪的事，当时她是非常生气的，但后来仔细一想，也许里面另有隐情。她知道丈夫做企业不容易，需要应付方方面面的人和事，免不了要逢场作戏，应该相信他并且体谅他。

“爸这是怎么了？”祁远盛又轻声问道。

安雨从他怀里挣脱出来，拉着他的手就往病房外走。

谁知安晴上前一步拉着安雨，说道:“姐，你现在怀着孕呢，不要到处乱跑，医院里面到处都是细菌！”

安雨疑惑地瞪大眼睛，迟疑了下，止步。祁远盛见目的再次落空，撇了安晴一眼，说：“就在这说吧。”……安晴之所以要阻止姐姐与祁远盛单独在一起，就是要让祁远盛承受良心的不安，哪怕多一刻也行。

“姐夫，我们到外边说说爸的病情吧？”安晴用不容置疑的眼神说道。

“嗯。”

“爸到底怎么了？”祁远盛一出病房便急切地问。

“当然是因为你了！”

“你听我解释，”祁远盛摇摇头，无奈地说道，“你看到和听到的完全不是那么回事……”

“那你今天就给我好好说说到底是怎么回事！”

“那天就是喝醉了，我也不知道怎么回事……”

“就这么简单？”

“是呀，你还要多复杂！”

“祁远盛，我真想一巴掌拍死你！”

“我又怎么了？”祁远盛压低声音愤怒地反问道，“你到底想干吗？”那表情比窦娥还冤。

有时候武力的对决，拼的是悍勇和血性，有时候是智力的角逐，拼的是阴谋诡计，而他和安晴什么也不能做。

安晴见此，大致已经判明他说的是真话，但转念一想，不对呀，可那今天早上的行为和话语，又作何解释？“那你早上干吗承认你们有关系？还说大不了就离婚？”

明明心里有话说，可他又无从说起。祁远盛扶着额头，一副后悔不迭的表情，觉得是自己挖坑把自己埋了。

安晴的眼眸如深潭，仿佛一定要淹死他才肯罢休。她觉得这人变了，就连装“逼”都那么熟练。

时间在一分一秒中过去，他们的僵持程度也渐渐升温融化，慢慢有些胶着。

祁远盛努着嘴，忙乱地从包中拿出烟点燃，对着火狠狠地抽了一口，缭绕烟雾几乎迷住他的眼睛。“这是医院！”安晴愤恨地提醒道。祁远盛手忙脚乱地灭了烟，意识到眼前的女人非比寻常的难缠。

对此他以退为进地说道：“今天不想跟你讨论这问题了，爸到底是怎么了？”安晴刚想反驳他，谁知这时安雨走了出来，激动地说：“爸醒了，爸醒了……”祁远盛嘴一抽，直吸凉气，转身冲进病房。

“爸，您醒了，我们都很担心您。”

安泾庭欠了一身，如大梦初醒道：“没事，天气变化，血压突然升高，没有什么大不了的，阎王爷不会轻易收留我的，你们别担心。”

谜底解开，祁远盛立即明白了怎么回事，于是他报复似的狠狠瞪了安晴一眼。安晴却是朝祁远盛诡异一笑，令祁远盛觉得背后的汗毛都竖起来了。

“你这丫头就是心地太善良，以后不要担心爸爸，你现在可是咱们家重点保护的对象，以后不许哭，都把我给吵醒了。”安泾庭看安雨假装生气地说道。

安雨立刻破涕为笑。

安泾庭又看着祁远盛说道："远盛啊，你看我这年纪大了也操不了你们的心了，你们可要好好珍惜今天的幸福生活啊……"说者无意，听者有心。其实这是安泾庭一句无意的话，但在祁远盛听起来，却深含多重内容，他连忙解释道："爸，您放心，我一定会保护好安雨的。"

说得那么好听，不知道是不是真的。"怎么保护，天天醉生梦死？"安晴在怀疑中，插话道。

祁远盛苦涩一笑，自怨自艾起来道："以后尽量减少应酬，好好陪你姐姐。"说话时显得糊涂中有朴素的精明。

"说话可要算数哇，有些话说起来容易做起来难……"她的声音凛冽得瘆人。

祁远盛算是知道这位小姨子的厉害了，因此他反驳道："圆规为什么可以画圆？不知道了吧，因为它脚在走，心没变。"

"你们在说什么呢？走在一起就斗嘴，哪像一家人？"安雨白了妹妹一眼，假装生气道。

"远盛，把安雨弄回家吧，"安泾庭心疼道，"让她好好休息吧。"……祁远盛一听，连忙说："好的，我一定会照顾好安雨的，您老好好养病，明天我们再来看您。"说完他扶着安雨往门口走去，出门前还不忘鄙视安晴一眼，安晴也恶狠狠地回敬了一眼。

"你怎么总跟你姐夫斗嘴，"安晴的母亲曾桦在祁远盛走后幽怨地责怪道，"还像不像话？"

"老妈，你这就不懂得了，我这是在为我们安家坚守国门，不然我姐那么……不是要吃亏。"她蹙着眉头，想说她那么傻。

曾桦知道这丫头话里的意思，每次遇到困难时都是这个样子。从小到大，安晴总是像个男孩子样，保护着安雨。而安雨呢似乎也很享受这种保护。

"别没事找事啊，你姐可不是你想象那样柔弱无智，她的脑子比你好使一百倍……""哎哟，老爸那您再说说我是什么样的人？"安泾庭脸一沉，说道：

“你吧，就是一只叽叽喳喳的麻雀，没吃到人家的庄稼还让人讨厌得很。”

安晴懊丧地抬头，悻悻然地说：“爸——您——我就那么不讨你喜欢吗？”

“难道我说错了？”“你当然说错了，而且是脱离时代的错，都21世纪了，你OUT了。”她本想说他太落伍了，没敢，用了句网络语。

“好吧，我落伍了，今天理想抱负咱们先不谈，未来展望咱们先放下，当务之急谈现在，这女孩子就要像你姐一样，安静和善有智慧，你有吗？”

“我——”安晴话到嘴边，心想我怎么就没有智慧了，气得转身丢下一句话：“你这是偏心，打小你就不喜欢我，我知道，但你也不要把我说得一无是处吧。”

安泾庭为此笑道：“老太婆，你可听到了，我说这丫头的性格不好，并不是说能力，你的能力的确比你姐强。”

看见安晴气呼呼的样子，安泾庭马上意识到自己又说错了，便又补充道，“你姐的能力也不比你差，人家也是成就一番事业的人。”

事实上，安泾庭对这两个女儿在事业上的成就都是非常满意的。安晴不仅靠自己的能力考上中国顶尖的传媒学院，现在还是本市知名的美女主持人，为此，很多人羡慕她。

看到安晴生气地杵在那儿，曾桦连忙安慰道：“晴儿呀，你也是爸妈的骄傲，你也是你爸的自豪……”那样子明显像在背书样。安晴终于被逗笑了。

二

都说新官上任三把火，不过文琪却不知道往哪儿烧。

销售总监对她来说完全是一个陌生的领域，好在PC尤其高端电子产品的发展趋势她还是比较了然于胸的，更重要的是她还有一个文武双全在国际生意场上所向无敌的父亲文胜旗。

很多时候能力并不重要，关键在于你有没有那个平台。让有本事的人干成事那只不过是说说而已的，千万别当真。

前销售总监白姗给她丢下一个烫手山芋——远盛集团面临一个国际大单的高速动车的操控系统招标。这烫手山芋在别人看来，搞好了是一餐佳肴，搞不好会烫手、烫嘴。可是文琪并不这么想，她要以此为契机，成就自己，然后在父亲那儿交上一份满意的答卷，进而为接手文氏集团做准备。她已经等不及要坐上文氏集团的第一把交椅了。

别的富二代、白富美喜欢吃现成的，可她并不这么想，觉得只有自己亲自劳动创造的财富花起来才有劲道。这令她的父亲文胜旗很是开心，当年生个丫头时老不开心的，没想到比有些男孩子还顶用。

文琪这般挑战自我，当然这样做也有喜欢祁远盛的原因。她觉得这个欧巴虎背熊腰唐僧脸还是很靠谱的，尤其在他沉思的时候，坐在办公桌前，左手撑着下巴，右手拿着一支笔，在桌上轻轻敲动，他的眉毛微微皱着，眼眸深沉，恰似深潭一般，令人迷恋。

文琪就喜欢看他深沉时候的样子，很像父亲一个人独处时的样子。她曾在网上看到一项问卷调查：说近六成的女性找对象参考标准是爸爸。没想到她也不例外。

爱的魔力总是让人无视爱的路上的艰险。

面对全英文的招标书，文琪不禁眉毛头深锁，不过她觉得这都不是事。不过当她开始翻译以后，发现“高速动车的操控系统”对她来说完全是一个陌生的东西。什么“转速”、“控压”、“动力学”、“电力学”和“电子集成”等一系列的指标她全然不懂。不懂，投标文件就无法拟定，就会有投标的价值风险，更无法在投标会上说服招标方。

夜景，怎么明亮都是孤独；拼搏，怎么努力都因为有支点。箭在弦上可又不得不发。

她开始疯狂地在网上查找各种投标应对之策。那样子“观者动情，闻者掉泪”。可结果令她很是失望，所谓“教程”和“经验”全然牛头不对马嘴。于是她一个电话打给祁远盛，她觉得提前打退堂鼓比最后说不行要有面子得多。

祁远盛听了她的电话后，轻描淡写道："实在不行就算了吧，我们再挖掘一下集团 PC 创新上的其他潜力。我准备押宝二合一平板。方向是专注于开发 Windows 二合一平板电脑，类似微软 Surface 和联想 Yoga。"

"从目前市场发展情况来看，这一选择显然更加正确。据 IDC 数据显示，虽然平板电脑市场今年一季度出货量出现明显下滑，但是二合一平板电脑却异军突起，呈现增长态势，而且增速非常明显。"

祁远盛没想到文琪对此很在行，因此兴奋道："据 IDC 此前发布数据显示，2015 年，二合一平板电脑出货 1660 万台，今后二合一可拆卸式平板电脑将成为平板电脑增长的主要动力，预计到 2020 年出货量将达到 6380 万台，占整个平板市场的 30%。所以啊你那招标的事不要太当回事，权当试试水。"

听了祁远盛的一席话，文琪心里有些不爽了。那语气好像一切成竹在胸，知道她根本完不成任务，这让她很意外。毕竟是上亿元的生意啊，他怎么这么不上心呢？一切令文琪有些不解，更重要的是，那口气简直是对她能力的轻视。为此她很不服气地说道："既然你没有准备中标，那我就只能试试了，权作学习过程。"……"好的，不要太辛苦。"祁远盛说完又加重语气道，"累坏了我没法向你爸交代，你可是重点保护对象。"

事实上，祁远盛知道，这个高速动车的操控系统招标不是简单的事情，尤其在国际国内高手如林的情况下，即使他们远盛集团招标成功，在企业技术改造的成本上也是一大笔费用。从支出和收益的角度上讲，他认为远盛集团目前要走上国际还有很长一段路要走，比如人才队伍就很欠缺，就是一个瓶颈。

路在脚下，无路开山。文琪决定走给他们看看。

"爸，这次你一定要帮我啊，不然你女儿就死定了……"文琪在越洋电话中撒娇道。不过最后说完还没忘记故意装作哭的样子。文胜旗立即不无担心道："什么事还可以让你这么绝望？快说来给老爸听听。"于是文琪把她调任销售总监面临的问题，多么艰难，绘声绘色重复了一遍。

"是祁远盛故意刁难你的吧，我电话找他小子去。"文胜旗略带抱怨道。

“不是，不是，是我自己想成就一番事业，挑战一下自己的能力，不然将来怎么帮您老人家呢。”

“以我对远盛的了解，作为未来的远盛集团，不是大干快上，而是深耕挖潜，不是圈地跑马，而是精准创新，”文胜旗说着叹了一口气道，“他们这样蛇吞象是不行的，你还不如回来帮你老爸，这儿的舞台大得足够你跳华尔兹了。”

“不要，我就想在这儿一试身手！”说完她又打趣道：“漫漫人生路，积极付出才能有美好的回报嘛。”

女儿言之凿凿，不过文胜旗还是觉得她有隐情，因此沉默了一会儿，直接破题道：“你不会是喜欢上祁远盛了吧，他可是有妇之夫……这可是犯了大忌啊！”

无中生有，却像正中文琪的要害。“怎么可能啊，我就是要做出一番事业让别人看看你家姑娘不是摆设的花瓶！”她连忙解释道，不过表情是那么僵硬。

女儿的话掷地有声，这让文胜旗顿感欣慰。心想当花瓶有什么不好，很多人想当花瓶也没资本呀，我有钱，当然要任性了。

“那你想让我怎么帮，必需中标？”文胜旗又否定说，“对不起，这个做不到。”文琪在电话中，一下子鸦雀无声了，过了几秒钟，又连忙补充道，“不过，我可以派几个人帮你。”

文琪一听松了一口气并发嗲道：“唉！还是老爸好……不然……你信不信我叫游戏人来打你。”看到女儿欢呼雀跃得像个小姑娘，文胜旗居然幸福满怀。

不过文胜旗也觉得太纵容女儿了。就在前两天，他还网上看到一条新闻。说中国某市医院急救中心收治了一位病危青年，而让人大跌眼镜的是这位20岁的青年，之所以选择死亡，居然是因为父母拒绝给他买iPhone，他不仅喝了一斤白酒还服了200颗安定片，被发现时已昏迷不醒，生命堪忧。

可是他转念又一想，就这么一个宝贝女儿，想不纵容都不可能，他也如天下所有父母一样，男的女的，无论经过怎样的悲欢离合，当终于被撮合到一起，两性的生物功能已经完成，所有的爱，所有的恨，全部转移到下一代人身上。况且他的亿万家产无处安放呢。

今我和故我并不存在，困惑裹挟着现象走。

疑问重重的氛围里，安雨一进家门就迫不及待问道："老公，你是不是哪儿得罪了安晴啊？"说完看着他淡淡地浅笑着来缓解彼此的尴尬。"你的笑，真美。有现世安稳、岁月静好的味道。"祁远盛一愣，机灵地搪塞道。

"说嘛，你们怎么一到一起就打嘴仗啊。"安雨没有放过他的意思。"没有啊，这是讨论问题，不是打仗，再说她那性格你还不知道，总是阴晴不定，不按常理出牌。"

"她是不是在外面听到什么了？"安雨故意装作一脸疑惑地问。祁远盛快速调整了一下情绪，连忙上前拉着她的手说："我的好老婆，真的什么也没有，你就不要疑神疑鬼的啦……"

"你可不能做对不起我们娘儿俩的事啊……"安雨轻轻地抚摸了一下肚子说道。

看到她的身体轻颤，如风中瑟瑟的秋叶，立即激起他的保护欲。随之那经年的光景顿时横亘在他们中间，支离破碎的记忆像是在提醒他当初的誓言。他苦涩地一笑，决定告诉她前天发生的一切。

"我累了，想洗澡睡了。"听到妻子的话，祁远盛刚想打开话匣子，又戛然而止。

沐浴后的安雨，皮肤雪白，满头乌丝像黑色的瀑布在月光下流淌。祁远盛将头轻轻地贴在安雨的小腹上，一股爱的暖流淌进他的心里，他心头一动，说："小绵羊，你说这小家伙会像谁呢？"

"当然要像他爸呀！"安雨脱口说道。

"我倒希望像妈妈一样，漂亮、温柔、知性、有主见。"

"嗯。不，如果是男孩一定要像他爸，有个性、有追求、有责任心，还长得帅……"

安雨还在念叨，祁远盛眼眶中却已经盈满泪水。

“小绵羊，假如有一天有人说我做了对不起你的事，你会相信吗？”祁远盛抬起头看着安雨问道并补充道：“是假如。”虽然房间的灯光已经熄灭，但他看到安雨的眼睛晶莹剔透，没有一丝污染。

“你不会也像有些男人犯错误后，用低级的方法来测试我吧？”

“测试？我不是说了是假如嘛。”

“假如就是试探，你没听人说，男人通常在外做了对不起妻子的事，被妻子责问时，往往是恼羞成怒。往往女人说要离婚时，他就会说你看着办吧。往往在女人说孩子归谁养时，他们就会说随便！”

“你好像经验丰富的嘛，”言之凿凿，祁远盛呵呵一笑道，“我可不是那样的男人！”

“这都是在社会大学中学的呀，”安雨又问，“那你是什么样的男人？”

“不是有人曾经这样说的：懂你的人不用解释；不懂你的人也不用解释！反正这一辈子我是不会背叛你的！”祁远盛连说完还加了一句：“弱水三千，我只取一瓢。”说完还做了个怪样。

“呵呵，绝对了吧，一切皆有可能。情侣刚刚确定关系的时候，恨不得一天24小时在一起，异地恋的视频从早上到晚上，各类肉麻的昵称一口一个，慢慢的，就少了，往往男方不知不觉，女方会察觉到，会说‘你变了’，其实没变，只是长期地做同样的事情，说同样的话，会让人产生乏味感，或者是新鲜感减少，这是人性。经济学上叫‘边际效用递减’。”

“小绵羊，你真不愧是学经济的！”祁远盛说，“但我要告诉你，我不会让我们爱情变老，更不会让我们的关系变成亲情关系。”

为此，安雨意欲未尽地打开了灯，注视着他一脸严肃地问道：“那你会让我们关系成为什么样的关系和能够成为什么样的关系？”

“我们可以反其道而行之。知道了这个规律，就要想办法避免，比如两个人要一起接触新鲜事物和信息，一起出去玩，一起学习新的东西，而双方表达爱意的方式也要推陈出新，不要一成不变，”祁远盛说完又加重口气说，

“总之就是把新鲜血液注入即将干枯的爱情之中。”

“太理想化了，不现实的。而我知道很多婚姻的破碎往往与对手的另一种吸引有关。假如你在音乐方面的天赋胜于绘画，而你的情敌更擅长绘画，你就不要放弃音乐去学画画，而是发挥你原有的特长，我相信没有哪个女孩只喜欢绘画不喜欢音乐的。发挥比较优势，就是扬长避短。每个人都有长处和短处，也都会有某些方面的天赋，优先把自己更擅长的方面发挥出来，更重要一些。由此相对应的是勤能补拙，我是不赞成简单地‘补拙’的，与其补拙，不如扬长，所以我是那个独一无二的我。”

安雨知道，现实中很多妻子、丈夫所谓改变去适应对方其实是一个完全错误的理念。如果一个背叛过你的男人，你和他和好了，他会继续背叛你，因为背叛你没有付出任何代价。一个打过你的男人，你原谅他，他会继续打你，因为打你没有付出任何代价。而这时对方唯一正确的做法——不给他机会。此刻，安雨决定要一个答案，一个防患于未然的答案。

“睡觉吧。”祁远盛瞟了一眼月朗星稀的夜晚，提议道。

“不呢，你还没有回答我，假如真的背叛我了怎么办？”

祁远盛立即凑上前在她的嘴唇上亲了一下反问道：“那你说说怎么办？”

“我会住在你对门，每天看着你！”

“这是什么路数，看不懂？”祁远盛哈哈一笑说完又说，“都过去了，就可以放手，脚步也可以继续了。”

“不！每天看着你，让你一刻也不能安生，然后精神崩溃……”

“我不会让你的剑悬起来的。”祁远盛用嘴唇打断了安雨的话。为此他想起在婚礼上的表白：“以前经常抱怨老天对我不公平，让我经历很多奇怪的磨难，现在我终于明白为什么，因为它把最好的留给了我。”

静夜的风透过窗帘，轻轻吹动着她的发丝，继而带动着她的情丝，软软的，令人心情舒畅。

祁远盛是她唯一的爱人，自从高中懵懂恋爱开始，他就已经深深扎根于她的生命中。他的一路成功，所有的艰辛都有她的陪伴。

祁远盛退伍后，便坐上了开往北京的列车。初到北京，没有一技之长，祁远盛只能做体力活：当搬运工、在建筑工地当散工、在大排档打下手。有一年，祁远盛进了一家兼做炒栗子的饭店。没想到的是，从此便与炒栗子结下了不解之缘。

吃苦，农村出身的祁远盛并不害怕。一开始他对“叫卖”的形式感到很不好意思，但是为了多卖出东西，他只能硬着头皮叫，三天下来，周围谁也没有他叫得响。勤奋、踏实、好学，年轻的祁远盛受到老板——一位安徽老乡的赏识。

三个月后，他跟随老板到青岛。然而，由于当地市场萎缩，栗子店很快就关门了，祁远盛也随之失业。他不甘心一辈子过这样的生活，他要靠自己的力量闯出一番事业。困境中的祁远盛，萌生了自己开炒栗子店的想法。

万事开头难。做生意首先需要一笔资金，对于祁远盛来说，要拿出这笔钱相当艰难。但是，既然要干，就必须要迈出这一步。他跑东家问西家地东拼西凑了 2000 块钱。然而，这点钱根本不够添置设备什么的，只能用来采购少量的原材料。

为了能多攒些钱购买原料，平日里他总是省吃俭用，不舍得花钱，只顾拼命干活儿。先是靠部分赊欠的方式，向供货商进了一批货，又与店面房东商量，靠利润分成的方式抵冲房租。

功夫不负有心人，小店很快有声有色，祁远盛初次尝到了甜头。然而好景不长，周围店铺也开始效仿起来，生意于是变得冷清。后来，祁远盛只得黯然选择离开，又前往温州。因为他的诚实守信，一位供货商愿意赌一把，赊欠给祁远盛 10 多万元的原料。温州炒栗子市场广阔，祁远盛获得了意想不到的成功。在半年多的时间里，祁远盛开了 4 家店，在温州挣了人生第一桶金，还清了欠债，购置了机器，生意从此好起来。

最令安雨不能忘记的是，在出去做生意之前，祁远盛拉着她的手一脸坚定地说：“等着我，一定会让你上好日子的。”就是这句话，令她感动不已。

三

“告诉你白姗，听说那小狐狸精志在必得要把高速动车的操控系统招标成功……”王凯在电话中悄悄汇报道。

没有永远的朋友，只有永远的利益。打电话给白姗的是以前销售部的死党王凯。他之所以这么做，是因为文琪担任销售总监以后，以迅雷不及掩耳之势将王凯调任销售总监的助理，而销售部长的人选却是他的死对头华婕。

总监助理是什么？说领导层又不是领导层，有名无实的一个摆设，这令王凯非常不爽。

动一人，而牵动一帮人。世界上最为彻底的隐藏，莫过于让渺小融合在伟大的利益之中。

本来，对于祁远盛将文琪调任销售总监这件事，白姗虽然很不高兴，好在薪金一分不少，过了那个气愤点后，她也就不那么在意了。但是，文琪动了她最得力的干将，这下她就有些接受不了了。有点气急败坏。

一念至此，她立即找到了祁远盛。

“总裁……这是搞拉帮结派，搞小团体，形成利益圈子，对集团、对员工创造性和积极性是致命的打击……”

眼见心明，祁远盛知道她的话中之意，但又不能点破，便只能息事宁人安抚道：“这是一种工作方法而已，你在位子上时不也培养了一帮自己人，这样用起来比较放心……”

至于白姗说的文琪搞“利益圈子”，祁远盛觉得是因为她完全不了解文琪的家底，人家家里最最放不下的就是钱了，她还要钱干吗？

人生最痛苦的不是曾经拥有，而是差一点点就可以。

人就是这样，出身和经历时刻决定着见识，自己是什么样的人就会把别人想成什么样的人，而真相，却往往令人大跌眼镜。

父亲文胜旗很快就从美利坚派来了一行四人组成的专家组，而这个组长正是文胜旗的助理胡安·罗曼·里克尔梅，跟前阿根廷足球运动员同名。不过，他那长相是千差万别，不可相提并论。

文琪平时叫他老梅，之所以这样叫，一是觉得他缺乏男子汉气概，更令她不能接受的是，父亲一直把他当做准女婿培养，因此她唯恐避之不及。可是，在这个节骨眼上，父亲居然派他来，其深意自然不言而喻。

胡安·罗曼·里克尔梅是华裔美国人，从小随父母在美利坚长大，他的根在中国。正是因亲不亲故乡人，所以父亲才重用他，并希望将来他的企业由他来掌舵。

危难之际，文琪决定先放下包袱，好好借用老梅圣约翰大学电子工程系毕业的长处，加之他又有在美国黑客工作室工作的经历，来完成这个难搞的国际招标。

还别说，老梅接到任务后，简直用欣喜若狂来形容。在美国动用一切可利用的资源，对凯迪巴公司这次电子动控系统国际招标进行深入研究。一番研究后，他得出结论：这次招标不可能成功。

原因有二：一方面凯迪巴公司更倾向日本的高速列车电子动控系统，但是老梅一想到这次是他与文琪接触的最好时机，又令他无法放弃，他决定用“苟利国家生死以，岂因祸福避趋之”的态度来试试。因为深受美国文化影响，老梅喜欢赌。爱赌的人总喜欢万一，万一牌亮手里是同花顺呢，那不成功了。

老梅喜欢文琪不是一天两天了，他实在太喜欢这位漂亮可爱、性格活泼开朗的白富美了，而且又有长辈们的一致认可，可谓位居了无人能及的先决条件。

遗憾的是“我本将心向明月，奈何明月照渠沟”。文琪对他的态度总是不甚热络，要说是朋友，又比朋友亲近，要说是恋人，他又觉得文琪总在躲着他。相反胡安·罗曼·里克尔梅倒从来没有觉得文琪会不喜欢他，反而认为文琪早晚是他的。

自以为是，已经从国门走向了世界。

“你不能做我的诗，正如我要做你的梦。”祁远盛没想到文琪居然如此用心良苦，不仅搬来了国际救兵，而且还是一支特殊成员组成的队伍，这令祁远盛意外加感动。

对此，当文琪跟他提出工作成员必须由她挑选时，祁远盛都没犹豫，便欣然应许。别人都把集团当家了，自己焉能自断其路？道不同，则不相为谋。

文琪从销售部挑来挑去，能够为她所用的人实在太少，现任销售部长华婕进入招标小组，王凯这位销售总监助理却只能成为工作组的外围联络人。不过，这个决定王凯不得而知，他认为反正是进入招标成员了还很兴奋。

招标小组在老梅的带领下，开始运转起来。他没有急着做标书，而是立即将他带来的两人派去凯迪巴公司招标的意向国去研究对方的企业，搜集高速列车电子动控系统的优劣所在。

老梅觉得只有知己知彼，找出对方致命的漏洞，他们才能在这次应标中绝地反弹，否则就前面他掌握的一些信息，远盛集团几乎没有中标可能。

文琪觉得他这一着棋下得不错，因此静静地等待老梅给她一个惊喜。然而一个星期过去了，从联络人王凯反馈的信息来看，他不是在喜来登饭店喝咖啡，就是在太湖游艇上冲浪抢滩。

文琪于是一气之下来到他所住的君来世尊酒店兴师问罪。

“Juan Román Riquelme，我请你来不是让你游山玩水喝咖啡玩潇洒的。”敲开他的房门，文琪就开门见山责怪道。接着用鼻息打量着，仿佛从头到脚都让她看不过眼。

见文琪一副趾高气扬的样子，老梅嘿嘿一笑，用西方人玩世不恭的表情回答：“难道你不知道，玩有时候是为了更好地工作，来，我们喝一杯怎么样？”

文琪本来就心急如焚，再看他这副不急不躁的样子，眼梢略动，立刻爆发了：“Juan Román Riquelme，如果你不想干，立即滚蛋！”声音狰狞而响亮。

胡安·罗曼·里克尔梅却是嘴一撇，很会利用中文曲径通幽的含义说：“没有事可以做爱做的事。”“你混蛋！”声音更加狰狞而且还上前来要给他一耳光的样子。他后悔了，知道她听懂了。好不容易来国内学的一句话，却是开了一个国际玩笑。

“你听我说”，一看文琪真的火了，他立即一脸严肃站起来说道，“你听我说，愤怒和着急是解决不了问题的……”

“你说的是真的，那派出的‘鸽子’什么时候能飞回来？你不会是借故来报复我的吧？”听完老梅的解释，文琪才露出轻松迷人的笑容。

对此老梅疑惑道：“我要报复你什么？”“这个你心里比我清楚。”文琪意有所指地看着他，说着就低下了高傲的头。

老梅有些尴尬地笑了笑，突然恍然地用他半生不熟的中文说：“难道你还不能忘记那件事吗？”文琪愣了一下，才想起老梅说的是什么事。

因为老梅的父母亲跟她的父母亲来自中国的同一地区，有着多年的感情积淀，因此他们非常希望文琪能与老梅成为恋人，并在一次酒会宣布这件事。那时因为文琪尚小，还不大懂得男女之情，所以没放在心上。然而，比较成熟的老梅却把这件事当真了。

当他发现文琪和约翰的恋人关系时，便“冲冠一怒为红颜”，邀上几个黑人朋友，决定好好教训约翰一顿。结果那天文琪正好在与约翰散步，老梅的打手们突然出现了。

每当想起那天夜晚发生的事情，文琪就不寒而栗。那几名黑人黑脸白齿的狰狞样子，顿时把她和约翰吓傻了。约翰被那帮人重重打了几拳后，像惊弓之鸟般被吓得逃之夭夭，而她却毫发无损。

回到家以后，文琪把发生的一切告诉了父母。经过一番分析，他们认为这是熟人作案。经这么一提醒，文琪想到了老梅，便找到他兴师问罪，可老梅一口咬定不是他干的，直到文琪使出杀手锏——报警。老梅顿时傻了眼，才承认是他指使人所为。

文琪因此哭笑不得，觉得他那样做是典型街头小混混的做派，太闹笑话了。见过蠢的，没想到他蠢得这么天真、彻底。不过思来想去，她决定放过老梅一次，只是觉得他爱的方式太狭隘了。

不过这件事让文琪了解到约翰是个靠不住的人，面对坏人，弃她于不顾，选择了自己逃命，这令她始料不及。可是她又不喜欢老梅，如果她不选择离开，很可能还会发生类似的事情。为此，她决定回国躲一阵子，就机缘巧合认识了祁远盛，而后与老梅一别至今。音容笑貌还在昨日，心却飘忽在远方，人与人的关系总是复杂得始料不及。

“最近那狐狸精的招标方案进度怎么样？”白姗在电话中悄悄问道。

王凯长长地叹了一口气回答：“你还不知道吧，我都被排除在外了，只是联络人，哪能知道具体情况。”几次会议后，王凯没能进入会议室，他才知道自己被边缘了。

因此他很是生气，可是又没地方发泄。否则发泄出来可能丢饭碗。左右权衡一番后他认了。再说这个世界上的人，大部人都是为了一份工资和一个职位的活着，现在是一个忠诚度和荣誉度贬值的年代，它的价值远没有利益和欲望带来的刺激大。

“笨蛋，你就不能主动一点儿吗？”

“我的白大助理，你也知道我跟华婕是死对头，这么大的项目，一旦招标成功，总裁一定会为她们专门请功，这么好的事华婕能让我分一杯羹吗？”

白姗听了，沉默了五秒钟说道：“那也不能坐以待毙，有情况随时向我汇报！”王凯听了好奇地问：“白助理你关心这个干吗？”

“笨蛋，当然不能让她们成功啊，这样你就永远没有出头之日了，你忘记我上次跟你说的吗？”王凯顿时明白了她的意思，开始醒悟过来，他也觉得这是一次机会……不过随即他问道：“你要采取什么样的措施？”为此白姗像耳提面命说了一席话后。“这样不行，绝对不行！”“有什么不行，天知地知的。”

对此王凯活学活用道：“东汉安帝时，昌邑县令王密为感谢杨震的提挈之恩，夜里怀金十斤馈赠，被杨震拒绝。王密说：‘暮夜无知者。’杨震答道：‘天知，神知，我知，子知。何谓无知！’”……白姗听得“啪”一声放下电话。

功夫不负劳心人。

老梅派出的“鸽子”飞回来了，并带回来很多第一手资料。然而面对一大堆他也看不懂的文字，老梅开始有些绝望了。于是他找到了文琪，说出了种种困难。

“资料可以拿到外面去翻译啊，”文琪哈哈大笑又说道：“这有什么难的……”

老梅一听，立即反对道：“这绝对不行，否则……”他故意将“否则”拖得长长的，文琪马上明白了他的意思。

失望中文琪掀开了会议室的黑色窗帘，远盛集团大厦外一片阳光明媚，顿时又连心情都瞬间开朗了。

“得来全不费工夫，就是他了！”

远远的，王凯从集团大门外走来。文琪已经了解到，这王凯曾经是白姗手下的得力干将，专门负责日本片区的销售。可是，她又犹豫了——王凯是白姗的人，这一点不用想就知道，虽然她对这个瘦瘦的男孩子还比较有好感，但从工作出发，她又不得不防备这人。

看到他走路都要飘起来的样子，文琪突然脑洞大开，在心里笑起来，她想起网上的一句话：“就你这副发育不良的样子，到底能不能让女孩怀孕呀。”

还别说，王凯瘦是瘦，却有一张挺中看的脸。

老梅看着文琪的脸一阵红一阵白的样子，弱弱地试探道：“你已经有了人选是吧？”文琪依然不语，在房间里踱着步思考着。

“你说出来听听吧。”老梅催促道。

“你有什么好办法？”老梅听了，却嘿嘿一笑，说出了自己的想法。

心有所属，才能一万个诚意。老梅走到她的身边，悄悄地说了好一长段话。

“你不会诓我吧？”……老梅用口型说了一个“No”。文琪开心地笑了……真是人生有很多缺憾和悲伤，在成长中，大部分都会被新的缺憾或者悲伤、欢乐所覆盖。

只是他们不知道，江山湖海的序幕才刚拉开。

第三章　雪上加霜

一

安晴把车窗放了下来，她觉得听George Ezra的歌需要有风的配合，这样才觉得他是那么帅，那么令人神往。

周末的世外桃源饭店里，红男绿女，人来人往。

安晴仿佛被扔进时代的波澜诡谲中。她实在搞不懂，明明大家私下都在评论说这家饭店实为“炮店”，可依然有许多男男女女不顾忌这些并以来这儿为荣。就像一些明星故意制造绯闻，真是越堕落，越吸引人的眼球。

安晴用新闻记者的职业眼光扫射着进进出出的人们，她试图从他们脸上发现一些蛛丝马迹，然而所有女人都如她一样，用一双光明磊落的眼睛在寻找着什么，把自己置身于局外；

而男人的眼神或迷恋地盯着美女，或春风得意的样子，与美女们碰杯。

人人都是道德高地的建设者，人人却忘记了自己又是道德风险的沦丧者；人人又以为自己是那个最高尚的人。

安晴扫视一番后有些失望，觉得这儿的所谓美女不过如此，尤其是那些红唇，充满着血腥的味道，让人恶心。正当她收回目光，穿过饭店长长的雕花走廊的一刹那，一对熟悉的男女映入她的眼帘。

那对熟悉的男女此时惊得如同被施以鞭刑般浑身刺痛，瞬间她有些恍惚起来。在恍惚五秒钟后，她快速拿出手机，疾步上前，对着那对男女乱拍一通。那样子就如一个妻子见到丈夫出轨，不容证据丢失。

“你……你干吗，你干吗？”祁远盛在第一个“你”字出口的一瞬间，发现来者是安晴，于是一边用手挡住自己的脸一边呵斥道。

“好呀，今天我算是又抓了一个正着，这次你还有什么好狡辩的？”安晴愤怒道。

“又发什么神经？不就吃个饭嘛！”他们虽然相谈甚欢，但一直恪守礼仪。

“那吃饭后呢？”安晴又质问道，“吃饭干吗？”

祁远盛脸一沉，嗔怒道：“……当然回家啊！”

安晴愣怔一下说：“我怎么听着你已接近无耻之徒了……”

这时，文琪兀自打断了安晴的话：“接着拍呀，你抓住了什么，真是笑死人了。”

环视一圈后，祁远盛仍然有些惊魂未定，他原本就怕碰见熟人产生误会，特意跑到十八湾这犄角旮旯来吃饭，结果还是被人撞见，而且还是这个祖宗。此时他死的心都有。

“今天懒得理你，你的账以后跟你算！”安晴在心里说着，不理文琪，而是来到祁远盛身边再次斥责道：“你可真是我的好姐夫啊，我姐在家怀着你孩子，为了你受苦受累，你却带着别的女人在这里酒醉当歌！你对得起我姐吗？”说着就作出要掀桌子的架势。

“有什么事咱们回家说，可以吗？”

“你千万别和我有事，”安晴愤怒道，“不过你今天的事不说清楚我会让你们走不出这个饭店。”

祁远盛本不想把事闹大，但一看那气势，不发威怕是过不去了。于是倏地站起来说道：“不就是吃个饭嘛，干吗疑神疑鬼的。”声音高亢，引得饭店的人们纷纷回头谑笑起来。

祁远盛虽然是个隐忍型的性格，但此时却被气得语无伦次，一头汗也冒了出来。

眼看上前围观的人越来越多，还有人趁机打趣说：“背景厚、家底厚、脸皮厚，这是现代男人三大特征嘛。”安晴意识到这样下去失去面子的一定是她，毕竟她是名人。“简直一派胡言，无耻无耻，你等着！”丢下这句话，安晴转身逃跑似的冲出了饭店。

狭路相逢，凶者胜，恶者赢。安晴眼泪“扑簌簌”滚落下来，声音却倔强得不肯有丝毫颤抖，“你们等着瞧！”

如果说上次见到姐夫与文琪在一起是意外加失望，那么今天所见就是惊诧加绝望。她对着空旷的十八湾绝望地喊道：“安雨，你个大笨蛋，你个大笨蛋！”

见者心痛，闻者心碎。

红色 polo 在太湖大堤上狂奔，她却不知道要去哪里，好几次想将 polo 开进波光粼粼的太湖，了却她愤怒的生命，让姐姐当一个甜蜜的大笨蛋。可是转念一想，这男人们的背叛往往是以抛弃为终极目标，因此她还是决定去告诉姐姐。于是一个急转弯，向姐姐家开去。

“咚咚咚……”雨点般的敲击后是声嘶力竭的一声声叫喊：“姐，开门，姐，开门！”

行善不一定有好果子，但作恶的效果却是立竿见影。

“大周末的，不去找男朋友约会，跑我这来干吗？”安雨一脸惊讶地问道。

这话令安晴有些失望，不过她不在乎。安家所有人的幸福她早已经扛在肩上，而且是义无反顾。

安晴愣了一下问道：“你在干吗？”

“你来干吗？”安雨目不斜视道：“我在跟你小外甥一起看《大鱼海棠》啊。”说着还摇头晃脑地哼着里面那首优美的歌曲。

见她如此享受的样子，安晴嘴一撇，不屑道：“那有什么好看的？”……“不对吧，这可是《宝莲灯》之后，中国动画电影为人称道的作品。里面有很多中国文化元素，细腻的画风，很吸引人啊。”

“切，你说这些都无法弥补剧本的拙劣、叙事的生硬。单靠情怀与梦想终究无法呵护中国动画这条大鱼蜕变成鲲鹏，脚踏实地讲好中国故事，才是对观众、对中国动画最大的诚意。”

心想，真是可怜之人必有可悲之处，居然这么淡定地在看电视。安晴心里霎时就涌出一股悲凉，在欲言又止中，她用力地责怪道：“你这是要教育他长大后是要像他爸一样人面兽心还是兽心人面？”说完她好像还不解气，“我告诉你，这小孩子不用教育都是绝佳的人品。”

“什么意思？”

安晴看到姐姐迷迷瞪瞪的样子，没好气道：“人之初性本善，小孩子们之所以长大变坏了都是被大人带坏的，是上行下效的结果。”

“那是啦，我的孩子能差人品嘛。”“算了吧，他爸都不是什么好东西，还能……”

“你说什么呢，疯疯癫癫的！”安雨虽然清楚安晴说这番话并没有什么恶意，但还是有些不高兴了。

安晴一看姐姐执迷不悟，一路上想好的婉转方式一下子都被抛诸脑后：“你自己看吧，你居然还在这儿气定神闲的相夫教子，等有一天人家占了你的房子，抢了你的位子，丢了你的孩子，就太晚了，我的亲姐姐啊！”

微皱眉头，安雨一脸迷茫地拿起手机看了起来，眼里却始终保持着淡然，那张美得从容的脸上找不出一丝意外的惊讶。半晌，安雨嘴角嗫嚅了一下想说什么又没有说出来，然后继续怔怔看着手机里的照片……

“要不我们回去吧，还不知道你家小姨子回家怎么说我们？”文琪假装担心的试探道。

“别去管她，光天化日之下，不就是吃顿饭嘛。”祁远盛的语气很坦然很强硬，不过说完他却是黯然地低下了头。这令文琪很是意外。尤其祁远盛说话的口气很有点人渣的气质，好像什么也不在乎。

同化效应远远大于信念和职责的约束力。这话正中文琪的下怀，带着愤意庆幸起来。当初她之所以在调换岗位时提出每周要祁远盛陪她吃一次饭，纯粹是刁难他而已，没想到祁远盛竟然说话算数。这令她感动不已，觉得是个说话算数的男人。

文琪于是想起前天在街头上看到听到的一幕。大意是一女孩跟一青梅竹马十年，男孩曾经承诺一定给她买车买房，过上幸福生活。然而十多年过去了，女孩见男孩一事无成后，就上位了一富佬。为此，青梅男友一天在街上拦住女孩，跪地不起，央求她再给一次机会。

为此女孩非常生气道：“跟你这么多年你帮我买了一件衣服吗，送给我一件礼物吗，一件胸罩吗”？然后女孩又数落，“你没钱也可以，G巴大一点儿也行啊，可你没有。”

当时听到这里她心里很不是滋味。觉得男孩对一个女孩承诺没有错，只是承诺得太过于草率，因为人生成功光有勇气是不够的，更多的是机遇。况且良马也得遇到伯乐才行。而祁远盛之所以履行承诺只是基于两个目的：一方面文琪的父亲是他的大客户，远盛集团从无到有到现在发展壮大，离不开她父亲的支持；另一方面他也希望这次国际招标能够成功，能随时听一听文琪的工作动态。

半晌，安雨像回过神来，像太阳一刹那穿过迷雾，接着抬头看了一眼天花板，再看了一眼安晴紧盯着的眼睛，放下手机扶着腰问道：“这就是你生气说了一通的原因吧？”

安晴用近似挥拳、切掌、掐人的样子反问道："这还不够？难道非要在床上抓住啊？"

安雨缓缓地说道："一个老板，跟他的销售总监吃饭再正常不过呀，没必要值得这么大惊小怪的吧？"说完她又补充道："知道一个创业的男人多不容易吗？他求了爷爷们求奶奶，求了奶奶求孙子，什么工商、质监、税务……等等一个也不能少。得罪了哪路神仙这企业就办不下去，好在现在政府简政放权……企业才算喘了一口气……"

一席话后，见安晴还要说什么，立即就被安雨示意噤声道："我知道你想说出什么，但你要知道，销售这一块往往是一个企业的命脉，里面隐藏着许多商业机密，那是不能让人参与的，所以他们俩单独吃饭聊聊不是很正常吗？"

"那谈商业秘密为什么不能在办公室，干吗非要跑那么远的饭店去？而且还是知名的……"

安雨走到安晴的身边拍拍她的肩膀道："我的好妹妹，商界如战场，很多时候天时、地利、人和，跟什么人吃饭不重要，重要的是饭桌能够解决什么问题，才是根本。"

对此，安晴一着急，又把那天她在远盛集团所见的旧事重提……这次安雨沉默不语了。

见姐姐半天没有反应，安晴又死不甘心的试探道："姐，我有一个想法，不知道该不该说……"

摇摇头，安雨没有接妹妹的话，只是突然想明白了什么似的，抬头说道："我的好妹妹，知道你是为姐好，心里也非常感动，但是你要知道，在这个世界上许多婚姻的破裂都是从疑神疑鬼开始，然后在争吵和冷暴力中，给别人可乘之机不是吗？"

说完安雨又接着说道："如果你看到你姐跟一个男人单独吃饭你会怎么做？可否换位思考一下呢？"

安晴哑然，不过她随即争辩道："你不是那种人，更不会去当小三！所以不用怀疑。”

“错，你这是心理占位不同的结果，”安雨说完又失望地摇摇头道：“我的好妹妹，所有的小三都不是从小就注定是小三的，而是在这个畸形社会的人人为利的推动下造成的。人家不是说了，苍蝇寻着臭味找厕所，蜜蜂寻着香味找花海，主要看你姐夫是什么样的人对吧？”

“……反正我觉得姐夫跟那个狐狸精有说不清道不明的关系。”安晴作最后的努力争辩道。

“一个企业要想发展好，不在‘硬件’上难死就可能在‘软件’上困死。”为此，安雨拉着安晴坐了下来语重心长地说道：“你看远盛集团能够发展到今天，靠的是什么？是人脉。人脉是什么？‘软件’啊，如果你姐夫没有文琪父亲的帮助走不到今天，但是如果你姐夫没有一股闯劲、没有做人的真诚，人家也不会帮他是吧？”

安晴哑然，她没想到平时话语不多的姐姐居然有如此开阔的眼界，但她还是认为不能姑息养奸，更何况很多男人都被女人失之于宽、失之于软、失之于松放纵坏的。

“怎么听你的意思是姐夫为了企业发展就要玩暧昧，卑微地乞求人家？”

“当然不是，祁远盛之所以这么对文琪，首先肯定是感恩人家父亲的帮助，就如你被你们台长重用，你请他吃饭是不是礼节？你客气是玩暧昧？”接着又说：“再说商场上的人际关系本来就没有那么纯洁，只要不走心就好了。”

安晴听着听着，眼睛渐渐瞪得滚圆。

“你别理解错了，你姐夫的所作所为就如很多企业家常常要给一些吃拿卡要的人送礼、陪吃陪玩一样，是不得已，是身不由己，你能说出他们谁高尚、谁卑微吗？”

“我管不了那么多，反正我就怕你上当，我就你这么一个亲姐姐。”安晴说这话时眼睛都闪着泪花。

安雨也眼眶盈盈。“放心吧，我会把舞台全部交给他，但这并不代表他随心所欲想演什么就什么的。”

“姐呀，我也是醉了，你的内心强大得能够容忍男人犯罪了。”

“错了，你应该知道，婚姻健康发展，不是按照指引道路前进，而是在前进中修正错误的道路。”

安晴为此匪夷所思的狐疑道：“听你这话男人背叛了也不要紧，只要最后回头了就好是吧？”

“你的话对也不全对，很多事不是你想象出来。”于是她给安晴讲述了一件发生在身边的故事。

安雨事务所的一个同事，是那种非常要强的女人，结婚后总觉得丈夫不如别的男人赚得多。在一次同学聚会上，她与一个男同学重逢了。这男同学在大学里曾经追过她，但那时她觉得他要人才没人才，说话还结结巴巴，就没搭理他。结果大学毕业后，人家考取公务员，居然还当上了副市长的秘书，前景喜人。

他还告诉她这些年来他一心扑在事业上，领导非常喜欢他，并准备提拔他当局长。于是在男同学的二次追求下，她选择了离婚与男同学在一起。

好日子一下来临了。丈夫时常带着她吃喝玩乐，她的生活水平是提高了，但精神生活却空虚起来。时间久了，丈夫待她不再甜蜜，而是自己常常夜不归宿。

一天，她发现丈夫手机里有很多暧昧信息后，她才知道自己上当了。这时她发现那个天天陪伴她散步，给她倒热水泡脚的前夫多么贴心，可是这一切都晚了。

“哎唷，”安晴吁叹道，“真是同学会，拆散一对是一对！”

“所以说呀，这人吧，无论男人或女人，没有经历往往是分不出好坏的，可怕的是心的背叛，而不是肉体。”“姐，你可以接受肉体背叛？”

“想什么呢你，不扯了，带我们去吃饭吧。”安雨扯开话题道。安晴却依然不罢休道：“那你今天回家你也得一定要好好敲敲边鼓啊！这叫防患于未然。”

安雨无奈地笑了笑，想反驳什么，却又不想再纠缠下去，只好顺从地点点头。一种久违的柔软与感动，就这样汹涌且温婉地越过安雨的胸口。

她知道，妹妹是为自己好，但是她也知道，丈夫是不会背叛自己的。她也在某个瞬间怀疑过，但是那种怀疑又在下一个瞬间被推翻。她也不知道自己为什么这么坚定，但心里就是很坚定，虽然这种坚定也会时不时地被推翻……

矛盾永远和理性共存，安雨突然觉得自己感慨得有些多了。于是渐渐地，渐渐地，就像一些孩子长大后变得贱贱的……她赶紧收回了思绪。

二

有人说，任何一对姐妹之中，总有一个傻得令人着急又有一个精明似猴，才算基础设施健全，就如华府有秋香，就得有石榴一样。安雨觉得，她和妹妹从来不在一个频道上。

爱在哪儿，心就在哪里。饭后，安雨习惯性地抚摸了一下微微隆起的小腹，心里默默地说："把你妈撑死了，全是为了你。"娇嗔中露出了甜蜜的笑靥。

安晴呆呆地看着她，嘴唇动了一下，又止住了。

回到家中，丈夫祁远盛还没有回来，这令安雨真的有些隐忧起来。尤其回味起手机里的照片，他们像情侣一样相对而坐的情景，顿时让影视中饮食男女偷情的画面浸入脑中，于是她渐渐感到血压升高并晕眩了一下。

"别想了，别胡思乱想了，会伤害我家小宝贝的。"安雨警告着自己。前天去例行孕检，医生曾经提醒过她："一切都还好，就是血压有些偏高，要防止情绪大的波动。"

天之大，唯有她的爱最辽阔。为了孩子的健康，别说他祁远盛背叛她，就是跟着人家远走高飞，她也不会拿孩子作代价，更不会因为分离而彼此去伤害，那样之前所有的爱所有的美好，就全部糟蹋了。她是一个生活非常认真的人，要么不做，做就要做到最好。

正因为这样，爸妈常常把她当做安晴的榜样来念叨，以至于妹妹安晴因此常常下不了台而骂她是一傻瓜。而每当听到安晴骂她是傻瓜时，她总是淡淡一笑，说“傻人有傻福”，然后露出煞是好看的两只酒窝。

她记得丈夫跟她说过，说有酒窝的女人是女人中的绝品。西方人认为酒窝是上帝用手指头点出来的，代表着上帝的垂怜。这两只酒窝就如她倔强的气质，总在夜色中显得分外明亮，就像黑夜，越黑的夜晚越有明亮的光。

晕眩好像还在加剧，她径直来到卧室躺下。

风轻轻吹打着窗棂，心欲静而思想不止。安雨觉得人生不能贫乏狭隘，不能事事顺心，更不能按照“大道理指南”去活。于是她闭目养神，在心里模拟着肚子的小生命会以什么样的模样来到这个世界。

还没想出一个结果，她便迷迷糊糊进入梦幻之中。他却已经乖巧得像个孩子，轻轻地钻入她的怀里。她的皮肤是那么细滑，四肢是那么柔软。祁远盛一接触，仿佛走进人间仙境。

安雨在迷糊中也感觉到了，她是那么甜蜜，一如昨天。

此时此刻，是安雨为人妇以来最美妙的时刻，在迷糊中露出了幸福的笑声，紧紧搂着他，以至于动作太大，便从梦幻中恍恍惚惚醒来，居然发现怀中真的是他。

“你什么时候回来的呀？”

“回来一会儿了，你睡得好安逸。”祁远盛弱弱如婴儿般答。

安雨侧身，于是稍用力地搂紧了他。

她始终觉得上天是偏爱她的，让她遇见他，并且有了结果。安雨觉得他们的婚姻很有点天作之合的意思。

这是他们结婚以来最常用的睡姿，常常像两条蛇一样扭在一起，你中有我，我中有你。缠缠绵绵好味道，不过更多的时候是她蜷缩在丈夫祁远盛的怀里，而他只有遇到不顺心的事或遇到困难时，才会主动要求进入她的怀里。她知道，男人就如一只受伤的狼，也需要舔血疗伤。

“亲爱的，今天血压有点升高了。”

一听血压有点升高，稍懂得一点生理常识的祁远盛便连忙轻轻地从她怀里挣脱出来，问：“不会是因为我晚回来惹你生气了？”

面对他的试探，安雨心知肚明，知道他一定有难言之隐，便拍拍他的后背道：“大概是妊娠引起的吧，早点睡啊，都忙了一天了，你也累了吧。”

“我睡不着，对了，这两天有没有跟安晴联系过？”再次试探，因为他觉得不放心。

“她天天那么忙，哪儿有工夫理我，再说我们根本就不是一个频道上的人，很多话是不投机的。”

语气平淡，气息嗔人。却又巧妙地回答了他。

祁远盛心知肚明，这时候他才觉得这个世界上有一个理解人的妻子是那么重要。倘若他与文琪真有什么，他想他早已忏悔得不能自己。

爱是婚姻的衣裳。没有爱，一切占有的婚姻都是耻辱的。祁远盛知道安晴一定告诉了妻子今天的一切，而妻子虚怀若谷，能够理解他，于是他轻轻地吻了上去……

她感觉到他身体热烈而急促地在挣扎着。“停、停、停，别激动嘛，这样会伤到我家宝贝的。”安雨说着轻轻推开了他。

祁远盛身心俱焚，有些不能自持。

于是安雨自言自语转移话题道：“怪不得说女人怀孕期间男人出轨率最高，这时我才真的明白了……”

“瞎说什么呢，我才不会！”……祁远盛便轻轻刮了一下她的鼻子说：“女人嘛不是要做一个优秀的人，而是要做一个不可替代的人，你就是！”

安雨在“嗯”字拖了一个长音后像是自问:“我在想祁远盛到底会不会呢?虽然我不是风华绝代,在你心里不可替代,但我还是会想你会不会变心。”“不会，绝对不会！”祁远盛类似求饶道。

对此安雨心里粲然笑开了，“应该不会，”并且用充分肯定的语气道，“我也觉得你应该不会的。”

“当然，还是我的小绵羊最懂我。”

“是不是清晨的粥比深夜的酒好喝，骗你的人比爱你的人会说？”

“我祁远盛对天发誓没有骗你一次。如果说有骗你，当然也只是善意的欺骗。”

“那也是骗啊！”安雨故意装作嗔怪道。

“那……那……”他想说，有时候身不由己，却又怕掉进自己铺就的陷阱。他觉得只要没有背叛婚姻，没有背叛安雨，那些应景的做法根本不算欺骗。

“好啦，跟你开玩笑的，早点睡吧，”说完她又补充道，“如果有一天你不爱我了，请你清清楚楚告诉我好吗？我不喜欢躲躲闪闪，期期艾艾。”

祁远盛心里很不是滋味。“从明天开始，我只上半天班，专门回家陪你，省得……你血压升高。”

他本想说省得别人说三道四的。

“陪伴不一定是最长情的告白，心若不在陪伴又有啥用？”

祁远盛哼哧了好半天没找到词说：“不是怕你血压升高嘛。”

“真不用，这生意场上吧，很多时候身不由己。放心吧，我会好好的，睡觉吧。”

祁远盛又钻进被窝将安雨轻轻搂在怀里，这是他们的最佳睡姿，只有听到彼此的呼吸才能睡得安心。习惯，可以成就许多事情。

窗外偶尔听到几声汽车的汽笛声。安雨其实也睡不着，虽然她相信丈夫不会背叛她，但作为一个有文化的女性更知道这世界上的事情很多时候都是从量变到质变的。

“他会变吗？”“不会，应该不会。”

“他会爱上她吗？”“她应该不会爱上他！”

安雨在自问自答中坚信丈夫不会出轨。都说七年之痒是离婚的高峰，但她并没感到人们惯常思维的警告，相反她觉得自己就如丈夫的孩子，一直被精心细致地呵护着。

“难道他的无间道技能已经到了大巧若拙的化境？”“不像，不像，因为谁也做不到万无一失。”

安雨在自问自答中否定了猜疑，觉得自己又陷入矛盾之中。

祁远盛也不能入睡，比自责更深一层的是懊悔，懊悔自己为什么不能向妻子坦诚真相，但他又怕他笨嘴笨舌，引起更多的误会，所以整个思想都在纠结着。

夜晚不懂人的苦。

“怎么这么早？”安雨睡了一个懒觉后，打开客厅门透气的一刹那，发现妹妹安晴正犹豫地杵在她家门口。安晴耸了耸肩，径直走进客厅。

安雨发现妹妹一袭黑裙，身上散发出恬淡的熏衣草味道，脸上透出清高的神色，高傲而迷人。

“呵，”安雨打趣道，“你这么深沉干吗？”

安晴对着客厅的镜面上下打量了一下自己，然后又用审视的目光看着姐姐，那意思很明了。

“想知道昨晚我怎么处置你姐夫的是吧？”安雨直入正题。

“算你聪明！”安晴一屁股坐在沙发上，愤恨般拿起香蕉扒皮吃了起来。

安雨噫吁一下，看着她说：“我们什么也没说，你很失望吧。”

“不会吧，难道你还真的要做那种视而不见、充耳不闻的妻子吗？”

安雨又露出她那迷人的淡淡一笑，说道：“好啦，我的好妹妹，你就别操我的心了，我们好着呢！”说完羞涩地低下了头，那样子就像青春期的小女孩。

“你要怎么样，才能觉悟？”对此，安雨重重叹了一口气，决定好好与她聊聊。

“他对我的爱没有变，一直都在那儿，我的感觉告诉我是对的。”

“感觉能就饭吃？”

“不能，但是就是能安心。”她不知道怎么跟妹妹说清楚夫妻这档事。就如夫妻间的性爱，你说不出来，但一定能够感觉得到那么真切。

安晴跺了一下脚又问：“那他知不知道我向你告状了？”

安雨嘿嘿一笑答："他多聪明的人，应该知道你告状了，我知道了。"

"那你干吗不直接问他呢？"

"这信任就如一层窗户纸，看似经受不住大风大雨，可是外面本来只是一阵风，奈何不了屋里的人，如果你执意要捅破它，"安雨又顿了顿，说："就会形成破窗效应，破窗效应你懂不懂？"

"好一个大智若愚、闲庭信步！我也是醉了。"

安雨思索了一下又说道："打个不恰当的比喻，我就如他的用心绘就的一幅作品，他为此付出了巨大的心血，而且一直视为宝贝一样，你觉得他会轻易撕碎它吗？"

安晴听了，眼睛睁得大大地看着她。那意思是你接着笨吧、傻吧。

于是安雨把从恋爱、结婚到现在，丈夫祁远盛的对她的所作所为一口气讲了出来，当然，她省略了其中不为人知的重要部分。

"他给你买衣服也好，买礼物也罢，那都是男人从攘外必先安内中得到的启示，现在人都学坏很快的，醒醒吧。"说完安晴还不解气道，"他给你按照他的喜好打扮，这是自私，把你当私有品知道吗？"

"当他私有品不是挺好的，干吗要当大众产品，我又不想成为公共汽车，让人人去上。"

睿智有哲理，这下安晴彻底无语了。这时，她的手机不合时宜地响起，于是她生气道："反正我不会放过他的！"她觉得姐姐就像歌曲唱的那样，实在傻得可以，不留余地。她必须保护她，保护着安家的人不受到任何伤害。

"听话，别再瞎闹了啊，下班来陪我聊天吧。"安雨眼里涩涩地说道，既感动又有一种说不出的惆怅。

好话不能重复，坏话更不能重复，她也不是圣人。

三

离你最远的地方，

路途最远。

最简单的音调，

需要最艰苦的习练。

……

这首不知名的音乐，这哀婉之声迎合着白姗的心境。白姗一落座，便迫不及待问道："你掌握了他们什么最新动态了？"

白姗今天穿着妥帖的旗袍，一节腕子上挂了只碧生生的玉镯，衬得肌肤胜雪。粉颈上的银狐圆领，把脸勾勒出时下流行的椎形，在乌压压的发下面，透明似的，又生着光辉。

王凯警觉地环顾四周，过了半晌，害怕他要犯事样，才犹豫着张开嘴巴，轻声说道："她交给我一个非常重要的任务。"神态比话还要神秘。

白姗微微移动身子，做出倾听的姿势。"什么任务，快说嘛！男人点。"

王凯因此一蔫道："帮他们翻译资料。"……她听了明显恍惚了一下，隔着刘海审视王凯的表情，见他把目光落在她身上，又飞快地收回了视线。

"我还以为交给你标书起草的任务，这有什么秘密可言。"……白姗听了顿时如泄气的皮球，有些失望。

"不对，不对，白总你听我说嘛，这可不是一般的资料，这是他们从别国弄回来的绝密情报，要求我不得告诉任何人，否则……"

"否则什么？"白姗问，"什么样的绝密资料？"

于是王凯把那天文琪专门找他谈话的情形又重复了一遍，不过他夸大了耸人听闻的那一部分。

"真是天助我也，"白姗从座位跳起来说道，"天让人灭亡，必先让人疯狂。"

"白总他们这是想干吗？""这还不简单，这分明就是明修栈道，暗度陈仓啊。"白姗就如一名战地指挥官一样又指挥道："摧毁它，不让她们得逞！"

"可我还是不明白？"……王凯用眼神问。"你可以在翻译中做手脚，将错误的翻译成正确的，将核心参数翻译成轻描淡写的……"王凯听着听着，不由地惊出一身冷汗，心想，这种小儿科的做法太容易暴露自己了，一旦投标失败，自己的下场堪忧啊。“不干，绝对不上她的当！”

从王凯心胸起伏的尺度上，白姗大致看出他的心思，便开始许诺说：“只要文琪这次投标失败，我就一定能够再回到销售总监的位置上，那时我们将要钱有钱要名有名……”

巨大的诱惑就如一道彩虹，美丽炫目，虚幻却也是动人心魄。

见王凯不语，白姗又进一步鼓动道：“我们现在反正都是一条绳子上的蚂蚱，不试一把哪知道有没有希望，万一成功了呢，对吧？”

用胆怯地余光看了她一眼，王凯心想，做人厚道一点吧，不要做菲律宾吧。

很快，他的那点心思又被白姗立即捕捉到了。

为此她祭出最后一个杀手锏：“那小金库的事这么多年祁远盛不也没发现的？没事，听我的保证没事。”

点到为止，王凯却是心头一颤，绝望地仰起头说：“那好吧，一切听从您的。”说完拿桌上的一杯水倒进嘴里，大有壮士一去不复返的味道。

站在江海高架天桥上，下面车辆横流，不知名的车就如不同的人群，或雀跃或疲惫或哀伤地砥砺前进着。

王凯南下到这个著名的大都市里，高房价、低收入常常令这位来自贫困地区的大学生不知所措，为此他常常夜不能寐。彩票以及各种能够想到的一夜暴富的设想，他都想到了，最后，还是觉得唯有事业上的成功才能拯救他。

他趴在天桥上看着车水马龙，看着从身边擦身而过的卖草莓的小贩，发现草莓鲜嫩欲滴，而自己的内心一天天老去干涸，于是长长地叹息一声：“岁月总是在青春时，自己已开始老去。”

撑不住的时候可以对自己说“我好累”，但永远不能在心里说“我不行”。王凯觉得很有道理。一个男人怎么能说自己不行呢。“不！”他咬着下唇，把声音从胸膛里挤出来。

自我增强了信心。王凯决定回自己的单身宿舍加班，先把文琪交给的资料翻译出来再说，至于白姗交给他的任务只能走一步看一步了。砸老板的饭碗，丢自己的岗位，这一点他在职场上摸爬多年比任何人都有发言权。况且，现在这职位虽然没有权，但薪金并没少一分。干吗非要去冒险呢？眼前的利益高于一切。

初春的夜凉，用来堵窗缝的布帘不知何时已经掉落在地，几步之远，王凯也懒得去捡。随手抄起一件外套，闻到淡淡的汗臭味，便又嫌恶地丢开，正巧砸到小茶几上吃剩的泡面上，洒了的泡面味，顿时充满屋子。王凯却无心去管，把思想全部集中到电脑屏幕上，对着那幽幽白光，快速翻译着资料。

与日语接触，并最后成为他吃饭的另一个本领，今天看来，实在是有点捉弄人的味道，但也在一不小心中成就了一个人。

大学毕业后第一次出差。

兄弟们都说出差和旅游，是艳遇概率最高的两件事，这话应该还是有些道理的。可几天的展览会结束后，他一个五官端正、不缺胳膊不少腿的帅哥，居然一点艳遇的火花都没沾着，想想都觉得有些遗憾！

此时他觉得现实生活就是残酷，要换成偶像剧里，他长得这么帅，一个人在大街上走，肯定有一个富家千金开着奔驰跑车把他给撞了，接下来丢给他一只水晶鞋作为赔偿，一个灰小伙儿的爱情故事就自然而然发生了。

距离飞机起飞还有两个多小时，王凯随意地在附近商场里闲逛，准备买些土特产回去。转了一圈后，发现商场的角落有一个开放式的日本商品专柜，就是酱油当橄榄油卖的那种，但他还是走了过去。

不为商品，只为一个身材火辣、打扮时尚的妹妹。他眼睛一亮，刻意移动脚步，靠近她身边，开始装傻，把她当服务员一样问："美女，哪种水果软糖好吃？"美女看了他一眼，倒是相当热情，满脸笑意地开始给他介绍起来。

令他意外的是，美女一开口，他就心花怒放了，生硬的普通话一听就知道，这个娥眉螓首、皓齿朱唇、曲线玲珑、身材曼妙的大美人，原来是个国际友人。

心里一阵窃喜，他故意装作说着并不流利的普通话，和她慢慢玩起对白游戏。配合她说话的语调，他装着装着慢慢感觉自己都口吃起来。

鹦鹉学舌，把本质丢了。

“留学生？”他问别人问题的时候习惯笑容满面，这样可以让对方放松警惕。

“嗯，读的中文系。”

王凯心里暗忖，不光是你，等中国强大到一定程度，全世界都得读中文系。“我是从锡都来成都出差的。”

“真的啊？我暑假正准备去锡都实习呢！”她显得有些兴奋的样子很是撩人。

世界比较小，事情比较巧。这样一来，他们想不拉近距离都不可能了。

“那到锡都后联系我，我带你去蠡湖摩天轮看夜景，真是太美了。”王凯微笑着，夸张说。

“太好了，谢谢你哦，我叫蛭子，你呢？”一双大眼睛看得王凯有些心慌慌的。他没有回答她，而是别有用心，很绅士地拿出一张名片递给她。关键时刻，男人，还是得玩深沉。

由于时间比较紧，他还要急着赶去机场，也是故意地没有多说什么，更没有问她的手机号。他想，如果她想要找他，自然就会联系他，否则，就算问了她电话号码，写在手心天天念，也是白搭。

艳遇三十六计，哪一计最管用？欲擒故纵！王凯早已经过单纯期了。

世界只需要三个多小时就改头换面，当看到起伏的山峦如苍劲的水墨画绵延在机身下方，熟悉的城市轮廓出现在视线之中，他知道，到家了。尽管他在这个城市还无处安身。

下飞机的时候已是夜晚，锡都被称为小上海，夜生活有一种致命的诱惑力，代表一种文化，一种格调，一种情绪，一种时代特征。他喜欢喧嚣，因为他是个耐不住寂寞的人，生活中什么都可以缺，但不能缺喧嚣。

这是孤独的挣扎。

时光就如指缝里的阳光，总是在不为人知中溜走。

回到锡都后，王凯已经忘记当初寂寞的邂逅和约定。但“有情不必终老，暗香浮动恰好”。没想到，突然有一天，蛭子用半生不熟的中文在电话中告诉他她已经来到锡都时，令他有些始料不及。

为了表达男人的绅士，王凯把蛭子请到锡都滨湖一条街吃烤烧。他已了解到这位来自大洋彼岸的姑娘喜欢吃烤烧，毕竟她的家乡是烤烧的发源地，更重要的是烤烧省钱。

他们一边聊天，一边喝着酒，很快他就感觉有点飘飘然了，脸也红到了脖子根儿，像极了情窦初开的小处男。反正醉了，那就干脆装得更醉吧。重要的是他这个人一喝酒就上脸，关二哥一样。

酒也喝完了，夜市已经渐渐打烊了，该回家了。他们相互扶着一路走在大街上，他试探地抓着她的右手，蛭子居然没有一丝拒绝。

“难道大洋对岸的女人真的如传说中那么温顺？”于是他有意地往她身上靠，走路时偶尔会碰到她的胸部，她可能以为他真的醉了，好像并不在意她的偷袭。

然而王凯心里有些内疚了，占一个纯真小姑娘的便宜，实在有点禽兽的感觉。于是他不再装醉，从好像“宿醉”的状况中醒来，搀扶着她上出租车。关车门的时候，顺手塞了一张百元钞票给出租司机，接着告诉她：“以后你想喝酒的时候就找我。”

蛭子没有说话，朝他笑了笑，挥了挥手，就这样和他道别了，却在道别中把他的心已经带走了。

后来的后来，没有谈过恋爱的王凯如愿尝到爱情的禁果，就像吃一串葡萄是甜的，因此不能忘记蛭子，确切地说她并没有他想象的那么纯真。因为那晚，他们把简单的游戏翻新出好多花样来，让宿舍的破床，都有些不堪负重了。

两人个的邂逅符合所有俗套也是最浪漫爱情故事的开端，帅哥邂逅美女，一见钟情。之后相识相恋不过是水到渠成，一切预示着情节往最幸福的方向前进。

这时王凯才明白，原来俗套就是一见钟情。

爱上一个人，顺带还爱上门语言。王凯为她学日语，她乐此不疲地当王凯的老师。他觉得将来娶这样的一位妻子也未尝不可，尽管他曾经像许多人一样憎恨那方水土的人，可当爱情来临时，好像所有的仇恨如蠡湖上空时常燃放的烟花，在欢呼中一次次盛开，又很快黯然。

相爱容易相处难。王凯也记不清楚是哪天晚上，也记不得是为了什么事，反正他跟蛭子的争吵就如许多恋爱中人一样没有来由但却不能罢休。他至今记得那种感觉，好像心底一万个小人在大喊着："去死去死去死……"

她流着眼泪气呼呼地夺门而出，那一刻，他不知道蛭子也像所有女孩一样，希望有人在后面拽住她，哪怕只是做做样子也行，但他没有。也许那时正值两国因为岛屿之争陷入口舌战争之中，所以他也恨乌及屋配合起来样。

初恋就这样夭折了。

没有人料到，曾经绚丽的烟火消逝的速度远比绽放的速度更快。分手的那天，失魂落魄的王凯把自己灌醉，醉成一摊烂泥，时而傻笑，时而哭泣，最后醉倒过去。

他虽然能喝点酒，但酒量很小，所以平时他拒绝一切会让脑袋失去理智的东西，他认为"人只有清楚的时候才是人"。

想到这里，王凯站起来用力拉开窗帘，蛭子穿着深色百褶裙的样子又出现在眼前。之所以对蛭子这身打扮不能忘记，因为那天他们坐在蠡湖之光的月光下，蛭子一脸认真问："我们能不能走进婚姻的殿堂？"他则像早已经想好了这个问题似地说道："一切都会变好的，如果没有变好，那一定不是最终。"

中国文化真是博大精深。

一语成谶，所有前世与来生都像逃不过早已经铺就的鸿沟。

王凯觉得现代人的婚姻，附加太多世俗的沉重，你越挣扎，越无法摆脱，越不尽如人意，他甚至开始相信爱情是命中注定，来的时候不能抵抗，走的时候也如风般缥缈无踪。

为此他问自己，人活得这么无奈，又为什么还要拼命地活着？

第四章　家里家外

一

“因为你有双下巴，所以碰到任何困难，不要低头。”

安晴的世界容不得等待。一下班，她冲锋般地离开了电视台，以致路上她几次险闯红灯。

“哎呀妈呀，这是在秀恩爱，还是在立地成佛？门也不关就现场直播。”

安晴推开虚掩的门惊呼道，不过她眼里释放着暗器。

那只本已成为安雨口中食物的大虾在安晴的惊呼声中，僵持在了祁远盛的筷子上，正好形成一个大大的问号。

“你怎么现在来了，”安雨有些惊愕道，“晚上没有约会？”

“不是你让我下班后来跟你聊天？怎么一开口就是约会约会，难不成你妹就这么让你操心嫁不出去。”安晴假装生气道。说着丢下包包直接用手在盘子里抓了一虾就往嘴里送。

见此，安雨做了一个惊惶表情，才想起上午说的话，拍拍脑袋叹气道：“这还真是一孕傻三年，正好我们才开始，你姐夫做的油焖大虾可好吃了。”

“嗯，是好吃。姐夫，你今儿不去应酬了？”

他被她的眼光电了一下，赶紧侧头，祁远盛瞬间尴尬后，恢复一脸平静地答道：“你姐现在比大熊猫还重要，所以现在回归家庭，专门照顾她，你放心了吧。”

“算了吧，”安晴白眼一翻，鄙视道，“这世间的人皮都是恶魔的宿主，也许是良心忏悔了吧。”

祁远盛的脸顿时如狂风扫过般地扭曲了。

“别乱讲哦，你姐夫给我剥虾快十年了，”安雨又甜蜜地说：“又不是今天才开始的。”

“真的吗，姐夫？”

祁远盛没有理安晴呈现出的八卦脸，而是晦色满面地看着安雨，里面有无奈，也有乞求，还有希望妻子不要为他担心。他不想跟她解释，觉得夫妻间事就如人们常说的那样，平平淡淡往往有看不到的一往情深。况且他是那么爱她。

“你姐夫吧，就是那种两个彼端的人，他心细时吧，关心你不遗余力，粗心时又会忘记你在那里。”

祁远盛一愣，装作生气说：“我在你心中就是这样的人？你不能说这是心里只装一份爱，蛮好的一句话叫你说得这么不解风情。”

“哼，这有什么，正好是我喜欢的。否则天天黏合着我还难过。”安雨说着脸上渗出一脸的甜蜜。

安晴本来已经坐下了，又惊呼地站起来问道：“那姐夫你说说怎么关心我姐不遗余力？”

祁远盛觉得，她就像一只黑色的小鸟，就算只在他眼中稍作停歇，也要索取他所有的灵光，因此他狠狠地皱了一下眉，想说什么又忍住了。那样子时而清醒，时而迷茫，时而觉得醇酒佳人夫何所求。

安雨情知他意，便难为情地说道："给我剥虾算吧？给我买衣服算吧？给我揉太阳穴算吧？给我……"她差点说出洗澡。

隐私侧漏，说得祁远盛脸阵阵发红，为此他连忙插话道："你坐下好好吃饭行不？"话语平淡，却嗔威蔓延。

安晴愣了一下，又翻出好看的白眼道："这还真是婚姻如鞋子，合脚不合脚只有自己知道哈。"

祁远盛目光空洞地摇头，咧着嘴笑了，笑着说："名主持人这句话还是比较靠谱的。"

"姐夫，有这样一个故事，我们一起分享一下吧。"大家顿时看着她。

"有一天，有人问一位老先生，太阳和月亮哪个比较重要？那位老先生想了半天，回答道：'是月亮，月亮比较重要。''为什么？''因为月亮是在夜晚发光，那是我们最需要光亮的时候，而白天已经够亮了，太阳却在那时候照耀。'"

"打住！我知道你想说什么了，你姐是太阳，一直都是。"祁远盛阻止着并说："不过我也听说过这么一个故事。银行家的儿子问爸爸：'爸爸，银行里的钱都是客户和储户的。那你是怎样赚来房子、奔驰车和游艇的呢？'银行家说：'儿子，冰箱里有一块肥肉，你把它拿来。'儿子拿来了。'再放回去吧。'儿子问：'什么意思？'银行家说：'你看你的手指上是不是有油啊？'"

安晴哈哈大笑道："恶臭的商人！"不过她对祁远盛开始有些佩服起来，觉得这个情商并不很高的人居然活学活用，还有这样的幽默。不过她没有表现出来，反而在大笑之后狠狠地鄙视了他一眼——她不想让他占了上风。

这顿饭吃得乏善可陈。

在幽暗的烛光里，她像一只黑色的乌鸦，用深邃地眼睛，静静地望着他。

“白……白总，您这么急找我来有……”王凯突然觉得他们的关系越理也理不清楚了。所以很多时候不知道怎么称呼她。

“当然有重要的事！”没等说完，白姗就急不可待打断他的话说：“说说你翻译的东西吧？”然后用审视的眼光看着他。

王凯愣了一下说：“全是 X 国高速动车的技术参数，里面详细介绍了高速动车动力系统和电力系统的先进地方和存在的不足等等……”

白姗听了，剜了他一眼，露出笑脸道：“我总算明白他们要干什么了，一定不能让他们得逞！”白姗表情里包含着志在成功的信心。

“那你想怎么办？”王凯似懂非懂地问道。

为此，白姗露出睥睨一切规则的那种放肆的笑：“还能怎么办，采取一种方式告诉 X 国就说有人已经掌握他们的技术漏洞，正准备攻其不备，让他们采取措施啊。”

“这样不好吧，毕竟自家人，打断骨头还连着筋，干吗要学蔡英文她那样讨好美帝，为将来找个靠山作准备，蚍蜉能撼动树吗？而我这是为了我们自己。”白姗无语地挥了挥手。

而他心想，这完全不是一回事，他们招标成功我也没有损失什么呀，但王凯又不敢说出来，白姗把他控制得牢牢的。

看到他一脸懵懵懂懂的样子，白姗有些恨铁不成钢：“你负责把这一消息透露给 X 国，听到没有？”她嘶哑的声音中暗藏杀戮。王凯下意识地点了点头，心里却不想臣服。

白姗争取自己的利益可以理解，但其不择手段把自己本集团的利益损害完全变成他人利益争端的工具和借口，则是他一个正常人所无法理解的。

想到这儿，王凯又连忙推辞道：“这怎么透露啊，总不能打电话告诉人家有人要……不是自投罗网嘛。”

“说你笨吧，你还真笨得七窍生烟了。现代通信这么发达，你就不能通过网络发帖子发邮件？”面对白姗的责怪，王凯没有生气，不过他觉得这不靠谱，即使他发了帖子人家也不一定会关注，谁会把公家的事当自家事，天天盯着电脑是吧。于是否定着："这样的帖子人家会看到吗？"

"你也太小看X国。"为此她将X国从侵略中国前多少年就派出间谍到中国乡村说起，然后又从X国如何培养川岛芳子这样的血脉间谍，怎么来对付中国人……直到说得王凯目瞪口呆。

"不可能吧，不可能吧？"

白姗将她知道的东西现学现卖完，虽然有点刻舟求剑的意味，但王凯已经彻底被她的知识面所降服。不过，他随即更加担心道："如果真像你说的那样，那我们不是也暴露了？"

白姗如鲠在喉，不过她依然信心满满地对王凯提醒道："你可以到网吧发呀，到有WIFI的地方，还可以翻墙进外国网站啊。"诡计随手拈来，可见她对世事多么用心。

逼虎上山。王凯看了她一眼，无奈地妥协了："那好吧，我到时候去网吧发。"现实让他发现，知识能够改变命运却填不饱肚子。大漠孤烟，深山穷谷，远离征战和杀戮已是不可能了。

人有时候会物化为树，高大飘逸，伟岸挺拔。树有时候会异化为人，充满感情，有血有肉。王凯这时候才觉得眼前的白姗原来是那么狰狞可怕的。他第一次发现这个女人有慈禧太后的潜质，有些后悔上了贼船，可是一想到他们合作赚钱的酸爽，又觉得她是他生命中不可少的人，否则，就靠他那点工资，"房奴"还不知道要当到什么时候才是个尽头。

"知道怎么办了吧？"白姗还是有些不放心。

"知道了，您放心好了。"说完就要离开。

"你干吗去？"

"你不是让我……"

"那也不在乎这一时半会儿呀，"白姗示意他坐下吃饭并说，"你怎么好像要躲避我的，这是怎么了？"

出来混总是要还的，王凯自从与白姗有着那种不清不楚的关系后，就像被捆绑在一起了。这是在他刚到远盛集团到白姗麾下发生的，一切都归咎他太帅了。不过正是因为他的帅才令白姗对他格外照顾，否则他就是拼命干活也不会有今天的地位，因此对白姗既感谢，又讨厌，还有些害怕。

女人是一种特别的生物，很多时候，喜欢一个人，是喜欢和他在一起的自己。喜欢他看自己的眼神，他对自己说话的专注和那微妙又异常温柔的关心呵护。他让你卸下面具，享受与众不同。白姗恰恰就是这种女人。

招聘那天，王凯杵在她的对面，在她四射的目光下却不敢造次，以致半天憋不出话来。面对眼前的青葱少年，白姗的心被打劫了，自然意兴阑珊起来。

王凯五官分明，有棱有角的脸俊美异常。外表看起来好像放荡不羁，但眼里不经意流露出的神采又让人不敢小觑。一头乌黑茂密的头发，一双剑眉下却是一对细长的桃花眼，让人一不小心就会沦陷进去。高挺的鼻子，厚薄适中的红唇漾着令人目眩的笑容。

尤其当她看到他眼神里急切地带着悲伤的可怜兮兮的样子，扫了一眼他递过来的简历就说："好了，你回家等通知吧。"一听招聘官这样分分钟打发自己，王凯情绪一下子失控，转身离开之时，泪水滚落而出。

回到租住地，望着简陋的出租屋，他无奈地倒在床上，觉得这房间不是住着工科男，就是住着性冷淡。不过他很快就做了一个梦。他看到一位妖艳欲滴的红唇，轻轻地，慢慢地，向他挪来。那紧闭的双眸，眉睫清晰如星如月，轻轻地吻了吻他，然后他听到天籁般的声音："别问我为什么，茫茫人海就是缘分，我好喜欢你孤独的样子，就像我的白马王子。"

几天后，正当再次穿梭在招聘大厅里再次被面试官打发时，接到了白姗的电话，说他被录取了，他又惊又喜，觉得这简直是奇迹。后来，王凯才知道，不是他多么优秀，而是她多么需要他，是她的独占欲望非常强烈，才让他在众多招聘者中"脱颖"而出。从她的眼神中，他知道今晚又要重复那天的故事了。

王凯曾在书上看过，马斯洛说人这一生需求有五大层次，除了温饱一类的生理需求，人总是有更高层次的需求，比如权力、地位、尊重、名声等。

而他觉得这人一辈子就两大需求，一是生计，二是扯淡。

人在解决了生计后往往会扯淡。比如她现在。

“服务员，点菜。”白姗一下子变得温柔起来，说着就把菜单递给了他，“你想吃点什么？”声音温和。王凯看了一眼窗外的依依杨柳，然后暗暗露出一个微笑。

“我随便，”王凯一脸气若游丝地说道，“还是你点吧。”他已经无心应对接下来的事情，他既害怕她的指令，更想将之前的关系彻底撇清。哪怕早一分钟也行。可是他像深陷陷阱，想自拔已无力。

“哪能随便呢，你是随便的人吗？”白姗用她很少表现出的妩媚眼神看着他。

这是母狐发情的前奏，王凯知道。因此有些厌恶又有些激动，毕竟他是男人，而且正值大好年华。

酒入肝肠，身体渐渐开始发热起来，啤酒虽然不会醉人，但是借着酒，不敢说的话，不敢撒的疯，都开始敢了。这正是白姗主题的铺垫。

白姗笑意盈盈打量着惴惴不安的他，发现他的侧面挺硬朗的，下巴一撮小胡子，也很好看。此时王凯倒是坦然了，偷瞟着白姗白皙的脸蛋，挺拔的前胸，心中渐渐浮想联翩起来。

……房间布置得像公主病的氛围。她家的浴池大得能跳华尔兹，里面的洗护用品没有一个中文字眼。好在王凯认得英文和日语，他洗得非常谨慎，有种正在行窃的紧张感，生怕白姗破门而入。

结果，白姗还真的不愿意让他有一刻好过，不过没有突然袭击，而是像老夫老妻样，坦然地走了进来。接着站在洗衣筐前程序地脱起来衣服，然后走进莲蓬形成的雨帘里，然后……王凯尽可能挺直了腰背，直视她的双眼使自己看起来正气不可侵犯：“我好像并没有邀请你进来。”

“不需要邀请，忘记了吗？一日夫妻百日恩知道吗？”

王凯难为情地一笑道：“女人耍流氓真是比男人更流氓。”

她不语，开始在他身上摩擦起来。

熟女遇初男，如干柴烈火，王凯立即热血沸腾，在水流中他渐渐闭上眼睛，所有的顾忌和为难在这一刻随风而去。

王凯就此沦陷，再也没有生还的可能了……直接在床上成了类似的“葛优瘫”。

二

沉默的晚餐就如暗流的流沙，渐渐堆积成丘。

在祁远盛的心中，安晴一直是那种为迎合刻意，而喜欢制造冲动与玩味的女孩，到现在才发现，他的错觉让他顺势而为，一下子走进泥泞的漫漫征途，一边丢掉脚上的泥，一边又沾上新的土。

一个人心理失衡，很大程度上因为个人英雄主义情结在现实生活中没有生长的土壤，所以才转向反面。在沉默饭食中，祁远盛放在餐桌的手机骤然响起，他便习惯性地斜视了一眼，就以猎豹的速度摁断了。谁知，三秒钟，手机再次不合时宜地响起。

“怎么不接呀？”安雨随口说道，因为她并不知道是谁打来的电话。不过安晴已在他的手机第二次响起时看到了是文琪的电话，于是停止了咀嚼，开始注视着姐夫表情的变化。她要借机从中发现点什么，机会太难得了。

皱了皱眉头，酝酿一下情绪，祁远盛接通了电话并在安晴的注视中欠了欠身，掩盖动身的尴尬。房间静得出奇，文琪嗲嗲的声音如银铃般传到房间的每个角落，祁远盛不得不起身走向阳台。

“你说的事我知道了，我正在陪家人吃饭呢，明天再说吧好不好！”

忌妒之心，人皆有之。文琪一听不干了，有些生气道：“你在陪家人吃饭，我为你加班才结束。这可不行，太不公平了，你得过来请我吃饭！”

“你不是经常说多去帮助别人，多去支持别人，助人方能达己，互利方可共赢。”祁远盛连忙赔笑道说着又补了一句：“文总监辛苦了，下次一定好好请你吃饭。”那笑，有点像哭。

然而，文琪并没有罢休的意思，不过她并没有瞎闹，而是将近一个时期以来她带领的销售团队如何搜集、破译 X 国技术参数，详细地讲起来。

仗义疏财，扶危济困。祁远盛一听人家说的是正事，也无法阻止，于是他在电话这头时而说“好的好的”，时而又说“你真厉害，真厉害”。此时他找不到更好的词来敷衍。

电话那头信心满满，电话这边心情颓废。祁远盛一脸憔悴。

时间仿佛像拉长了的叫喊声，沙哑而狰狞。安晴听着听着，不知不觉中已经皱起眉头，并时而翻着白眼。祁远盛一声声“你太厉害了”的赞美声传来，安晴被他眉宇间一不小心流露出的喜悦抑或爱怜的样子所激怒，为此她一个箭步冲到祁远盛跟前夺下手机，冲着电话那头喊：“你这样没完没了的，非要把人家家庭破坏到底才罢休吗？”

文琪先是吃了一惊，而后故意轻佻地说道：“我就是要拆散他们怎么样！”

“告诉你，有我安晴在你的计谋永远别想得逞，别以为我姐老实就好欺侮！”文琪知道安晴的个性，更知道此时她已经开始发飙了。

“你瞎说什么啊，我们在谈正事……”祁远盛愤怒地阻止道，并要去夺安晴手上的电话，结果被安晴狠狠地一把推开，打了一个踉跄。

谁知，文琪调整了一下情绪，跳过她的责怪，用玩世不恭的语气说：“我还真就告诉你，我就是来拆迁的，你就等着看好戏吧。”

火上浇油，安晴更加生气道：“告诉你，狐狸精，有我在你休想得逞，明天我就把你拉出来示众。”说完生气地摔下了电话。

安雨在惊慌中已经听懂了安晴与文琪的对话，此时她有些生气了，但她并没对着丈夫祁远盛，而是看着妹妹安晴道：“你们这干吗呢，还要不要人好好过日子了？”话意却是直指丈夫祁远盛。

弥天大罪似的祁远盛，连忙跑到妻子跟前解释，说文琪在进行国际招标前的准备工作，刚才文琪是在跟他汇报工作进展……一脸的无辜，生怕别人看不懂。

安晴被文琪点起的火却灭不下去，即将发作的一瞬间，又看到姐姐腆起来的肚子，不得不降低声音看着祁远盛道：“明天叫她滚蛋，离开她，你就不能活了？”语调杀气腾腾，气势咄咄逼人。

祁远盛如风箱里的老鼠两头受气。他非常生气道：“什么事都有你，什么事都要添乱！”说完他瘫软下来，呆呆地坐着，嘴里却有一个苍老的声音在愤怒。

“我添乱，电话都打到家里来了！我添乱？”安晴又反问，“你有没有搞清楚你刚才的奴婢样子，真是长见识了。”一听小姨子说他“奴婢”，祁远盛男人的尊严令他顾不上妻子的感受，终于爆发了。

“人家辛辛苦苦为集团加班，人家把别人的事当自家的事，难道安慰几句就是‘奴婢’了！我哪儿‘奴婢’了，你能不能别多管闲事了，我受够了！”

此刻窗外下起雨来，一时间电闪雷鸣，风雨大作。

一看丈夫怒了，安雨便给安晴使眼色让她不要再说话了，安晴却忍不住脾气，非要打压一下祁远盛的威风，两手一叉腰，责怪道：“市场经济，劳动得报酬，有什么值得那样感动？非亲非故的，人家对你太好，八成是没安好心了。”

说完她停顿了一下又说道：“你看看你，一个大集团的老总，居然被个女人左右，你还有没有点男子汉气概？”

“我怎么不男人了？”“又不是逼她干的，扭捏个毛线啊。”

祁远盛彻底忍无可忍了，大吼道：“我就不是男人，怎么了？怎么了？以后我家的事不用你管，爱干吗去干吗去！”说完摔门而出。

他气得肺要炸了，声音凛冽得瘆人，在夜晚显得更加诡异。

他们对话，不难听出里面的隐情。现在安雨觉得忌惮了。她眼里的泪水顿时波涛汹涌，不过她努力地蓄在眼眶中不让它们滚落出来，就如荷叶带珠。可此时的祁远盛已经被愤怒冲昏了头，完全看不到妻子的伤心。

祁远盛孤独地来到蠡湖边。不是因为这片湖与爱情有关，与浪漫有关，而是这个与爱有关的地方，总是被人留恋。

夜幕下的蠡湖在迷蒙的雾气中闪着粼粼波光。湖风吹拂脸庞，范蠡与西施荡舟湖上的一幕幕如电影中的唯美镜头缓缓闪现。这片湖光山色仿佛曾经被埋藏在记忆深处，如今真实地出现在眼前，有一些猝不及防的惊喜。他一直觉得他与妻子安雨的爱就如这片湖，始终闪烁着粼粼波光。可是现在，他觉得有些心力交瘁。

可他问心无愧。不错，文琪也许真的是喜欢他，但他对她，最多只是感激。为什么把矛头指向他，生怕他这颗金子在沙子里不显眼似的。这又有什么呢？毕竟钟情，债各有主。可是安晴却死抓住不放，这令他十分苦恼。

思来想去，祁远盛觉得也许文琪是他婚姻中的劫数，他决定准备辞退她。可转念又一想，辞退她何来理由？难道就因为安晴一句话而放弃一年几千万元的生意？不舍，令祁远盛纠结起来，他决定回家与妻子好好谈一谈。

这时他才想起丢下怀孕的妻子跑出来，实在太粗心了，于是他加快了回家的步伐。

打开家里的门，不经意两人四目相接，她不知道泛着什么心思，悄悄把眼光移开了。

安雨像什么事也没发生一样，正在念念有词地做着胎教，仿佛刚才的一切都没有发生，这令祁远盛意外的同时，突然想起一句话："最美的妻子和最帅的丈夫永远像一座金矿，有取之不尽的惊喜。"

"快洗澡睡觉吧。"安雨依旧温暖地催促道。

"嗯，你也睡吧，这个时间点胎教不会影响宝宝睡觉？"

"他在等待妈妈聊天呢。"安雨一脸母爱的甜蜜。其实她里也很苦恼，其实心不在焉，也在琢磨今晚发生的事情。

听了妻子的话，所有的负罪感和羞耻感都在这一刻不见了踪迹，取而代之的是对妻子和整个家庭的满满的爱与责任。

"我想跟你聊聊？"……祁远盛见妻子关掉胎教机后插话道。

"好的呀，你想说什么？"安雨又歉意地说，"刚才安晴惹你生气了吧？"

祁远盛点点头，一脸的委屈。

"你准备辞退她？"

转过脸，四目相接。“你怎么知道？”祁远盛感到非常意外。觉得妻子像会读心术。

“很多人不需要再见，因为只是路过而已，心里遗忘就是彼此最好的再见。”安雨接着看着他说，“辞退解决不了问题，相反，还会带来许多后遗症等待你去解决。”

“我和她真的什么也没有，真的！”

“两个人在一起最重要的，除了交流，还能有什么？除了语言文字，一个眼神一个拥抱都可以。但是无论什么形式，却都要建立在懂得的基础上。”安雨叹了一口气道，“你不懂他的时候，你的拥抱只是桎梏，你懂得的时候，一个拥抱胜过了万语千言。”

“谢谢你懂得我，”祁远盛立即在她身边坐下说，“这次也算是小惩大诫吧。”

“人的欲望是个奇怪的东西，很多时候，我们渴望得到一些东西，得到后却又很快失去兴致；我们手中明明握着别人羡慕的东西，却又总在羡慕别人的手里。”安雨说着又补充道，“我们向往远方，但远方又是另一些人厌倦的地方。或许，只有历尽世事，才会明白，我们眼前拥有的，才是真正应该珍惜的。因为远处是风景，近处的才是人生。”

听了妻子的一席话，祁远盛连忙激动地说：“你说的这些我都懂得的。你放心好了，我们纯粹只是生意上的关系……”

“我知道，水里的月，以无为有，执幻为真……没事的，做自己应该做的事。”

安雨这两段话其实既是展示自己大度的胸怀，也带着暗暗的提醒、鞭策。

祁远盛对妻子佩服得无以复加。他太了解妻子了，她太懂得欣赏别人的优点，学会取长补短，海纳百川，有容乃大。于是又连忙站起来，说道：“相信我，我一定不会辜负你们娘儿俩的！”

安雨拉着他的手，站了起来：“就拿我来说吧，我一直学着主宰自己的生活；即使孑然一身，也不算一个太坏的局面。不自怜、不自卑、不怨叹，一日一日来，一步一步走，那份柳暗花明的喜乐和必然的抵达，这一切都在于我们自己的修持。”

祁远盛揉了揉惺忪的眼，笑了笑说:”经历的事多了，眼窝子没那么浅了。”

东边日出西边雨。

文琪放下电话后，气不打一处来，用脚踢着地上的东西。各种金属发出的响声，仿佛在叫嚣着“姐没有那么好欺负”。长这么大还从来没有人如此对她，可恶的是安晴居然把她当成别人的小三，太令她生气了。

“本宫好歹一白富美，老大都不屑当，还当小三，笑死人了！你等着安晴，姐姐不让你崩溃不罢休！”她在心里恨恨发誓说道。

仇恨总是伴着情绪生根发芽。很多时候不为利益，只为争一口气！

“在哪儿呀？”文琪一个电话打给王凯。王凯一听声音觉得非常意外，便弱弱地问她有什么事。文琪也不客气，说没事就想找个人喝酒。

“喝酒？”王凯知道了，一定是这富二代寂寞了，要拿他出来消遣消遣，心里有些不爽，但又不能拒绝，毕竟是他的顶头上司。于是又客气地答道:“文总监想到哪儿喝酒，我请客。”

文琪仰起头，思考了一下道：“那我们就去盛世佳人吧。”

一听盛世佳人，王凯差点笑了出来，他知道那地方不是富婆找帅哥就是老男人找雏鸡的地方，亏她想得出来，可他还不能拒绝，不过他也想去看看风景。

混出来的地方，总是充满了戾气。

今天盛世佳人酒吧里的人很多，在舞池中间里形形色色的妖媚少女不停地随着震耳的音乐疯狂摆动身体，摇曳的灯光里格外引人注目，暧昧的气息笼罩着整个酒吧。

……美女，全是美女。整个酒吧里全是。神情各异，肤白或麦色，发色或黑或金，神情或庄重或俏皮，总有一款能勾起你的心中的欲望。

不过这些人跟文琪一比，顿时黯然失色。

文琪今天眼神飘忽不定，眼眉之间点着一抹金调点，撩人心弦，令王凯有些怦然心动起来。

“帅哥，我们今天就来啤的吧。”文琪和他一走进酒吧就迫不及待地说道。

“一切听从文总监的。”

“切，你是想让啤酒让你快速丰满起来像个男人吧。”

王凯一愣，皮笑肉不笑地纠正道：“我本来就是男人！不信你……检查。”

文琪下意识地做了一个踢腿动作，吓得王凯连连后退，他知道她的声和行永远没有轻重。

和着强劲的音乐，他们拿着酒瓶开始大口喝酒。王凯不知道她想干什么，因此一直小心谨慎地应付着。

“你带烟了吗？”

“没有，”王凯答道，“那我去买。”

“算了我们还是喝酒吧。”

“文总监也抽烟？”

“来这种场合，纯粹为了消遣，烟酒不分家呀。”

这令王凯感到意外，便试探问道：“总监今天是不是遇到不开心的事了，要不我让你开心开心？”说话时眼睛一直盯着她的胸前。

“你这样盯着女孩看是找打的节奏，”文琪否定道，“我能有不开心的事，告诉你山都压不倒我，更别说……”

她一出口，王凯就听出话意，于是装作讨好的样子道：“就是，谁敢欺侮文总监，告诉我一声，我分分钟去收拾他！”他说话时有一种与生俱来的慌乱，花蕊一样藏在深处，让她一时也弄不清楚，他要么确实没那么精明，要么就是演技已入化境？

“你说的是真的？”

“必须啊！”

“那好，以后有人找死时我告诉你。”说完她主动与王凯碰起瓶来。这时文琪已经有了自己的主意，她决定先给这位年轻帅哥一点儿甜头尝尝，于是主动拉着他走进舞池。他淡淡一笑，眼光落到她的脸上。

“看吧。”她知道，只有先予之才能取之，因此她开始舞动着腰肢并用妩媚的眼神配合着舞姿。

她用熟练的微笑回答着，放松躯体伏在他的胸口，他顺势用手抚弄她的腰际，并且把很干净的下巴顶在她的头上，他们很慢很慢地扭着身子……没有准备的火焰已经喷出，王凯的身体开始蠢蠢欲动起来，有些器官还趔趔趄趄地配合着，只感到她绵软细腻的身体很快滑脱了，似一条狡猾的小鱼，留一点凉爽的遗憾在手上，却留不下什么痕迹。

三

“你的眼睛怎么那么红？”

一推开病房的门，安晴便将痛苦的表情穿上面具，不过还是被细心的妈妈发现了。

爱让人变得畏惧，爱又让人变得痛苦。不管是亲情之爱，还是男女之情，在某一时刻，竟会出奇的相似，只是在人的感官上会因为主观意识而有所区别。

为此安晴再也控制不住委屈和愤慨，扑向母亲的怀里并把母亲往房外推。

“疯疯癫癫，今天这是怎么了你，怎么这副样子……”安晴从小到大在父母心中是那种爬树上墙、天不怕地不怕的假小子，所以他们不是不宠她，而是时不时会搞混她的性别。

“妈……你不知道……”

“怎么了啊！吞吞吐吐的？”母亲一脸担心的又问，“跟妈还有什么不好说的，难不成谁欺负你了？把你怎么了？把你怎么了？”

谁知，安晴自己被母亲担心的表情给吓到了。在她记忆中，唯有小时候一次郊游从樱桃树上掉下来时，母亲有过这样的表情。

“你想什么呢？不是，是姐夫。”

“什么？你姐夫？”妈妈失声尖叫并接着问道，“他……他……”

“哎呀，不是。”安晴看到母亲如此紧张样子，知道她是想歪了，便把她几次见到祁远盛与文琪在一起的事情告诉了母亲。

犹如八级地震般，母亲身体摇晃了几下，眼前一黑便坐在地上。

这下把安晴吓坏了：“妈……妈，你怎么了……医生，医生……”

母亲被闻声赶来的医生快速推进了急救室。安晴在万般后悔中拨了姐姐安雨的电话。

“妈妈怎么啦？”安雨和祁远盛见到安晴急切地问道。

“她……她……晕倒了。”

“怎么突然会晕倒？”安雨很是疑惑不解，“妈身体好好的怎么就……”

情急之下，安晴把她拉到一边，把跟妈妈的话说了出来。

“你简直胡闹！”安雨非常生气道，“你怎么能这样！”

“我这不是……”

祁远盛在医院走廊上徘徊着。

从她们姐妹的口形上他已经知道这事肯定因他而起。因此，他在恨安晴的同时，也后悔当时不应该发那么大的脾气。

安泾庭听到外面的嘈杂声，不知道发生了什么状况，大声叫道：“安晴，你妈呢？”祁远盛连忙从外面跑了进去。

“你怎么会在这？”安泾庭很是好奇道。

“爸，我们来看看您呀。”

“你妈呢，怎么出去这么久不进来？”

“妈和安晴在一起。”祁远盛撒谎道。却在他眼眸一转间，正被岳父盯个正着。

安泾庭开始不相信了，不过他又不好对着女婿说什么，便闭目养神起来。

时间在一分一秒中过去，祁远盛心里如九龙翻江，他希望岳母的事情不是因他而起，否则他会后悔一辈子。正当祁远盛痛苦得抓心挠肝之时，岳母被医生从急救室缓慢地推了出来。

“怎么样了，医生？”姐妹俩一起围上去问道，“这刚才还好好的？”

“病人血压突然升高导致有些脑梗，不过，目前还没脱离危险。”

“你妈怎么了这是？”安泾庭焦急地问道。

“没事，爸，妈血压升高晕倒了。”

“不会吧，这前一会儿还好好的，怎么就……”安泾庭说着就挣扎着从床上起来来到老伴病床前。他摸摸老伴的脸，又环顾左右看看女婿女儿们，急切问道：“她……这是？”

“病人要好好休息，你们尽量要保持安静。”护士轻声提醒道。

安雨把父亲扶到病床上安慰道：“没事爸，妈就是突然血压升高，没事的，没事的。”

他最相信这个女儿。从小到大，他觉得她最贴心最懂事，从不让他操心什么。听了安雨的话，安泾庭才放心了许多，不过他心里还是有一连串的疑问得不到解答。

安晴知道自己做错了，因此她默默地来到医院的小公园，站在一条长满绿藻的小河边，哭得像个孩子。

安雨则在床边紧紧地握住母亲的手，强忍着泪水。祁远盛慢慢凑到安雨身边，把手放到她的肩膀上。

外面下起了雨，安晴顿时觉得自己弱小无依，突然觉得一切都错得那么离谱。

漫天的雨水淋湿了她，凉意从皮肤渗入心底——她决定再也不管姐夫的事了。

安雨心乱如麻。她知道丈夫不是那种见异思迁的人，可是妹妹安晴一次又一次在她耳边提醒，她开始有些动摇对丈夫的信任了……安雨闭目思索着，觉得人之初，眼未睁多好。

“把你姐弄回家休息吧。”祁远盛看着从外面走进病房的安晴说道。安晴一脸木讷地不理他。安雨无助地看了一眼丈夫祁远盛。她不放心父母，可又放心不下肚子里的宝贝。

正左右危难之际，安泾庭轻轻地说道：“丫头，回家吧，回家吧，这儿有我们。”安晴看了一眼父亲便扶着安雨依依不舍地离开了医院。

安静加昏暗的走廊随着安晴高跟鞋“噔噔噔”的声音，一盏一盏地渐次亮了，点点光线接成一片，照亮她们的脸，脸上却是一片黯然神伤。

祁远盛幽幽看了安晴一眼，发现她满脸沮丧，让他冷飕飕地打了个寒战。他觉得她实在有些添乱。

“回家早点休息吧，”祁远盛在关上安晴的车门前说道，“这儿有我。”

在路灯微光的照射下，安雨显得那么孤单无助，尤其是当他对视她最后一眼时，她求助的眼神把他的心一下弄痛了。祁远盛心里一热，眼眶有些酸，突然觉得，这人吧，都是从诞生中来，向蜕变中去，却以死亡为终结。

“妈，您醒了？”祁远盛一推开病房门，发现岳母正在与岳父说话。

“我没事，老毛病血压犯了。”曾桦说着，就做出想坐起来的动作。

祁远盛连忙手扶加劝说：“妈，你别动快躺着吧。”

谁知曾桦一挥手，说：“没事，真希望这一觉睡过去。”说着便冷冷地推开了他的手。

虽然岳母表情上一如既往，但她那挥手的力气令祁远盛为之一惊——他知道老人家对他生气了，于是有些尴尬起来，然后不知道两只手往哪儿放了。

“远盛你也回家吧，安雨一个人在家……”

“没事，爸，有安晴陪着她。我今天在这儿陪你们。”祁远盛说完匆忙走出了病房。

“你没事吧老太婆？”安泾庭看外星人样盯着老伴，心知肚明地问道。

“没事，就是血压捣乱了一下。”说着侧过脸悄悄擦拭了一下眼眶。

不过这一切没逃过安泾庭的眼睛。他不知道什么事，也知道直接问老伴问不出什么来。结婚这么多年来，他们夫妻间什么都好，就是缺少交流沟通，从来都是以相互猜测的方式度过岁月。

为此，他转过弯自言自语道：“远盛这孩子什么都好，就是太要强了，事业看得太重，唉。”

这话正中曾桦的下怀，她便叹了一口气，淡淡地说道：“这男人吧，太能干了也不行，懦弱了也不行，顾得了事业顾不了家，真是有一头没一头啊。”

“是呀，你看这孩子，没头没脑一句话后又没人影了，唉！”安泾庭故意套话道。

这下，她中了丈夫安泾庭的计：“老安，你有没有觉得远盛会做对不起安雨的事？”

安泾庭一惊，摇摇头否定道：“不会吧，你怎么突然问这个问题？”

“随便问问啊，不是说你们男人在妻子怀孕期间最容易出轨！”

“老不正经的，”安泾庭责怪完，又试探道，“你胡说什么啊？”

“怎么不是，”曾桦脸一沉，反驳道，“你上网查一查看我说的错不错，那……不就是……”

半晌他回头看了她一眼，摇摇头：“那也是个别人，不是全部男人都会，你看我会吗？我会吗？

她本想继续说什么，就在她张口的一刹那，祁远盛推门走了进来，一手拎着水果，一手拎着小笼蒸包，脸上一头汗但还是满脸带笑。

“这么晚了到哪儿去买的小笼蒸包，真香。”安泾庭有些意外。祁远盛并没有接岳父安泾庭的话，觉得脸上有些发烧，他放下东西，拿出准备的毛巾要给岳母擦手：“妈，趁热吃两个吧？”曾桦脸上呈现出一丝丝喜悦，可是那点情绪转瞬即逝，脸又恢复了沉寂，说：“不想吃，你搁那儿吧。”

对此，祁远盛尴尬地杵在那里不知所措。那颓废的样子看得人心酸。见此，安泾庭连忙给老伴使眼色，可曾桦瞥了他一眼，他只好自己从祁远盛手中接过毛巾，擦着手意味深长说：“其实我们老人也不想吃什么好的，喝什么好的，只希望身体健康，儿女们家庭幸福就好了。”

祁远盛连忙接话：“是的，妈您说得对，身体健康最重要。”

“我和你妈吧，更希望你们夫妻和睦家庭幸福。你吧，在事业上也不要那么拼，还是要多兼顾一下家庭吧。”

商量的口气，几多担忧和苍凉。为此祁远盛连忙表白道：“爸妈，我也将成为爸爸了，人们不是说家庭是人生的第一所学校，家长是孩子的第一任老师。家风来自父母的言传身教……我会做个好家长的。”

这些话虽然祁远盛是从媒体上拿来的，但他是用一脸的真情表达的，安泾庭和老伴反而有些尴尬起来。

看到老人们高兴了，祁远盛悬着的心安放到位置，便马上拿出水果刀削苹果，说：“爸，我给你削个苹果吃。”

用心良苦，细致入微。“不用了，不用了，”安泾庭开心地说道，“我自己来。”他嘴上这么说，身体却没动，不过他眼睛里盛满了幸福的光芒。

“真是替古人担心，”他这时觉得老伴的担心全是多余的，相反更为有这样一位女婿感到自豪。以致当祁远盛递过水果时，他欣然地接过来，仿佛凡尘间所有的幸福，都装在这只普通的苹果里。

第五章　反击

一

轻柔的夜风吹拂着安雨稀疏的刘海，吹得她心里有种说不出的隐痛。她想跟妹妹说些什么，却不知道从何说起。她觉得婚姻就是两个认真的人相爱然后繁衍健康的下一代。如果把婚姻赋予太多东西，就像家里那只猫扯毛线一样，越扯越扯不清。

姐妹俩在小轿车的颠簸中，想着各人的心事。安晴知道姐姐心里很痛苦，但依然表现出举重若轻的样子。这时候她才发觉姐姐像一朵不寻常的太阳花，看似柔弱，却可以生长在风雨中，看似摇摇欲坠，却又顽强不折。

于是她打开了车上的音乐，让音乐缓缓流淌：

生命会穷尽山水到最后还是会穷尽的
但是蓝色的海却不会
爱到最后也会穷尽
但是等待不会
我一直相信
给我这满满一眼蓝色
我就能与你等待一起
坐在这里等到山水穷尽
却仍相信远方的未来

随着音乐打开的缓缓流淌，就如打开了安雨心中积蓄已经的洪水猛兽的闸门……

“我爱你，爱得痛苦无比，能看到你的时候，你就是我的一切，看不到你的时候，一切都是你的，得不到你爱，我觉得我都失去生活的勇气。”安晴凝神观察，姐姐低声啜泣着，已经哭得不能自已。

尽管如此伤悲，但她的爱依然没有破碎并在心里默念着：“假如有天你想离开，我不会立即难过，那可能意味着，你遇到了更好的。我唯一担心的是，这世界上本没有什么更好的，所有你想要的美好，得到后都会变得暗淡，就像我们的爱情那样。我怕你兜了圈回到我面前时，我已明白了人生并非无你不可。我会在你最需要我的时候把你拒之门外，这才让我真正会那么难过。”

默默地哭着，默默地想着，默默地念着，她的爱构成一条绵延岁月的彩带，那上面写满了“我爱你”。安雨觉得真正的爱只有一次，走错路可以回头，走错路的爱情，再回头时又岂会是一句“你回来了”这么轻描淡写。

总有人用鄙薄的语气嘲笑执着的愚蠢。这时安晴开始意识到自己错了，看着姐姐忧伤的样子，她那些遥远的记忆，又在情景交错的河流中开始散发出美丽而忧伤的光……她愈发担心姐姐。

“姐，我们到家啦。”安晴故意放松心情说道。“不用扶的，没事的，要不你回家吧。”透明的灯光下，她的脸显得更加精致，像个精灵，也像个女王。

“你不会嫌我烦吧？”安晴故意撒娇道。要说识人之长，窥人之短，她还是有很有经验的。她知道这个时候不能再当姐姐的保护神了。

安雨在嫣然一笑中，又恢复到什么也没发生的样子，暖暖地说道：“哪能呢，我是担心你晚上睡不好，影响你明天的工作。”说完换成一副深情款款的眼神看着她。

安晴像触电样，故作惊慌状，审视道：“你想干什么？”

“嘿嘿，”安雨说，“没什么，我得配合你一下呀。”对于妹妹这些天的“没事找事”的添乐，她心里还是充满感激的。毕竟爱因位置而认真，她知道妹妹是在保护她，知道自己在她心里的位置。

“那我就伺候你乖乖睡觉，”安晴又故作甜蜜地打趣道，“不然我的小外甥将来不喜欢我啦。我得努力表现一下是吧？”

“哪能呢，是不是啊？”安雨幸福地抚摸着微微隆起的肚子道，“小宝贝小乖乖，快快来和妈妈见面吧。”一脸幸福满溢的母爱。

看到姐姐如此幸福的样子，安晴更加坚定要保护好姐姐，要全力捍卫这个家庭的幸福。“要不我帮你洗澡吧？”

安雨一愣，赧颜道：“你……你也太夸张了吧，不怕我起鸡皮疙瘩了……”这时安晴一看姐姐脸上无云了，便故意扮着鬼脸试探道：“姐呀，我想问你个……不好说的事？”

“有什么事不好说呀？”安雨看着她很好奇地责怪道。这是一双单纯得无害并清澈得如喀拉斯河水一样的眼睛。安晴突然有些不忍心来挑逗她了。

“哎哟！太迷人，太迷人，怪不得……”她差点说出怪不得我姐夫那么喜欢你，在姐夫进入脑海一瞬间中又改了词汇。觉得她姐这么美，嫁给祁远盛亏大了。

“发什么痴呢，快说呀？”

为此，安晴把头伸到她眼前盯着她问：“我姐夫有没有帮你洗过澡？”

“哎呀，你……”安雨如少女般羞涩，难为情地低下了头。

“好了好了，”安晴知道风雨过去了，便大声调侃道：“世事洞明皆学问，人情练达即文章。有些话说出来是多余的，简直太多余啦。”

“你这样一直疯疯癫癫的当心以后嫁不出去。”安雨半真半假地说。

“我告诉你爸妈念叨一辈子的诀窍，对你最有用。做人真正经呢，自己最累。做人假正经呢，身边人最累。”安晴答。

“不怕你生气，我还得说，你谈恋爱的经验可能很少，最多旁观了一下。不！我怀疑你连旁观都懒得，因为你忙，你觉得这种事太小儿科。你知道男人这种生物，喜欢什么样的女孩？”

“什么？说什么？”安晴瞥了她一眼，做出一个赶紧的样子，脸上挂着戏谑的表情，不过她是装的。“排首位的是美女，排差不多位置的是清纯，你全占了。偏偏你又经济独立，男人往往又喜欢温柔的女人，所以你得换种模式了。”

“妹妹我绝对不会为男人而改变，”安晴说完又翻了一个白眼道，“本姑娘走自己的爱情之路，让男人们去跳河吧。”

“不跟你瞎扯了，我要洗澡了。”

安晴刚要说出口的话，又咽了回去。昏暗里的灯光里，她明显感觉到安雨狠狠瞪了她一眼，于是她掩门而出，觉得应该撤退了。

夜晚，蠡湖湾上空的风，凉爽清冽，还带着一丝伤感。没有情感的星空，没有因为她的平凡，而忽略了闪烁的责任。星空无限好，只怨情已老。为此，安晴有些伤感，对着星空说着自己都听不懂的话语。

安晴觉得，在捍卫安家、保护姐姐的行动上，她很入戏，不过越看越像真的；安雨则是观众，觉得一切的演出都不值得观看。可她又不得不去观看，甚至被绑架去看。

然而，所有的故事对于安雨来说，就如不曾听过。洁净的心总是能主宰她的灵魂。于是在洗澡后她很快进入梦乡，前面所有发生的事情好像与她无关。

梦里有人牵着她的手，在开满蔷薇花的花园里散步，阳光明媚，她能真真切切闻到花香。小宝宝睡得很香，两只小眼睛眯得很紧，像两条细细的线；两根眉毛像两枝柳条般细细的；小嘴巴常常一张一合的，好像想呐喊他来到这个世界的喜悦。突然，一阵狂风吹来，天空掉下一个黑影，就向她的小宝宝扑来，于是她条件反射地用力一抓，却抓在安晴的胳膊上。“你怎么在这？”

“因为你呀。”安晴睡不着，打开了窗帘。她躺在床上，看着天空中繁星点点，心中突然开始笼罩着一层阴影。她觉得这个世界的一切从未有过丝毫的改变，人们的生离死别，聚散离合，在世界的眼中也不过是一颗颗星星罢了。她是个非此即彼的人，所以才在认死理上如此苦苦钻研。但钻研透了，也就觉得无聊之极了。

安晴嗔怪道：“姐，你做了什么梦，说来听听。”

安雨自言自语道：“我的孩子谁也抢不走的。”她声音很轻，却铿锵有力。

“姐，这个你就把心放肚子里吧，现在都什么世道，还有哪个小三会抢别人生的孩子，她们只要财产，帮你养孩子她脑残啊？”

“各人有各人的活法，”安雨强调道，“无论我的孩子怎么样，我都会与他永不分离！”

“那你就是想当小三都不可能，因为没有男人要你了！”

“我干吗非要男人？我没有双手？我的孩子我自己能养！”

“可是现实就是现实呀，你看那些带着拖油瓶的女人没几个能嫁出去，人家才不给你养孩子呢。”

“反正即使我离婚了也不会丢下我的孩子，那是我的心肝宝贝！”

安晴知道姐姐是那种典型的居家女人，爱得纯粹和执着，于是她小心谨慎地试探道：“姐，今晚上在车上为什么那么伤心？”

“哪有伤心！”安雨又说，“都是你开的音乐惹的。”“不承认，还怪我的音乐！”

随即，安雨又侧过身看着她问：“你真想知道我为什么伤心吗？”

“嗯嗯。”安晴点点头，一脸认真。

“我是怕我爱的人将来有一天突然爱上别人了，过了一段日子后觉得很痛苦很不如意，再想回头找我时我回不了头。”

“我可真是醉了，男人背叛你了你还为他着想，是不是有病啊！”安晴说完似乎还不解气，“你要知道，这男人要是离婚了，即使过的再不如意也不会跟前妻说。除非他非傻即蠢！脑子坏了。”

“为什么啊？”安晴的声音单纯得如她的问话。

安晴长长地叹了一口气说：“这男人吧，都死要面子，在这个问题上一定是打碎牙也会咽下去，他跟你说不是让你成心笑话他吗？”

“这有什么好笑的，好就是好，不好就是不好，干吗那么虚伪呀？”

“我的姐呀，我有时候在想妈在怀你时是不是吃了什么不应该吃的东西，怎么让你傻得这么纯粹。”

“我傻吗？你说真的？我可是一个有温度的女人哦。”安晴虽然看不清她的眼睛，却清楚地知道她是那么认真。

“一点也不傻！”安晴说完紧接着下一句，“你不傻那是不可能的！还加上缺心眼。”

“嘿嘿，人家不是常说，有福之人不用忙，无福之人跑断肠，傻人也有傻福。”安雨又加了一句，“万里长城今犹在，不也不见当年秦始皇了嘛。”

她又瞪了姐姐安雨一眼，便自怨自艾道：“算了我还真说不过你了。不讨论了，睡觉吧，不然把我小外甥都带傻了。”

安雨又是“嘿嘿”一笑说：“聪明反被聪明误，我的世界你不懂，慢慢琢磨吧。”

安晴把背对着她，撇了下嘴。

二

远盛集团，会议室。

“祁总怎么还没来？”文琪自言自语地焦急等待着。昨晚电话里他们说好今天要一起研究一下招标方案的。

“王凯你去给祁总去打个电话吧！”文琪有些焦急地道。

“好的。”

看到文琪如此口气指使王凯，白姗就有些不爽起来，而且是无所顾忌的表情，为此，坐山观虎斗的华婕便幽幽地在心里笑了。王凯很快从会议室外走了进来说：“祁总说让白总先把会议开起来，他需要过一会儿才能到。”

白姗顿时心里有些窃喜，觉得祁远盛还是对她很信任的，正好也可以借此机打压一下文琪的威风，于是她清了清嗓子，理直气壮地说道：“那文总监你把投标的准备情况跟各位高管们汇报一下吧。”

文琪一听“汇报”两个字，顿时心里就有些不高兴了，心想，你算哪根葱呀，给你汇报。我只给集团的终极 Boss 汇报。但是她又不得不这样做，于是强忍着心里的梗，说道：“那王凯你把投标的文件发给大家吧，让大家先看看等祁总来了再讨论。”

背道而驰，众人用心照不宣的安静来表达了对两个女人战争的支持。会议室里安静极了，人们翻阅文件的声音是那么响亮、刺耳。

文琪不知道祁远盛为什么要给她设这么一个“局”，觉得他这是成心让她难堪。她眨着美目，四处张望，其实已经心乱如麻。

“难道是家里出什么事了？跟老婆闹翻了？不会吧。”文琪在心里问道。

白姗被那种不可撼动的眼神激怒，不过她没有发作，而是在找机会，当她认真看了一下投标的文件后，终于找出了漏洞。接着她故意动了动身体，问道：“各位文件也看得差不多了吧，说说你们的意见吧。”

高管们便纷纷放下手中的资料，你看看我，我看看你，等待对方说话。

眼看没人配合？白姗只好自下台阶道：“从这份标书上看，在文总监的带领下……”

从有重点，分步骤，全面推进，统筹兼顾，综合治理，融入全过程，贯穿各方面到切实抓好标书制作讲了一堆废话，听得文琪直皱眉头起来，一脸抓狂的样子。

不过文琪觉得这样也好，省得她自己找自己方案上的问题，于是假装什么也没听见，自顾自地看起文件来。

你不动，敌动。大概因为文琪的默认，让白姗为所欲为起来，只见她话锋一转说道："你要知道，在现阶段国情下，想要评标委员会细细看你的投标文件是不现实的，就像老师批阅高考试卷一样，用词精炼、突出重点、有针对性的论述，切记泛泛而谈，或者其他投标文件复制粘贴，此乃大忌；最后，要对投标文件的字体尽量统一、段落整体排序整洁有序。对应招标文件的要求，检查投标文件……"

"这是全盘否定啊。"文琪听着听着，喉头一紧，差点因为一口茶呛着。这是她没有意料到的，更没想到总裁祁远盛会突然不到，虽然昨晚电话中他的小姨子与她一番斗争，但她相信他不会因为这个而影响工作。

"P2P"的点对点方式对话，看似平静，其实硝烟四起。

意料之外的变故，让久经江湖的她一下被打懵了，她快速地思考着，一瞬间她就有了回击的语言，正当她要开口说话时，会议室的门"吱呀"一声开了。她如遇救星般愣了一下，立即把满肚子的话咽了回去，重新构思。

"不好意思。突然有点事给耽误了，你们讲到哪儿了，接着说吧。"祁远盛一脸风尘仆仆地说道。

文琪连忙走到他身边，斟酌语气说："总裁，你不来我们这些人说了也是瞎说，所以就没有瞎说，嘿嘿还是你来说。"说完用挑战的目光斜了白姗一眼。那意思是李鬼差点把李逵搞死。而白姗开始有种内裤都输掉的感觉，一脸阴霾。

祁远盛也不知前面发生的状况，用便奖励的眼神看着她说道："文总监你可是最有权威的，怎么能是瞎说呢，你继续，你继续，我们一起听听这些天你辛苦的劳动成果。"

台阶已经瞬间筑牢。文琪清了清嗓子，不禁莞尔说道："相信各位高管对本次招标的重要意义已经知晓，我就不再重复了。我要说的是，什么叫不打无准备之仗？诺曼底登陆希特勒为什么会失败大家知道吧？因为希特勒中了盟军总部的疑兵之计了。"

文琪说完，分别看了一眼白姗和祁远盛。她发现祁远盛虽然一脸兴趣盎然却又像在云里雾里，但白姗却是一脸鄙视。因此她更加信心十足道：“你们手里的投标书就是我的‘诺曼底’计划，总裁我建议今天的会议你要宣布实施最高级别保密，千万不要让一些别有用心的人给毁了。”

“此话有道理，”祁远盛连忙支持道，“今天所有与会人员不得做笔记，更不能将此次会议的半个字泄露出去，否则……一律辞退。”

得到最高领导的旨意后，文琪更加信心十足地说道：“综合X国的高速动车动力、电力系统，我们制定这份标书，标书中专门针对对方的薄弱环节，突出我们优势，进行各个环节的击破……”

“这份标书的确文总监费了不少心，也很全面……但是，往往看似完美的计划其实往往又是不完美的。”白姗说到这儿，故意停顿了一下看了一眼文琪，带着一种柔软的挑衅的味道。

“但说无妨，都是为了集团的利益，集思广益嘛。”祁远盛以为白姗不好说，就鼓励道。其实他是故意要吊文琪的胃口，打击一下她的威风。

“设想一下，假如电力系统突然出现断电跳闸，一列高速的动车会出现什么样的状况？”

“列车停在轨道啊。”大家脱口说道。

“这个问题我已经考虑到了，我们有大容量蓄电池，足够列车在断电后，继续运行五十公里。”

对此，白姗露出疑窦重重的表情，不屑一顾说道：“那要是在这个区间有相向列车或后面列车赶上来了呢？会不会出现重大事故。”

“这个可能性不大，”文琪立即反驳道，“再说我们通讯系统会传递sos信息出去。”“这世界上没有不可能的事，只存在可能存在之物，只发生可能之事。”

面对白姗的守正出奇的反击，文琪有些担忧，不过她随即回答道：“你那仅是臆测，不会出现你说的问题的。”

见大家无语了，白姗只好孤身奋战，从座位站起来说道：“大家都知道，我们列车所支撑的电力系统是来自当地高压，如果断电跳闸，自然所有通讯机站也会失去发射功能，自然就无法通讯了。”

智商余额不足的呆了一秒后，文琪否定道：“你说的问题概率太小，绝对不可能发生。”

“嘿，这世界上没有绝对的事情，”白姗否定地回击道，“这老话说得好，不怕一万，就怕万一嘛！”

文琪顿时被噎在那儿。

这时有人顺势帮腔道：“是呀，是呀，这是个致命的问题，出了事就是人命关天。”

附和产生力量，白姗乘胜追击道：“二战期间，美国空军降落伞的合格率为 99.9%，这就意味着从概率上来说，每一千个跳伞的士兵中会有一个因为降落伞不合格而丧命。军方要求厂家必须让合格率达到 100% 才行。厂家负责人说他们竭尽全力了，99.9% 已是极限，除非出现奇迹。军方就改变了检查制度，每次交货前从降落伞中随机挑出几个，让厂家负责人亲自跳伞检测。从此，奇迹出现了，降落伞的合格率达到了 100%。”

看到文琪的脸一阵白一阵红的样子，祁远盛连忙解救道：“白姗说的这个问题是个问题……”在文琪脸色更难堪的一瞬间，他又一转话锋，说道，“你提出的这个问题是个问题但其实不是问题，因为之前发生的重大事故主要是单路电源造成的事故和管理上存在的问题。”

“经调查认定，这起重大交通事故是一起因列控中心设备存在严重设计缺陷、上道使用审查把关不严、雷击导致设备故障后应急处置不力等因素造成的责任事故。”说到这儿祁远盛故意停顿了一下，环顾左右后，又说道：“那么只要我们采用多路电源保障，这个问题就不是问题了。”

正常的探讨，心理占位不同者听来却是苦乐不一。祁远盛说完，文琪投去了万分感激的目光。但祁远盛并不是为了帮她解围，而是从别人的经验教训中得到启示，从投标的实际出发而说的这段话。

此时白姗觉得好似找回来了面子似的，颇为得意起来。

祁远盛说道："这份招标书昨天文总监发我后认真看过，说说我的意见供大家参考。"

"我们这次是全次国际性招标，首先招标文件的内容应明确具体。例如招标文件在规定对投标人的业绩要求时，应明确说明，所要求的业绩是投标人的业绩还是产品制造商的业绩、是国内业绩还是国外业绩、是所投型号产品的业绩还是同类产品的业绩、是否需要提供业绩证明等事项。在制订产品技术要求时，则不能笼统地使用'最新、最好、最快'等字眼，而应以具体参数或数值表示，以避免产生歧义。其次投标人的投标文件报价注意应符合招标文件规定的方式：如 FOB、CIF、CIP、EXW 或其他现行最新版本的《国际贸易术语解释通则》（Incoterms）规定的报价方式。不同报价方式所包含的费用不同，因此直接影响最终报价，如投标人采用错误方式报价则可能导致无法中标。"

说到这里他喝了一口茗鼎茶，接着说道："一般情况下，未实质性响应标书内容的，将定为无效投标，这对投标人来说是致命的，也是最容易引起纷争的地方。"

祁远盛顿了顿，提高声调说道："最有效的控制方式就是根据法律法规要求，结合采购人意愿及项目实际情况，对实质性响应标书的内容明确规定。专家研究内容和技术方案：有的标书把两者混为一谈。我的理解是研究内容是'做什么'，不需要特别详细，而技术方案是'怎么做'，要尽量翔实，能够实现研究内容。有的标书为了体现先进性，把一些新的热门技术加上，其实这些技术未必是实现其目的的最佳手段，失分不少……"

三

"这人啊最大的弱点就是意志力薄，自制力弱，想做的事很多，真要做时却懒了，然后磨磨蹭蹭蹉跎一生。"掌声过后，祁远盛不知为何说了这样一句话。

没想到这句话却对上白姗烦恼的心，她的表情随着她的心理变化难过起来，心想：“我必须把你这单生意给搅黄了，让你得瑟个毛线。”不过，此时她自己都不知道是在跟谁过不去。

在记恨这件事上她一直不遗余力。不过再仔细想想祁远盛的话，便开始打退堂鼓了。她总是这样反复思考着自己。刚才祁远盛已经在会议上再三重复了，谁泄露了这次会议的机密就要被辞退。再想想自己三十多万的年薪，她又觉得不值得去冒险。

不过，当她抬头看到文琪得意的样子后，本已经平静的心又涌起杀戮，决定还是要找机会报复一下她，为此她用命令的眼神看了王凯一眼。而王凯在与她眼神对视的一刹那，便迅速躲开了。

“那祁总裁还有没有什么指示，我们一定按照你的指示回去完善标书。”文琪在大家的沉默中讨好道。就像在一个孩子在大人面前得到表扬后，兴奋而乖巧。

“记住，没有最好只有更好，这次投标关系到公司的前途命运，大家要齐心协力，全力以赴啊。”说完停顿了一下看着白姗说道，“白姗你在销售部门时间最长，最有发言权，你再给文琪团队提一下建议吧。”

上过一次当，焉能再傻。“我才疏学浅，跨界的事情做不来，”白姗假谦虚后又推辞道，“我更没有文总监国际水平那么高，标书做得很全面、很好，应该能中标。”

口蜜腹剑的小人，大白天里出现鬼打墙。文琪一听，便故意刁难道：“白总也太谦虚了吧，刚才在祁总裁来之前不是说得挺好的，我还想听听您的高见呢。”

“啊，”祁远盛好奇道，“你们之前已经讨论过啊？”

“那白姗你就再说说，关着门都是自己人，广开言路、畅所欲言嘛。”

白姗在怔怔中，很清醒地说道：“祁总裁您就别为难我了，我不是说了，我既无国外经历又无……依托。”

话意酸楚，带刺。文琪听出她的话意，心想，我就是有个当大老板的爸爸怎么了？怎么了？于是再次反击道："这有些人吧，让她说的时候不说，不让她说的时候……瞎说。"

说者振振有词，闻者已经目瞪口呆。为此有的人还捂嘴偷偷笑了起来。祁远盛一一看在眼里，他知道又是女人的战争，连忙阻止道："我们既需要杞人忧天和亡羊补牢的焦虑，又要有近功至恒远的自信，没有谁是天才，也没有天才。再说尺有所短，寸有所长嘛。"……给她们各打一大板，祁远盛就是不希望她们彼此骄傲。这是他的用人之策略，他最不喜欢三国里的诸葛亮，总是用错人，总是在关键的时刻出错。

商人，总是在走平衡中才能把钢丝走稳。祈远盛一直觉得，这是他的制胜之道。任何事情都在无形间遵守着等价交换的原则。这虽然是个哲学上的问题，他并不深领要义，但却能点到为止。

回到办公室，祁远盛便接到妻子安雨的电话，说："爸妈全部出院了，你放心做工作的事务吧。"

这让祁远盛非常意外："怎么这么急就出院了，出了危险怎么办？"安雨一如既往地温柔道："他们说反正是老毛病，一时半会儿也不会怎么样，觉得医院吃不好，睡不好，不如回家养养。"理解或是爱，总是这样在不经意间发生，仿佛一朵不知情的小花，一条不知远方的小溪……

"那……那好吧。"

祁远盛放下电话又突然想起没过问妻子，便又回拨了过去。

"嘿嘿，你还好吧。"

"我以为你把我给忘记了呢。"安雨又撒娇道，"忘记我可以，可别忘记你家的宝贝呀！"

这是妻子一直带给他的美好。什么门当户对的婚姻、什么性格互补的婚姻，什么取长补短的婚姻……祁远盛觉得全是专家们的臆想而已，他倒觉得真正幸福的才是他和安雨这样的，从初恋——到热恋——再到相互爱恋着。

想到这里，他连忙回答："哪能哪能，你们现在是我们家的重点保护对象。""你忙你的吧，就是天塌下来我们娘俩也会平安无事的。"安雨坚定地说道。

如果连爱一个人的能力都没有了，何谈男人。祁远盛知道妻子的话意，她总是用春雨般的浸透，一点点湿润他。这令祁远盛感到妻子聪明的同时，也有一种说不出的捆绑。

刚放下电话，谁知文琪便踩着时间点样，敲响他办公室的门。

“有事？”祁远盛一脸严肃加不自然道。这时他发现她穿着一套深红色的洛丽塔连衣裙，漂亮得让人一眼难忘。于是看着看着就低下了头。因为文琪正目光灼灼地看着他。

文琪是个聪明人，她知道昨晚一定惹他不开心了，因此非常谨慎和郑重地跟他说投标团队基本工作已经结束，明天他们一行人就要回国了，想宴请一下团队人员们。

“好的，”祁远盛一脸欣喜的表情道，“在锡都最好的宾馆请吧，不能亏待他们，你去办吧。”干脆利落肯定她，又干脆利落肯打发了她。文琪刚想动步又回头欲言又止，心想，你能不能别这个样子，但她没敢说出来。

“你不参加一下吗？”文琪好一番斟酌言辞，才委婉地、用与事情有关的话来表达出来。

祁远盛稍一愣，看着她想说不去，可看到文琪失望的美目后又有些于心不忍。不过他最终用理智战胜了自己：“我就不去了，你全权代表我吧。”口气中明显带着商量。

“这样不好吧，我父亲派了得力助手来……”意思是人家帮你干活，你连个面也不露不合适吧。

道理显而易见，祁远盛犹豫一阵后，有些无奈地说：“那好吧，你去安排吧。”文琪开心地笑了，还不忘跟他挤挤眼。

祁远盛在文琪走后，打开了窗户。

凭窗远望，蠡湖尽收眼底，曾在湖上穿梭往来的樯帆与画舫以及画舫中的峨冠博带、丝竹管弦、欢声笑语，已然销声匿迹。

“我会渐渐和你保持距离，直到我和你彻底没关系一直善良下去，我离幸福就很近了。”祁远盛在前往吃饭的路上想着。

每个人都会走过那条名为后悔的路，走的早的人不会留下伤痕，而走的晚的人则会留下伤痕永远不会抹去。于是哀叹假如时光可以倒流多好。斑驳的生活只存在天马行空的幻想重，与众不同的求异之心也渐渐变成了奢望。

凯宾斯基大饭店的河下塘包厢里。文琪一身水绿色的迷你裙坐在一行人的中间，她身后巴台上的白瓷花瓶里插着几枝月季花，果真像人们说的水灵灵的如春叶一样透亮，这样更显得她漂亮妩媚。

一走进包厢，祁远盛就听到文琪用英语跟他们嬉笑地说着什么。不过随着他的出现，那怪异的笑容和对话戛然而止。祁远盛被安排到一行人的边上，一路上祁远盛担心文琪会把他安排到自己身边的，没想到楚汉河界分明，这让他放下心来。

一朝被蛇咬，十年怕井绳，他再也不想制造麻烦了。他知道如果想要做自己想做的事，就要学会做自己不想做的事。

“饭局不是万能的，没有饭局是万万不能的，一请就来的老板叫爽快，三请才来叫摆谱，怎么请都不来叫原则，不请自来叫蹭饭。”见祁远盛坐下后，文琪端起酒杯甜蜜一笑说道。

入乡随俗。

祁远盛怎么也不明白这位在国外长大的白富美从哪儿学来的，本来严肃的脸上一下子漾出笑颜来。文琪于是更加开心，她又用英文将刚才的一段话重复了一遍，对此几位来自大洋彼岸的外国人也被逗得嘿嘿大笑起来。

“来来来，我敬大家一杯。”祁远盛一片真心的提议道。

于是碰杯声此起彼伏。同为华裔美国人的Dave从小学到高中都在中国长大，因此对中国的酒文化比较了解，加之他酒量很大，为此从一开始端杯，他回应道：“cheers，爱的自由。”

祁远盛听了有些奇怪，便好奇地看着文琪，文琪知道他的意思，便非常委婉地解释道：“他之所以叫Dave，是因为他的父母希望他能在爱情上自由发展，因为他的父母是家长包办的婚姻。对吧，Dave？”

Dave脸一红，并不避讳地说道：“因为我父母的爸爸妈妈从小一起长大，又一起做生意，然后各种关系利益交织在一起，所以就有了我。”Dave说完，大家都被他的幽默搞笑了。

“难道你父母婚姻不幸福吗？”另一位叫皮特的黑人工程师问道。

文琪为此很不以为然地鄙视道：“你可当真fool，Will a duck swim?”

皮嘿嘿一笑，又敬文琪，并用半生不熟的中文说要连干三杯。而这时祁远盛已经发现文琪的脸颊绯红，如一枚半生不熟的樱桃，煞是好看。

“嗯，好呀！就喜欢想死赶天黑的人，嗯，成全你了。”不过这次文琪用中文说的，皮特在大家的笑声中感到文琪不怕挑战，于是他恨恨地举起酒杯，那样子今天得比个高低。

见此，祁远盛连忙阻止说：“不要这样拼命，否则会出人命的。”眼里全是担心和爱怜。

谁知文琪宠溺一笑说：“我打算今天来个一醉方休。”说完就要喝下去。

“别喝了，皮特我来陪你如何？”祁远盛不假思索地站起来说道。

然而，这时皮特不愿意了，并用一半英文一半中文说今天非要和文琪不醉不归。

这下祁远胜更急了，连忙走过去，强行与皮特碰杯。

文琪在旁边笑得阳光明媚，祁远盛觉得这一笑是全世界最明媚的一种，身子仿佛都被融化了。不过，在喝下去的那一瞬间，他又后悔了，毕竟是国酒五粮液白酒啊。

无心栽花，错误地领悟了文琪的笑。她的笑中带着某种计谋得逞的遂心，看似平淡，却是凶险无比。

只是祁远盛还不知自己上当了，胸中却是涤荡着一种英雄救美的壮烈感。

“真的猛士，敢于昂首筑起辉煌的大厦，敢于低头烹制美味的红烧。”这是祁远盛一路走来的模样。不过猛士再猛，往往应战不了来自四面楚歌的敌人，更何况这还是一个陷阱呢。

酒桌酣战之际，老梅故意用调侃话提醒祁远盛道：“常与领导吃饭，升官是迟早的事；常跟大款吃饭，发财是迟早的事；常跟老婆吃饭，厌倦是迟早的事；常跟情人吃饭，花钱是迟早的事；常跟小秘吃饭，犯错是迟早的事。”

谁知祁远盛也不知是喝晕了，还是疲于应付来自多方的围攻，对老梅的话并没听进去，在大家对文琪的“围攻”中，以铁肩担道义的精神，完美地把自己灌醉了。

老梅几次试图告诉他文琪的阴谋，可每当他一张口时，都被文琪用眼神阻止住了。他只好自己喝闷酒，并以同样的方式醉倒，这是文琪最希望的结果。

不过今天祁远盛的英雄壮举还是令她欣喜不已。在感动的同时，看到他的醉态又很是惭愧。她看着他，错觉一辈子是否就这样转瞬即逝。

文琪像女王一样对大家挥挥手说：“把Juan Román Riquelme带回宾馆吧。”

Dave 率先心知肚明地嘿嘿一笑道：“Well intentioned。”

皮特居功自傲地说道：“There are friends to the wine， if to meet his daughter on lady-killer lady-kille（朋友来了有好酒，若是色狼来了迎接他的要靠女色狼）。”

文琪难为情地一挥手，说：“go！”她其实想说：“滚！快点滚。”

第六章　假作真时

一

真正的坏人，心底的恶是深藏不露的。好人也会有一念之恶，但都在嘴上，噼里啪啦，说得挺快，说完便拉倒了。坏人不一样，即使要置你于死地，依然会对你十分客气。

文琪看着躺在床上的祁远盛，心中五味杂陈。她对这个男人有那么一点兴趣，但绝没有到死心塌地的地步。就像别人办公桌上的盒子，她只是对里面装着什么有点好奇，仅仅是好奇。不过安晴带给她的难堪，是始作俑者的推手。

夏日的夜晚，月光被笼罩在迷雾中，助长了她心里那点邪恶的气焰。“到底要不要报复给安晴看？”她抬头看了一眼天花板，然后一个转身，在心里说，“算了吧，这样做是不是太过分了？”

在激烈的思想斗争中，她暴躁地打开了宾馆房间的电视。电视屏幕上，曲筱绡颐指气使地指着谢滨说：“我该说的饭桌上都说了，你想说什么快说，我给你两分钟。”字字句句，神态跋扈，完全像安晴霸道的模样。

看着看着，她就气不打一处来，报复的火焰又被点燃。她转身来到床前，将祁远盛的上衣扒了下来，接着走进洗漱间找出睡袍，又回到祁远盛的床边。

“敢跟姐姐我发狠的人还没出生呢，不等天黑作死的东西。”说着她掀开了被子，躺了下去。

“滴答。”洗澡后躺在床上的安晴顺手拿起手机，文琪半散着头发，发梢零落，穿着睡袍躺在祁远盛身边的画面瞬间冲入她的眼帘。

画之下还附上一段话：“这是我的 perfect moment，对我相当重要。无论这个 moment 是否瞬间会消失，但我们拥有了，这就证明一切足够。”

愤怒直冲安晴的脑际。那是一种灼灼之痛，是那种原本紧握在自己手心里的东西，一下子失去的痛。

“死贱人你在哪儿，我非把你撕成碎片不可！”安晴从床上坐起来回了一条信息。

稍倾，又是一声“滴答”，“谅你也不敢，就是不告诉你，不信气不死你！”然后绝配着一张熟悉的鬼脸图。

透明的战争不伤人，却很伤肝。有些事情，可能是假象，只要相信就会变成真相。于是安晴开始拼命拨打祁远盛的手机，就像石子投入深潭中一样，听不见回响，因为文琪早就将他的手机调到了静音状态。

安晴胡乱地穿上衣服，急急忙忙地准备去找姐姐，然而当她走到门口时又突然止住了脚步，准备先电话她探探口风。可是当她拨出第一个号码时，姐姐那张带着单纯羞涩笑容的脸庞又浮现在眼前，于是鼻子一酸，心中涌起对姐姐的无限怜悯和愧疚，泪水在眼眶里不停打转。

“她有身孕在身，知道消息后不知道会发生什么后果，我要用自己的方式来解决！”于是安晴发了一条消息：“有本事告诉我地方！贱人！”

“贱人”两字甫一出现，文琪报复别人的心开始扭曲。这两字如刀般刺进她的胸膛。怒——愤怒——非常愤怒，为此她不加思索地回道：“等你姐夫醒来后我再告诉你吧。”然后还加了一个兔斯基的表情包。

安晴被逼疯了。“当别人的小三拆散别人的家庭，你会遭到报应的！”

很快，她就又收到一条信息：“我就是小三，小三多美好呀，可以有很多情人，还不用爱，不伤心，还不伤身，还那么养生，哈哈哈……”

此地无银，世人皆知，但蠢者已信。

巨人也是肉身之作。安晴彻底被文琪打败了，泪水伴着愤怒在房间蔓延，可是她又找不到还击的方法，就如隔空打拳，于是只能在心里喊杀、杀、杀。

好一阵挣扎后，她累了，因此决定认真思考一下对策。

无冕之王已然成寇。她在新闻记者的道路上从没有遇到过艰难险阻，可现实不会一一成全她。好一番沉默后，她定下心神，觉得没有实力的愤怒毫无意义，更毫无战斗力，为此，她决定换一种方式，便放缓了语气发了一条信息：“既然如此敢爱敢恨，你就告诉我具体地点。敢告诉我吗？胆小鬼！”

文琪看了信息，翻了个白眼，知道这是她的激将法，于是决定再好好戏弄她一番，激怒她一下。觉得这种隔山打牛的游戏太好玩了太刺激了，便又与祁远盛来了一张自拍发了过去。

一浪未停又一浪。见到照片，本已气极败杯的安晴更是七窍生烟。于是她拿起床上的枕头摔打几番后，又发疯似的扔了出去，就如姐姐的领地被别人掠夺一般。

愤怒之后是还击，她决定用最恶毒的语言来攻击侵略者。

“贱人！小三！……你这样的烂货就是倒贴祁远盛也是不会碰你！别演戏了，TM的小儿科。”

看过金庸武侠剧的人都知道吸星大法这门武功，现在的文琪的做法就类似于这个，她用地缘冲突扣紧安晴的脉门，在打穿穴道以后将安晴的精神全部抽离，这是一种非常聪明的做法，也是恶毒的做法。

文琪诡异一笑，心想，你这才是小儿科，姐不会上你的当的，激将对于我来说没用。她继续思考该怎么折磨安晴，正在这时，老梅的电话很不知趣地打了进来，她顺手给掐了。

“如果我带着谎言告诉你，去上帝那儿都不会原谅我的。”文琪又发了过去。

这下安晴更相信姐夫祁远盛一定跟她发生过什么，愈发暴躁起来。可是看不到对手，还而无力。

真相不需要谎言也能掩盖。她现在所要做的仅仅是选择性地不说，选择性地做。

文琪在老梅的不断来电中，生气地接通电话又挂断电话。不过这时她已经准备收手。挂了电话之后，文琪到卫生间整理了一下，发现自己年轻、肤白、貌美，真是生得太好看了，即使置身地狱也毁不了她的美。于是心情大好，决定放过安晴。

“把他一个人丢这不行吧，万一出了意外怎么办？”看着醉酒后熟睡的祁远盛，加上“万一”的提醒，酒后猝死的画面瞬间出现在她面前。文琪不由为他担心起来。

此时，祁远盛正在美妙的梦境之中。他又梦回千里外与妻子安雨相遇的情景了。他踩着激流中的石头，已经可以隐约眺望到彼岸。安雨慌乱地想躲避，又不舍得躲避，最终在他的追赶中，她一转身止步，他们接了吻。这一吻，把流放而出的心灵吻得像云梯一样千转百回。

盘旋而上，没有尽头。于是他再吻得那么深，轻轻地放开了她，像个绅士。四目相对，他们不贪，剩下的只有眼波流转。

没有爱情，不代表没有好感。文琪从床上拿起手机的一瞬间便有了主意。

在绝望的漫长等待中，安晴终于收到了文琪的信息。

她疯狂地冲出了家门。她头发很长，乱蓬蓬的，身穿一件蓝色条纹睡衣，估计睡觉时把睡衣纽扣错了，衣领下面隐约露出米色的文胸，如果她知道别人看见了，可能就不会这么不小心了。

“咚咚咚……”

沉寂的走廊里响起一阵急促的敲门声，还有安晴的咒骂，她已经失去理智，什么涵养、礼仪、文明一切抛弃到脑后。可是那房间里安静无比，并无人响应。

“难道我又被这个贱人耍了？”安晴拿出手机再看了一遍宾馆的房间号。

“没错啊……”在自言自语中，她快速冲到宾馆的前台，“服务员帮我开一下 22518 的房间。”口气不容置疑。

服务员愣了一下，熟门熟路地，问道：“请问你是安小姐吧？”

“是，你怎么知道？”

“刚才有个小姐把房间钥匙留下时说一会儿有个安小姐会来取……”

“TM 的，居然逃了。那把钥匙给我吧。”服务员愣了一下，有些不放心地递给她钥匙。

一股酒气扑面而来。她目光灼灼地看着这蝇营狗苟的人。接着安晴用重重的巴掌拍打着祁远盛的脸叫道：“祁远盛你醒醒，祁远盛你醒醒……”“安晴……你干吗？”祁远盛神情恍惚，一脸迷茫，仿佛来生。

为此，安晴气不打一处来，愤怒道：“你自己干过什么心里清楚！”

“清楚什么呀？”他慢慢掀开被子，发现上身裸体立即又将被子盖了上去。于是安晴厉声责怪道：“你看你像什么样子，快点穿上衣服跟我回家。”说着她退出房间。

安晴打开走廊上的窗户，锡都这个城市的繁花似锦顿时皆如过眼云烟。此时，心无法宁静致远，夜晚风却在推波助澜中更加令她躁动不安。

“安晴？”祁远盛在恍惚中，有气无力地问道，“我怎么睡在这儿？”安晴愤怒的不理他。于是他努力地回忆着今天发生的一切，可是，脑子“断篇”了，什么也想不起来。

“我怎么在这儿？”安晴走进来愤怒地指责道：“你自己怎么会在这儿吧！”“我也不知道啊！”“真是老板忙得上错床，你上了别人的床还不知道？装什么装？跟我回去主动和我姐离婚，你就一渣男！”

面对她的指责，祁远盛愣了一下，回答："我都不知道发生了什么事，你说什么呢？"

她无奈地摇摇头。安晴知道男人在外偷情后常常使用的方法——要么一问三不知，要么百般抵赖。生气道："真是老板忙啊，忙得上错床，自己看吧。"

他拿起安晴丢在他面前的手机，这一看就立即把剧情给连接上了了。

"这是陷害！这是陷害！安晴你听我说，你听我说……"

"听你说什么，有图有真相，还想狡辩什么？"

"这……这……不是真的……"祁远盛一脸的绝望地丢下手机。

"眼见为实，不是第一次了吧，祁远盛！"安晴恶狠狠地斥责道。

无奈地摇摇头不再争辩，祁远盛感到头剧烈疼痛起来。

面对他的沉默，安晴开始从在远盛集团的所见，到撞见祁远盛与文琪单独吃饭，再到今天数落了一遍，觉得眼前这个男人没救了，彻底没救了。于是她决定代表姐姐跟他做个了断。

站错位，很有点美帝的味道。别人的地缘之争，变成了域外人干涉内政。她干涉着别人的家庭和私事，还一副振振有词加理直气壮。

"祁远盛你现在给我听着，今天我代表我姐也代表安家正式对你发出最后通牒——明天你就和我姐离婚！"

"我干吗要离婚，"一听离婚，祁远盛一下子清醒过来，又质问道，"你能代表安雨吗？"口气生硬。安晴一听顿时生气道："不离婚任你胡作非为，在外面彩旗飘飘，家里红旗不倒吗？这在安家做不到！"

"你看到的都不是真的，我是被陷害的！"

"你想说你比窦娥还冤？"安晴冷笑道"那为什么只有你被一次次陷害？怎么不是别人偏偏陷害的是你呢？"

祁远盛被噎在那儿不出声。不过他依然在不死心地继续动脑筋。

"按照目前中国的固有做法，你净身出户，财产全部归我姐。"安晴语气镇静而坚定。

看到安晴咄咄逼人的样子，祁远盛脱口而出："我凭什么净身出户，我的家事不用你管！”

“告诉你，祁远盛，这事我还真管定了，你就把官司打到联合国的海牙法庭这次你也是败诉。”说完她又接着说道，“按照《婚姻法》过错损害赔偿制度，有过错一方必须要受到经济上的制裁！”

“我……我不跟你东拉西扯了，反正说不过你。”祁远盛本来想跟她争辩一下的，不过他突然觉得与一个无关的人谈离婚和分财产实在荒唐，于是丢下安晴就冲出门去。

春天的夜晚，风有些刺骨，路灯照耀下，各种植物的小小花苞已经开始透出丝丝微红。再有几天暖和的天气，它们就花蕾吐绽，继而繁花满树，渲染出一片红中透白的灿烂。

看着这些小小的花苞在寒风瑟瑟发抖，祁远盛有一种悲从中来的苍凉感，觉得自己比它们还可怜。

二

得不到的痛苦和得到后的甜蜜，得到后的短暂甜蜜和紧随而至的更长时间的痛苦，没有任何解决的办法，心如死灰地想着要不要算了吧，就这样放弃了，做一回那个一如既往“不相信爱情”的人去。偏偏忘记自己从来不是那样的人，偏偏忘记自己从来都是把爱情奉为圭臬的人。

“干吗死缠着我不放？”文琪一甩膀子，责怪道。

对此，老梅醉眼蒙眬地说道：“蕉风绿野，老天爷格外慷慨。阳光烈，雨水密，海风稠。想不生根发芽都是难事。”说完他一本正经地补充道：“我真是一百个诚心，文琪，你能接受我这颗善良纯洁的心吗？”

“癞蛤蟆想吃天鹅肉！”

“是！我没见到过癞蛤蟆吃天鹅肉，在没有追到天鹅之前，我是不会死的。”

虽然眼前这个男人将这句刚学来的情话说得咬牙切齿，但其意还是令文琪有几分动容。

文琪在思索一番后，用婉转流畅的英文回道："这人生中最难过的，莫过于当你遇上一个特别的人，却明白永远不可能在一起，或迟或早，你不得不放弃。"

老梅明白她的话意，事实上他也早已经明白文琪对他没感觉。几秒钟后，她又说道："老梅，我们真的不合适，因为你知道我这样家境的女孩，物质和金钱极其富有，追求的是纯粹的爱情。凑合、培养、磨合不来火花，你懂吗？"说完还摇摇他的肩膀。

面对文琪直言不讳的坦诚，加一脸认真，老梅不知来去地挠了挠头，非常疑惑地问道："难道不富裕家的女孩的婚姻就可以培养……磨合吗？"

"不一定呀，人生处境，虽说不以困厄而图财，但很多时候人们在面对面包和爱情的选择时，很多人依然选择了面包。"

老梅依然有些不解，愣愣地看着她。

见此，文琪便用最直观的话劝说道："当你决定在某棵树上吊死，意味着你要放弃整个森林。你遇到心仪的姑娘，你决定付出努力牵到她的手，这时候你要三思，万一你以后遇到更好的怎么办？当然并不是不能相互爱慕，而是不要冲动，以免后悔。"

这下，老梅彻底听懂了，不过文琪也把自己给绕进去了。

"我只喜欢你，决不后悔。"……老梅又不知所然地，连忙拉着她的手说道。

为此文琪翻了个白眼中，着急地跺着脚说道："哎呀老梅，我们真的不合适。""怎么不合适，那年我们一起去爱琴海度假时，不是很开心吗？"

旧事重提，正中要害。见文琪一下子无话可说了，老梅以为文琪动摇了，便又冒了一句不知从哪学会的一句很有哲理的话："生命中出现的美好时光，不论是苦心寻找，还是途中偶来，都需要珍爱。"

文琪难为情地笑道："老梅，你是个好人，真的。"

面对这个中国式的拒绝，老梅"入乡随俗"地听懂了。依然不死心地，补充道："女生们常说：男人没一个好东西，所以当一个女人说你是个好人时，你们基本玩完了，因为你在她心中已经不再是一个男人的形象，就此失去了进一步发展的可能。当一个女人说：你这个讨厌的死鬼。这时你才是她们心中的男神，对吧？"

文琪突然大笑起来，拍拍他的肩说："Yes！"

老梅脸一沉，虽然夜幕下看不清他的脸色，但文琪能感觉到他的悲伤，她连忙转移话题道："哥们儿，今天咱们不讨论这个话题好吗？"

老梅迟疑了一下，不容置疑地说道："那我们来个分别式的拥抱吧！"文琪迟疑两秒，伸开了双臂，老梅于是像老鹰扑小鸡一样将她紧紧抱进怀里，并将嘴唇贴上去……文琪就如突然掉进狭小的水池里一般，奋力地挣扎着，却无力挣脱来自四周的束缚。于是在挣扎一番后，文琪躬着的身体慢慢与老梅的身体贴合在一起，脸靠得很近，她甚至可以看到他脸上细致的绒毛，闻到他身上淡淡的男人气息，呼吸变得灼热。

此时，语言已是多余的东西，唇瓣慢慢贴合在一起，她情不自禁地颤了一下，在他的眼里，就是雾蒙蒙水润润的，脸上泛了红潮，鼻尖渗出细小的汗珠，嘴唇微微张着，露出鲜嫩水润的舌尖，清纯夹杂着妩媚，那惹人怜爱的样子让他情难自禁地低头含住她的唇瓣……

"滚！你精虫上脑了吧。"当老梅试图进一步的行动时，文琪突然清醒过来，一声怒吼。

他像触电一样放开了双臂，有些不知所措。

"我该走了……"

谁知，老梅却一个箭步上前拦住了她。

"怎么，你还想……告诉你，你这种样子强迫不了我！"

"对不起，不是，没有……"他像个小男生样有些语无伦次。老梅不是第一次恋爱，但表现出的却像一个情窦初开的小男生。

"一切结束了！你这样连朋友也做不了了。"老梅连忙追上前去语无伦次道歉道："这……这……我不是……"那种草莽气质已经彻底蔫了，本想再说什么的，可却只能嘴唇翕动着。

“你想说不是有意的？告诉你老梅，男人的世界我不懂，但当越过朋友的分界线后，就破坏了一切美好，以后别再来烦我。”

“难道你这么绝情，”老梅开始索债样反击道，“我没日没夜地帮你……”

“告诉你老梅，这既是你的工作，”文琪转过身来斥责道，“也是你心甘情愿的。还要报酬，算你有种。你让我重新认识了你！”

往昔的一幕幕像夜幕下的风景，缓缓掠过脑海，淡淡的酸涩夹杂着凡尘的留念，苦苦挣扎又沉浸其中。

老梅沮丧地一屁股坐在地上，霎时间一腔热血冷到西伯利亚。

三

有人致力于常规人的秩序，终年为人们编织一个又一个美好绚丽的文字梦境，有人挣脱世俗繁冗的枷锁，去追逐可遇不可求的爱情、金钱，也有人另辟蹊径，把曾经只存在于我们脑海中宏阔的异常世界，再现成银幕亦幻亦真的场景。而他只想追求一份事业。

从饭店出来后，祁远盛在醉意与失意中漫无边际地走着。夜晚的环湖路上，汽车稀少，整条马路变成他的世界，踉跄着从左到右，又踉跄地从右到左。他不知道从哪儿来，又要往哪儿去。这其实是个哲学的问题，而此时此刻却恰好成了他解不开的难题。

不过上帝还曾说过：哲学的起点是个人，终点却是上帝。

这时，天空下起了雨，迷蒙而萧瑟。突然，一道亮光直逼而来，“吱”地一声急刹车，一辆小轿车就停在他的身边，险些撞上他。女司机在惊魂未定中走了下来，并将他扶到路边，然后递给他一瓶矿水，询问要不要送他回家。

谁知，已经沉浸在绝望中的祁远盛，却痛不欲生地拒绝说：“不用你管，你走，你走。”

司机并没恼怒，而是怕他着凉，又从车上拿下一把雨伞撑开递给他，然后很不放心地离开了。知道这样的酒鬼必须等醒了以后才知道自己姓什么。

雨水伴着泪水一点点化解他的忧愁，人也开始逐渐清醒起来，想起妻子安雨还有她肚子里的孩子，立即酒醒一半，就准备回家，可是道路那么昏暗，绵长的丝雨就如一层幕幔挡在他眼前，明辨不了方向。

这时他突然他看前方有微弱的亮光，以为找到家的方向，便踉跄地奔跑而去……一辆深红色的奔驰正在环湖马路上开得飞快，刹那间，一道耀眼的光芒蛮横地塞满了他的眼睛，让他瞬间感到了整双眼睛真实而僵硬的刺痛，接着才模糊地感到世界末日的来临——一声长长的刹车声让空气瞬间凝固，灰白色的伞“砰”地一声掉落在了地上。

灰白色的伞在地上摇摆不定，被风吹得滚了几个圈，停在了路边……鲜红的血慢慢晕开，仿佛连光速都变得缓慢……雨，仍旧在下，下得很大，向大地射出了无数锋利的箭，似乎要湿透他的心。

安晴在犹犹豫豫中，敲开了安雨的家门。

“你怎么这个时候来了？”安雨睡眼蒙眬地问道，说完还打了一个长长的哈欠，意思是你惊扰到我的好梦。

进门后，安晴犹豫再三，力求斟酌言辞，用什么样的委婉的、与事情有关但又不伤害她的话来表达。可是半天没有理出头绪中，她最终说道：“姐，你还睡得着啊……”

“干吗大半夜不睡觉神经兮兮的……”安雨脸一沉，淡然地责怪道。“姐……”就在同时，安雨的手机响起。“啊？什么！在哪儿……”

丢下手机，安雨惊恐地一屁股瘫在沙发上。接着，她又像惊醒一般，抓起包包就往外冲。

“怎么了，姐？”安雨的举动令她慌乱。

“祁远盛出车祸了，”安雨绝望地说，“在仁德医院抢救。”

瞬间，安晴只听得心脏狠狠抽动的哀鸣。

“怎么可能啊，”安晴一惊的质疑道，“刚才我们还在一起的。”

“你们刚才在一起？”安雨止步，惊愕地问。那眼神里充满了世界毁灭般的不相信。

“我说的是真的，就前一会儿我们还在一起，他……他喝醉了……我……”

本来她想说出真情的，在安雨惊愕眼神的威逼下，她急转弯地改了口。

安雨却听不下去了，满脑子都是丈夫的安危，急匆匆地迈开了步伐。

“姐，你慢点。”

这时安晴意识到自己闯大祸了，一定是她把姐夫祁远盛逼得走投无路选择了自杀。

一阵阵深深的绝望感向她袭来。

一时间，她感到自己眼前全是姐夫祁远盛那张清瘦的脸。他长得不算好看，但一笑起来酒窝深深，露出一口整齐的牙，却别有一种爽朗亲切的魅力，一种深深的悔意如山洪暴发般滚滚而出……

安雨赶到抢救室门口的时候，抢救室的门正好打开，祁远盛被医生护士推了出来。

“远盛，远盛……医生……我丈夫怎么样了？”安雨看看丈夫，焦急地询问着。

一位年长的男医生停下步来问：“你是他的家属？”

安晴赶紧点点头。

“病人目前暂无生命危险，不过……不过他很可能再也站不起来了。”医生说完就转身离开了。

在希望中又遭遇绝望，安雨再次失声痛哭起来。安晴把她扶到墙边的凳子上坐了下来。

安雨瘫软地倒在安晴的怀里，不断呢喃着：“远盛你这是怎么了，都怪我没照顾好你……”

安晴潸然泪下，她终于知道，自己错了。可已经晚了。

安雨哭着哭着睡着了，单薄的脊背微微颤抖。安晴把她放倒，头搁在自己腿上，轻轻摸着她的头发。窗外，雨水打在窗户上，水汽上涌，周遭被昏暗笼罩着令人感到窒息。

安晴轻轻握起安雨的手，试图给她力量。她觉得对不起姐，是她害得姐夫出了车祸，害得姐姐悲痛欲绝。

“我这是在哪儿？”一个多小时后，安雨醒来问。还没等安晴回答，她的眼泪又流下来了：“远盛在哪儿？”眼神充满了无助。

“姐，别担心，他在ICO病房。”

安雨挣扎着站了起来，打了一个踉跄，安晴一把扶住了她。

透过ICO病房的玻璃，安雨看到丈夫祁远盛戴着氧气罩静静地躺在那里，好似没有一点生命的气息。

“远盛你不能丢下我们母子啊。”安雨在哽咽中默默地叨念着，又对着苍茫夜色喊道：“老天爷，你的伎俩不会得逞，无论怎么样我都会用自己的生命爱着我的丈夫、孩子和家人，我是不会放弃的，决不！”

“姐，医生刚才不是说了，没事的。”

听到安晴的话，安雨又如梦方醒地回头问道：“你们在一起到底发生了什么？”

目光严厉，这样的眼神安晴还是第一次看到。她吓得不自然地捏紧拳头，让指甲嵌到手心，却不敢抬头，她感到自己身体里每个细胞都在颤抖。

“就……就见到他们在喝酒。”

“又是和那妖精在一起？”

安晴在犹豫中，点点头。

“那他怎么会……”安雨紧接着逼问道。安晴不敢说出事实的真相，她怕姐姐会崩溃。

有时候，最让人相信的，就是实话；最让人不相信的，也是实话。

安晴看到她肝肠寸断的样子，索性直说道：“姐，你为一个背叛你的男人这样不值得。”

“你是捉奸在床还是……”

“就是捉奸在床！”安晴说着把手机打开。

拿起手机，安雨止住哭泣，那目光充满了探究和考证……

城市开始起雾了。近处看雾，往往求之于食；远处望云，往往求之于梦。雾霭，点点灯光，与尊卑无关，与雅俗无关。男人说雾如生活，女人说光如爱情。说到底，生活里的尊卑和爱情里的雅俗，理所当然地落实到个人的身上，与雾与光没什么干系。

“不可能！不可能！”安雨用尽全力反驳着，声音掷地有声。

“都这样了还有什么不可能？”安晴觉得这个姐姐的智商实在太低了，心中一股悲凉涌出。

“姐，不要再侥幸欺骗自己了，这样的男人……也罢。”

“你在说什么！”声音近乎咆哮，安雨知道她想说“死了也罢”的话。安晴吓得不敢再出声了。

“他不是那样的人，这里面一定有什么……”

“姐，听我一句劝吧，考虑一下……”

“闭嘴！”

安雨说完又把目光集中到手机上，竭尽所能地寻找着端倪，突然间笑得诡异，抬头看着安晴：“亏你还是新闻记者呢，好好看一下这照片，难道不像是PS的？”

“不可能！不可能！”安晴说着，夺过手机看了看，有些心虚地说，“我可是在宾馆的床上把他拉起来的，这又怎么解释？”

“你不是说看到他们在一起喝酒，”安雨一愣，随即又问道，“怎么又在床上？”

在快速思想斗争中，安晴只好将整个过程说了一遍。安雨的气息随着“剧情”的跌宕起伏着，然后她闭上眼睛想了一会儿又不可置信道：“这就更简单了，他是被陷害的。”

“怎么可能！”

“怎么不可能，你看这照片分明是他醉酒不知人事的时候摆拍的。”

安晴突然觉醒，发现自己上当了。依照姐夫祁远盛平时的为人，无论如何也不可能让人在床上抱着拍裸照，更不可能让文琪发给自己，这不是作死吗？

他妈的，可能是被那妖精骗了！她在心里后悔不迭，不过她还是不大相信：“那他也不应该跟人家去开房吧？”

“你有没有脑子？一个醉酒不省人事的人，他有什么控制力啊？”安雨斥责道，不过口气明显少了几分狰狞。

她不再说话，不过安晴依然不相信，一个人高马大的醉酒男人，再怎样也不可能让一个弱女子弄进房间吧。越想就越有理，她心中依然断定祁远盛和文琪之间有事。

剪不断，理还乱。

安晴推开走廊上的窗户，清风袅袅，初春微凉。她感到身心俱焚中一阵恍惚，身子仿佛都融化在愤怒汹涌的浪花里。

看到安晴一副失魂落魄的样子，安雨走到她跟前，轻轻地将她揽进怀里。

第七章　代总裁

一

姐妹相拥，背影是那么安详静谧，她们脸上的无助又映照出夜色的迷茫。她们在爱恨交加中步入八卦阵的迷局，能够清晰地看到外面的世界，却无法找到自由的出口。

也不知过了多久，安雨突然推开安晴，气咻咻地自言自语道："既然命运选择了这样，那么我一定不负命运之托。来吧，我能够承受得起。"

"你要干吗，你要干吗？"安晴一脸茫然地瞅着她，像被猫堵住路的小老鼠，傻眼了。

生活的大雨滂沱，总会有停息之时。然后在火红晨曦裸露在东方一角时，缕缕阳光穿破云彩，唤醒了一座美丽的圣山。彼此能够听得出自己的呼吸。

时间化作长河，她们已在风流中颠簸。

安雨仿佛下了很大的决心，兀自看看天际发白的窗外，用鼻子哼了哼却是坚定地说道："封锁祁远盛车祸的一切消息，我要代他履行一切职责，看看到底出什么幺蛾子了。"

"你是说你要去远盛集团上班吗？"安晴惊呼。

"是的，那么大一集团，不能一日无主，"安雨又肯定地说，"再说他这样子不会十天半月好起来……"

"姐，你疯了吧，"安晴在惊讶中劝道，"你怀着孕呢，这样不行啊！"

"小时候，我以为裙子只能夏天穿，冬天就必须把自己裹的像个粽子。我也以为只要自己善良，全心全意地对待一个人，就会被对方同样对待。可是后来长大了才明白，原来冬天也能穿裙子，善良的人总会被欺负。"

振聋发聩的话，令安晴全身一凛，如芒在背。安晴决定不再阻止，知道这个姐姐平时看似柔弱脆弱，其实内心坚如磐石。

决定去集团代总裁，安雨是基于多种因素考虑的。除了她说的原因外，还有一个更重要的原因——她要去集团与文琪面对面接触，以正面较量来找出丈夫与文琪之间到底发生了什么，是怎么样引发祁远盛出的车祸。

"你身体吃得消吗？"安晴还是不放心地劝道，"再说集团还有两个副总，干吗要那么拼呢？"

"你以为活在电视中呀，幸福哪有那么容易，婚姻哪那么容易。别再劝我了，你现在要做好的就是守住他车祸的秘密并照顾好爸爸妈妈，不要让他们再为我们操心了。"

"那这儿怎么办？"

"请护工！"安雨又强调，"不，请高级护理人员，全力以赴把他抢救回来，这个家不能没有他，我也……这事就交给你了。"

"好吧，"安晴连忙讨好说，"这医院我正好采访过，和医院的领导很熟，你放心吧。"

这时天色已然大亮，安雨拿起祁远盛的手机操作了一番，又拿自己的手机操作一番，接着长长地叹了一气，神情凝重。

其实，安雨的心里是非常忐忑的。她设想了一下，集团一干人突然见到她出现在会议室里会是什么样的眼光？当她突然宣布代理远盛集团总裁，大家是怎样的一个惊呼……可是她管不了那么多了，生活不能按照设想而过，她不能让丈夫辛苦打拼起来的企业一夜间轰然倒下。她必须行，必须自信，必须负责任地撑起这一切……

安雨踌躇地来到远盛集团楼下，仰望了一下天空，没有一丝风，没有一朵云，天空如春水般荡漾，远盛大厦远方的那一湾湖水也碧绿碧绿，湖心山秀丽的轮廓清晰可见。

她无疑是最闪亮的一道风景，那前行的步履，又刚劲又婀娜。尽管她身怀六甲。安雨轻车熟路地走进远盛集团，一直到她坐进会议室的主座时，许多人还没有回过神来。

从安雨表情上看，有些腼腆又带有一丝羞怯，但她没有躲避别人的眼睛，而是一一进行了扫射。她知道，她的到来，从此就预示着喧嚣与寂静的矛盾同时发生。

就在大家惊愕的几秒钟后，还是白姗反应快，连忙站起来像是介绍又是像是询问地说："这位是总裁夫人……"

"想必大家都感到非常意外吧，今天的会议是祁总裁让白姗通知的……祁总裁因为……"安雨顺势接过白姗的话并用她一贯温柔委婉的笑来缓解场面的尴尬，也缓解心里的紧张。

低调也是光辉四射。白姗连忙接话道："是的，是祁总通知大家来开会的。"她没有说出真相，会议通知是从祁远盛手机里发出的短信，但是是谁发的不得而知。

文琪一听，心里顿时打起鼓："兴师问罪来了吗？她今天不会是来找我算账的吧？"各种揣测在内心萦绕，她强忍着胆怯和不安的情绪，避开安雨的眼睛，佯装看起手机来。

安雨很套路的环视一圈，云淡风轻地说："今天跟各位通报一件事，祁总裁有非常重要的事情不能参加今天的会议。"说完她故意停顿了一下，看了看大家补充道："祁总裁可能需要很长一段时间不能来上班，所以从今天开始由我来代他执行总裁的职务，还请大家以后鼎力支持我的工作……"

话音一落，会议室里的人们就开始面面相觑，有的蔫到极致，还有的惊讶到极致。他们开始用眼神交流起来，整个场面静得有些诡异。

安雨知道他们在想什么，平静地接着说道："总之，祁总裁有点事需要处理，大家不要猜测什么。"这时白姗连忙接话道："安姐，我现在是祁总裁的助理，你有什么吩咐随时叫我。"

见此，两位副总也连忙站起来介绍起自己……夺位，如此容易。安雨从中尝到自由的味道，尊重的味道，权势的味道。

当大家顺时针转圈介绍时，文琪已经吓得飕飕向后退着，真想立即挖个地洞钻进去。可是现实容不得她逃避，当供应部的席部长介绍完自己后，她只能强装笑颜，扬起头，直视着安雨说道："我是市场总监文琪……"

狭路相逢。安雨展示出的是一种仰望的强势，让人们不由自主地尊重起来。而文琪的那种漂亮就像大棚的草莓，经过多种化学生长剂的喷施，已经很难找到原汁原味了。不过她依然眼睛活泛，流盼生姿。安雨心想，怪不得老公喜欢她。

"反正该来的躲不过。"文琪在心里说。不过令她意外的是，安雨没有表现出丝毫的为难，相反她的眼里，始终闪烁着赞许、期待的目光。

"她要干吗？笑里藏刀？不会呀，她哪有那么深藏不露……"文琪开始百思不得其解。

当大家介绍完后，安雨认为当前的重点工作是集团的国际招标，因此便宣布了散会，却在文琪急于离开时，叫住了她。"文总监留步！"顿时文琪心中的巨人倒下了。

安雨大致看出她的惊悚，便浅笑道："我想听听你对这次国际招标的想法和准备情况，可以吗？"面对这样商量的口气，文琪松了一口气，点点头后，闲闲地坐了下来。

接着她们对视一番。

文琪在她的一脸平静中，彻底放松起来。气定神闲，来者不善。文琪在心里说。一番详谈之后，安雨对于文琪的付出有些感动，不过她没有动摇来的目的。

“对于招标的业务我略懂些，我们在给别人提供商品时，一定要考虑边际效用递减问题。”

文琪有些不明白她的话，目光一下子充满了疑问。

“按我的理解，边际效用递减是一个极限性质，而不是全局性质：如果锁定其他各个因素不变，连续增加某一种指标带来的边际效用终将是递减的。”安雨说，“也就是说，如果要边际效用递减必然成立，必须有一个条件就是可以无限地增加这项商品。”

文琪点点头。

安雨一下子找出投标存在的问题。“在连续增加的过程中，边际效用肯定有递增的可能。假设你爱吃苹果，有半年没吃了，给你一个，真是美味！再给你一个，还是好吃啊！再给一个，吃好了！再给一个，行了，不吃了！再给一个，真不吃了！因此刚才听你在价格上的介绍后，我觉得应该提醒你，仅仅打价格牌肯定不行，以后弄不好会陷于泥淖之中。对吧？”

文琪还是点点头。

文琪没想到安雨还真有两下子。这是得益于安雨多年从事企业的审计工作。她看到过太多企业，往往把业务拉回来了，其实并不赚钱，刨去成本，最后是亏损。

安雨想得其实很简单，这是家族企业，花每一分钱都是我自己的，亏本的买卖不做。而文琪没有考虑到这一点，她一心只想中标，至于以后能不能赚钱她不会考虑太多。

经安雨一提醒，文琪如梦初醒，心里有些难为情地说：“安姐，你说得对，我们应该从服务上着手，把项目接下来，然后通过增值服务的方式，牵引对方来购买服务。”

安雨听了，淡淡一笑，赞许道：“你说得很对，就如通信公司增值业务是移动运营商在移动基本业务（话音业务）的基础上，针对不同的用户群和市场需求开通的可供用户选择使用的业务。移动增值业务是市场细分的结果，它充分挖掘了移动网络的潜力，满足了用户的多种需求，因此在市场上取得了巨大的成功。如预付费业务（神州行、如意通），短消息增值业务（移动梦网）都有值链最重要的组成部分，市场前景广阔，需求极大。”

“对对对，还有充话费送手机也是案例之一，这里面也有很多的玄机。”

“是的，玄机。人们通常以为充话费送的手机是通信公司送的，其实错了。是手机生产商白送给通讯公司的，而且是专门定制。”

“不会吧，手机生产商又不是傻子。”文琪惊疑地问道。这里面的事情她的确不知道。

“他们当然不是傻子，相反却是巨大利益的受益者。”

文琪还是疑问重重。

对此，安雨神秘一笑说：“这手机生产商通过在手机里植入各种软件让消费者来买单。”

“安姐你学问不少啊！”文琪开始佩服起眼前的这个“敌人”来。心里的防线也放松了许多。

“中标是目的，但不是最终的目的，你的标书应该再完善一下，要通过多种附加值来吸引对方，捆绑住对方，只有让对方觉得他们采用你这个企业，他们是一本万利的，才会在招标中吸引住对方，”安雨又强调道，“关于附加值的使用，一定要放在吸引对方眼球的地方，同时不能告诉他们我将来是要收费的。”

“呵呵，安姐，真有你的。”

“都是被逼的，不得不跟人家学啊，”安雨感叹道，“否则就得淘汰出局。”文琪突然想到一句话：真正的坏人，心底的恶是深藏不露的。好人也会有一念之恶，但都在嘴头上，快活完嘴便拉倒。坏人不一样，即使是要置你于死地，依然会对你十分客气。

二

这个世界根本不存在“不可能”这回事，当你失去所有依靠的时候，自然什么都可能了。

与安雨的对话，犹如品鉴老酒，入口醇香、回味悠长。这是文琪今天的感受，如果可能，她想和她成为好朋友。虽说脑子里的知识储备告诉她：人总是隔一段时间犯同样的错误，这样的错误有时候还是致命的。因为爱人这个生物是非常私人化的东西，无论是借或占有，绝对是大忌中的大忌。

而文琪目前还缺乏这样的觉醒，这与她在爱情的道路上没有经过曲折，而且看似有太多的路可以走有关。

深情总是被辜负，偏偏套路得人心。

“晚上一起吃饭吧？”王凯在百无聊赖中，收到了白姗的信息。他不知道今天的会议，也不知道白姗找他干吗，但收到她的信息后突然知道自己要干什么，他想她了。于是立即回道：“白总请吃饭我买单，你定地方。”

男人的爽快总是与目的有关。

坐在办公桌前，文琪从朝至暮，思想如四季的光色变换交替，对于今天的变故她百思不得其解。“难道她安雨要学宫斗剧《甄嬛传》？难道他祁远盛被老婆休了？难道……”一连串的问号，不似发问，更像是呓语。

“不对呀，她那么平静，那么友善，那么让人看不出一丝破绽？不对，爸爸说过，越是暴风雨来临时风平浪静。”想到这儿，她不由得打了一个寒战，“是得好好了解一下情况，本小姐才不做冤死鬼！”

一推开翠山人家的锡惠包厢，王凯就看到白姗伫立在窗口远望惠山山麓。听到身后的动静，白姗转回身笑道：“来啦？”

“嗯，对不起没想到你已经先来了。”之前的白总已经变成了“你”。他顺手拿上茶几上的杯子喝了口水，一屁股就陷进柔软的皮椅里。

“你说那惠山脚下的阿丙为一个姑娘哭瞎了眼，值得吗？”

王凯脱口反驳道：“为什么女人总喜欢猜疑男人？”

“因为她们往往猜的太准！太准。”白姗说着深深地看了王凯一眼。

王凯在心里说：男人和女人有什么可吵的呢？一个本来就是另一个的肋骨变的。

见王凯不说话，白姗便踟蹰着说道：“来吧，今天咱俩小酌几杯，好好聊聊天。”

“好的，只要你开心，我定当全力配合。”

“这话听起来像真的一样。”

“以后还要靠你多关照。”王凯嘿嘿一笑就将一杯酒干了。

“你说假如一个妻子突然到丈夫公司去宣布今天这地方归我管了，会是发生了什么情况？”

“这还不简单，炒老公鱿鱼了呗。”他未加思索地说。白姗瞥了他一眼，又问道：“为什么呢？”

“要么老公不在了，要么老公出轨了，”王凯说完又补充道，“应该是老公出轨了的概率会大一些。”

后一句，白姗觉得很有道理。心想，如果祁远盛这货发生意外或死了，安雨不可能那么平静，至少她自己做不到。那么一定是老公出轨了。可白姗转念又一想，也不对呀，就算是出轨也是共同财产分割呀。

“假如你是一个大公司的老板，你要是出轨了，老婆要占领你的公司你愿意吗？”

“我……不出轨……”王凯给噎了一下，他那原本一丝不苟的精英模样顷刻间坍塌了，不过只是几秒钟，他又昂然挺立，却又在她的对视中败下阵来。

“今天怎么突然问起这些问题了？”他自找出路地问道。

“来，我们连干三杯怎么样？”

“人家丈夫无关你我吧？”王凯不明就里地说，“一醉方休不值得吧，你不会……”他看到白姗喉头一紧，话都说不出来了。

白姗今天的打扮似乎格外刻意。粉红玫瑰香紧身长裙，显得体态修长妖妖艳艳勾人魂魄。

“王凯你觉得我对你怎么样啊？

王凯嘿嘿一笑：“好，非常好哇，都不知道怎么感谢您。”他知道，无论男女问出这样的话时，要么是有求于你，要么是有事强加于你。反正都不是什么好事。

“算你有良心！”

他便诡异一笑说：“白姗，那我问你，你摸着良心说我对你好不好？”说完故意用眼光在白姗高耸的胸前停顿了一下，一脸色相，有点迫切需要的感觉了。

男人嘛都是视觉动物。白姗心知肚明，也故意调侃道：“我可是胸太大，隔着远摸不到。”

见白姗如此配合，王凯更加放肆地盯着她的胸来。

“干吗，想吃豆腐！你这样容易挨打的。”

于是王凯立刻转开眼睛问：“你有什么事你就不能直接点吗？”说这话的口气，其实他是在讨好她了。

“我已经很直接了，”白姗整理了下头发说，“其实刚才我说的事就是今天发生在公司的事。”

“啊！不会吧！”王凯震惊中打翻了桌边的酒杯，酒水滴滴答答顺着桌边滴落。他没顾上拿酒杯，又接着问道，“祁总怎么了？祁总怎么了？”

“看你急的，”白姗无奈地一笑说，“鬼知道，所以你得去好好了解一下。”

“我？”王凯指着自己问。

“对，必须是你。这对我们以后很重要很重要。”

果然不出他所料，美女无事不会找你吃饭的。

王凯顿时泄气了，来之前的兴趣全无。他知道，她是在牵着他走，他们之间只是一种利用与被利用的关系。她并不爱他，当初的接触只是为了猎奇，而不是感情的投入。

沉默在慎时慎微中终不可言。

正在这时，王凯放在桌上的手机响了起来，他像梦醒一样“啊唷”一声惊呼。

王凯没顾上搭理白姗，快速走出包厢，对着电话问：“喂，找我有事？”

“谁的电话，”白姗警惕地问，“一个电话值得你这样？”说着眼神直勾勾地盯着电话。

“怎么？没事就不能找你玩玩呀？你在干吗呢？”文琪故意装作嗲嗲地说。

“在开车去朋友聚会的路上，”他又不假思索地说，“你听车声隆隆。”

“这样吧，等你吃完饭后来我家里一趟。”文琪说完就挂断了。这让王凯有些奇怪了。今天俩美女突然同时找他，一定不是什么好事。文琪的目的说不定和白姗一样。美女从来都不会白白地送上门的。但是，有美女约，总是幸福的。他快速地走回包厢。

“女朋友的电话打完了？”

王凯用沉默的一笑作了回答。

“切，还装作处男样不好意思说，”随即白姗那双目光充满了探究和考证地说，“你早就是……我的人了。”

王凯脸一红，扯开话题道：“来，我们喝酒。”

“可以，那你明天好好调查一下祁远盛到底干吗去了。”

王凯心里犯难了，对她一贯的颐指气使有些不高兴。不过他没敢表现出来。白姗现在毕竟是总裁助理，说一句好话不一定管用，可说一句坏话还是有分量的。

“那我只能请调查公司了。”王凯妥协地说。

“可以，我只要结果，不要过程，你看着办。”

“管他干吗去了，反正谁来当总裁我们不都是照样拿薪水？”王凯不以为然地道。

白姗瞥了他一眼说："当然不一样啊，你就不能好好动动脑子……"王凯有些不高兴了，心想，关我鸟事，谁来都是领导我，而我都是靠劳动吃饭。为此他转移话题地问道："远盛这次国际招标有把握吗？"

"这个你比我更清楚啊，"白姗又说，"不过我看那妖精有点放大话了，等着瞧吧。"

"但愿能中标吧，企业兴旺我才能发达，我可不想当房奴。"

白姗立即对着他翻了一个白眼，说："无知！"

白姗看着王凯沮丧的样子，连忙说道："我们一会儿去雪浪那边的万达广场玩玩吧。"

"那有什么好玩的，不是还没有开业吗？"

"好玩的多着呢，有大型舞台秀、电影乐园和电影城，"白姗兴致辞勃勃地说道："听说大型舞台秀是以锡都当地文化为背景创作的高科技舞台演艺节目，由全球顶级舞台艺术大师弗兰克·德贡策划导演呢，那可是世界顶尖水平。还有电影乐园的3D剧场，据说是身临其境的刺激……"

"算了吧，今天累了。不如回家睡觉美好。"王凯故意装作疲倦地说道。

"行吧，这杯干了我们各回各家，各找各妈。"

王凯嘿嘿一笑说："我妈在东北。"此时，他满心想的都是美女文琪的电话。对于血气方刚的男人来说，无疑是一种说不清楚的邀约。

一想到文琪，王凯有些控制不住的兴奋，他打了一辆的士就往文琪住所赶。

他不想在一棵树上吊死，适度多元化是他在职场总结的经验。因为他也有妄念——太想看到这个女人的闺房真容了。

三

"你要接受这世上总有突如其来的失去。洒了的牛奶，遗失的钱包，走散的爱人，断掉的友情……当你做什么都于事无补时，唯一能做的就是努力让自己坚强起来。该来的都会来，哭不能解决问题。”安雨一字一句在心里告诫自己。

祸从天降，对于安雨来说，太突然了。

祁远盛躺在仁德医院的病床上，如果没有吸氧设备发出“刺啦刺啦”的换气声，这儿真像是太平间。因为这里从墙面到病床再到白色被子、床单，全是白色的。

看着这一切，她的眼泪又簌簌地流了下来。好在今天跟医生聊了聊，医生告诉她：从医学的角度来讲，因为大脑皮层功能未严重受损，受害者只是处于深度昏迷状态，暂时丧失意识活动。这无疑是个好消息。

丈夫静静地躺在那儿，一动不动，她在哭泣中像抚摸一只猫咪一样轻轻地抚摸着他的头发，然后还得坚强地说：“没关系，就算世界塌了，我都在你的身边陪伴着你。”她的表情里充满了期盼和忧伤，还有无奈地挣扎。这又是个令人心碎的夜晚，伤痛无人为她承接。她趴在丈夫的床边哭诉着自己的委屈与不甘。

“远盛你这是怎么了？难道我们就这样阴阳两隔了吗？”安雨轻轻用热毛巾擦拭着他的脸颊说道。尽管医生说他脑子只是外伤，一定会醒来，但她还是心急如焚。

她记得曾看过一篇报道，说一位丈夫用亲情唤醒法配合穴位刺激唤醒长达五年植物人的妻子。

想到这里，她立即意识自己应该做个行动派才对，那种坐以待毙的等待会更令人难耐。万一他一直这样沉睡下去，很可像医生说的那样成为假性植物人。想想都可怕。

这是安雨第一次听说这样的病例。医生告诉她，说有些病人在昏迷后，所有意识都在，就是不愿意醒来，因为他们把这个世界已经看透，因此享受沉睡着的生活。于是她拿起手机，开始寻找各种唤醒假性植物人的方法……

文琪从梦中再次惊醒。“谁呀？”她打开了门并满眼惺忪地打着呵欠，斥责道："半夜鬼敲门呀！"王凯看着她的样子，又好气又好笑，便忍不住地调侃道："没做亏心事，就不怕鬼敲门。"

"我做什么亏心事了，滚！"她如梦初醒。

她话音未落，王凯侧身就要往她的房间闯。

"你干吗，你干吗？"文琪说，"这夜黑风高的大晚上的，男生不便！"

"电话中可是你说让我到你家里来的？"王凯说，"你不能说变就变，我可是诚信之人。"

"滚！"在她关上门的一瞬间又说，"等一会儿滚！"

"女人的脸就跟友谊的小船一样，说翻就翻。"

不一会儿，大门又"吱呀"一声打开。

"姐漂亮吧？"身体已经倾斜到他的跟前。

"见面之时真是美，卸妆之后全是鬼。"王凯说着一个闪身，还是没逃过文琪飞来的包包。

"吃的什么，口气这么臭。"

"咋滴你还想要配方不成？"王凯已经闯进房间，陷进柔软的沙发里，声音一如既往，像棉花似的轻飘飘的，却又在阴暗的角落里充满了不屑与讥讽。

"这是为了迎和你呀。"

"告诉你王凯，本小姐不是你惹得起的人，我不喜欢和人说废话，你若是感觉你有实力和我玩，我不介意奉陪到底。我可以有一百种方式让你活不下去。"文琪说完就拿起包包往外走。

"高抬贵手，缓期执行吧。去哪儿？"

"湖滨一条街大排档吃海鲜去。"

"去那不是太让你这白富美太没身份了？"……王凯有些不可思议道。

"大店的排场，小店的味道。告诉你王凯，身价身份算什么东西，前两天报纸上难道你没看到，一位大官在秦城监狱里，自己掏钱想买一包烟一瓶酒人家都不给他。想当初人家可是称霸的一方诸侯，要啥有啥，可是一旦他们的官衔罢免，要啥没啥。"

说完她又意欲未尽道：“我是富二代不假，我是有钱不假，但这些都不是我的，我会以平常心来面对自己的身家。”

“那也不行，那地方不适合女孩子去，我怕……”

“你怕什么？二流子，小地痞？”文琪又野蛮道：“告诉你王凯，小时候我妈就说不要交不三不四的朋友，于是我就交了一群二五二六的朋友。那些地方我比他们还江湖！”

“美女不怕，我还怕什么呢。”说话间，一辆出租车就停靠在他们面前。

“吃龙虾吧？”

“好的呀。”

“喝啤酒？”

“好的呀。”

“你……”

“我怎么啦？”

“没什么，感觉你终于回到了陌生的人间。”

她狡猾一笑，心想终于炸掉他的伪装。“来，走起。”

与她碰杯中，王凯故意看着天空说道：“从星象上看，今天不宜喝酒。”

“好朋友就像天上的星星，永远在那儿，在你特别需要时躲得远远的，好吧我还是会给你提要求的。”

“我这不是星夜兼程陪在你身边？”

“呵呵，恐怕没那么简单吧，老实交代你今天晚上跟谁在一起吃饭？”文琪眼神咄咄逼人审问着他。

王凯在伪装不住的情况下，只好嘿嘿一笑，道：“就几个朋友，不信你去问。”

“再说一遍？”文琪再次用咄咄逼人的眼神看着他。

“怎么就不相信人呢，”王凯说着还故意扯着胸前的扣子说，“都掏心掏肺的了……”

“切，这世界能让人掏心掏肺的也只有器官捐赠者了。”

“来，喝酒喝酒，今天不谈正事只谈酒事。”

“小样儿，今天谈不谈正事不由你说了算，本来不想谈正事的，经你这么一提醒吧，我倒真想起一件不大不小的正事。”

“你文总监会有什么事，”王凯心里一笑，故意道，“再说有事也用不着我这样的无能鼠辈吧？”

文琪知道他这是随机应对，故意警告道：“王凯，如果你的表演提前失败，让你变成袅袅青烟，舞动在彩云之间，既然感化不了你，就火化了你。让你装B让你飞，让你瞬间化为灰。”

“哈哈，真是最毒不过是妇人心啊，”王凯接着眼睛一闭说，“告诉你一个去火良方，陈皮四克，半夏三克，茯苓三克，甘草三克，加三碗水，煎成一碗，然后泼到对方脸上。”

说完他等着啤酒泼来。结果文琪没有武力回馈，开始将今天发生的事跟他说了一遍，几乎跟白姗所讲的一样。其实他早就知道她找他原因，不过他就是不问她想干什么，只是埋头在小龙虾里自顾自地吃了起来。

安雨搜索一番资料后，开始轻轻哼起祁远盛最喜欢的一首歌《庆幸有你爱我》：

失去和拥有　刹那的感动
人生有时候像一场梦
醒着的时候　睁开了双眸
不如意的很多
朋友和情人 来的来走的走
反反复复寻寻觅觅为了什么
要多少时间　才能够了解
其实有你就足够
……

这首先歌是那天她答应嫁给祁远盛后，一起在歌厅合唱的，从此祁远盛没事总会哼唱几句。

往日的幸福历历在目，泪水就如江南丝雨，顺着她的脸颊汩汩而下，在病房柔和的灯光里闪闪发光。

安雨知道，这个世界只有回不过去的，没有走不过去的。所有的努力都不会白费，你付出多少时间和精力，都是在对未来积累。世界上什么都不公平，唯独时间最公平，你是懒惰还是努力，时间都会给出结果。

信心来自负责的爱。她每天都会趴在床边，凑在他的耳旁，握着他的手，讲他们相遇相爱的故事，会讲自己和肚子里孩子的近况，或者只是简单地呼唤着，希望丈夫早日归来。也不知过了多久，安雨居然睡着了。

梦里，一家人围着饭桌，欢笑与温馨烨烨发光，带着一点淡淡的梦幻光彩。……安雨迷迷糊糊地看到了祁远盛一眼，发现他穿着她给他新买的 Tom Ford 最新一季蓝色休闲装，满脸笑意地看着她，问她早上要吃什么。她使劲地摇摇头，发现原来是一场梦。

安雨甜蜜地笑了，继续哼起他喜欢的歌曲。她的声音中增添了一种柔和的调子，她的眼神中突然显出欣喜。

“王凯，我就直说了吧，你得替我去打听一下祁总裁到底发生了什么？”文琪头有些晕眩地说道。

王凯不语，就将一杯啤酒干了，然后咂咂嘴，抓起盘中的一只小龙虾，看着文琪说道：“轻轻拉着你的手，掀起你的红盖头，深深吻上你一口，解开你的红肚兜，扯下你的红裤头，让我一次爽个够。”

“你……”文琪脸红地抓起酒杯作了一个泼去的动作。虽然她习惯异性倾慕的目光，可从来不喜欢人仰慕得口水挂在嘴边。

对此，王凯投降道：“这……这……这怎么去打探呀？我又不是柯楠。”

“我只注重结果。”文琪的口气和白姗如出一辙。

“你总是气势凌人的，我干吗要去管人家的私事呢，”王凯有些不爽问，“办这事对我有什么好处？”

“你……”文琪被噎得瞬间满脸涨红。

王凯决定试探她一下。“不是吧，文总监对祁总有什么想法吧？”

“我对他有什么想法啊！”

“我怎么听说文总监对祁总有那意思，所以总裁夫人才来防止城门失火、来当消防员的。”

“不可能！”文琪从座位弹跳起来质问，“你听谁说的？”

见打到蛇的七寸上，王凯心里好一阵窃喜，于是他决定乘胜追击，再探个究竟。“反正外面传说很多，文总监可要洁身自好啊，不要毁了自己的光辉形象啊。”

说完，王凯便做好暴风雨来临的准备，结果令他很失望。“我们真的没有什么，”文琪颓败地坐下来，撇了撇嘴说，“那都是人们误会的。身正不怕影子歪！”

“那你以后跟总裁夫人在一起就要小心啦，小心泼你硫酸，让你……毁容。”他说着还比画着下手的动作。

“切，她要是真泼倒是好了，就怕……”她想说就像一只狼天天陪伴着她，而她这只羊不知道狼什么时候发起攻击，时刻等待着是多么痛苦的一件事。

“你和祁总到底发生了什么？”

文琪用审视的目光看了他几秒钟后，犹豫了一下，像是使尽全部力气地说道：“那我就告诉你实情吧……”

听了文琪的讲述，王凯惊愕得半天才说出半句话：“就……这么简单？”

“嗯，就这么简单，”文琪质问，“你还想要多复杂。”……“已经够复杂了，”为此王凯吞下一口酒，又说，“小心脏差点都被你震碎了。”

“那现在还帮不帮我？”文琪说话时已经呈现出一副楚楚可怜的样子并配合着将月牙眉挑起。

“好吧，算了，给你面子，我的脸不要了，”王凯故意怜悯道，“这事就交给我了。”

他像刚刚做了一件讨好大人事的孩子。立即，文琪露出粲然一笑，那笑容好看得让人晕眩。

王凯既同情她又有些鄙视她，心想我这么一优秀的帅哥你不惹，偏要去惹马蜂窝，真是不作死不会死。

“不是我说你……”

还没等王凯“你”后面的字说出来，文琪立即做了一个打断的手势说：“有些话不知道当讲不当讲，肯定是不当讲的。我跟你讲道理通常都不讲道理，讲两句的往往讲两小时。”

沉默让他们开始眼观鼻，鼻观心。文琪这时候才觉得生活在她不知道的地方，偷偷出了差错，悄悄横生出许多枝节。

“来吧，我们干杯吧，”王凯心里窃喜地提议道，“时间不早了。”

“嗯，好的呀。”文琪的声音就如小提琴的尾音，哆哆得令人销魂。

第八章　惊天秘密

一

人生的烦恼在于想要的太多。

王凯回到家里睡不着，一直在思考着文琪和白姗为什么对老板“失踪”这件事如此感兴趣。不过他倒觉得，玩失踪很正常，只要远盛集团不倒，他的工资就一分不会少，谁来掌管这座大厦都无所谓。

“文琪应该是怕她自己搞出来的乌龙事件闹大了后果不堪设想，所以要搞清祁远盛的去向，这一点毋庸置疑。那么白姗呢？她为什么对祁远盛那么关心，难道她们有一腿？”想到这里，王凯又否定了，觉得祁远盛不可能是一脚踏几条船的人。何况他的夫人安雨那么漂亮，那么优秀，就像天上的“月亮”，不刺眼但却恰到好处，人家一个转身就会上演侧颜杀。白姗跟人家就不是一个级别的。

不过王凯对白姗这个人越来越不理解了。王凯记得当年他第一眼看见白姗的时候，久久不能回神。就好像有个变形的暗影趴在他的肩上，遥遥地指着她，在他耳边低声呢喃："就是她。"从此以后，他就像被下了咒语和巫术，一半魂魄被扣留在这个女人身边。

"她就是一魔鬼！自己的情感怎么会给了这个魔鬼呢？"王凯觉得自己的生活被这个女人搅得一团糟，再也回不到从前了。

岁月极美，在于它的必然流逝；青春奢望，在于它的无法重来。多少永恒说罢，转眼即是虚空不再；多少瞬间的际遇，稍纵即逝难逢千载。

安雨迈着矜持的步履走进远盛集团大厦。那小心谨慎的样子，仿佛生怕身体中的小宝贝一不小心会消失掉一样。从决定代理总裁开始，她就将自己的外形与心情包裹得严严实实，力求不让人看出她心中的忐忑和已有身孕的真实情况。

她一头乌亮的秀发，淡蓝色的西装自然敞开，露出红白相间的绒衣；乳白色的宽松长裙，衬托出她颀长健美的身材。清丽秀雅的脸上荡漾着春天般美丽的笑容，一双美目又大又亮，行走间给人以优雅迷人的魅力。

"曲部长，您坐吧。"安雨说着就要起身给曲静波倒水。

曲静波受宠若惊，抢过一次性水杯。无事献殷勤，非奸即盗。这是来抄家底来了？曲静波心中不禁为祁远盛生出一丝悲凉，同时也对眼前这个漂亮女人生出几分不忿。不过他的神色表面上依然保持正常。生活练就了高人。

曲静波是远盛集团的财务部长，从这个集团成立的那天起，他就服务于这个公司。对祁远盛更是像对儿子一样爱护有加，对这个集团的发展壮大了然于心。他知道，今天安雨叫他到办公室来，就是想彻底了解一下集团的固定资产和收支状况。

"安总您是想了解集团的财务状况吧？"曲静波问。

"嗯，是的。"安雨说完仔细观察起对方的表情。曲静波心说，我就知道是这样，来者不善啊！

安雨看曲静波这个看似一脸憨厚的中年男人，居然能如此洞察她的想法也感到有几分意外。经过几十年的商场侵染，不是一般人啊！不过看他的样子，不像是对公司存有异心的人，应该对丈夫也是衷心的吧！

安雨心里揣测着，虽然表面镇定，但实际上却紧张得很。她也害怕人们的非议，怕人家说她是来抢财产的。她相信过不了一会儿，财务部长到过她办公室的消息就会传遍集团。但她不得不这样做。

心里没有底，如何领导一个大集团。她记得有人说过：所谓的“集团”，里面往往都会充斥着各类“精英”，不过名声都不好听。要想指挥好、领导好，那不是一件容易的事。

不管曲静波心里如何想，还是就集团近三年的财务状况跟安雨做了一个总体的汇报。安雨作为一名资深财务人员，对曲静波的汇报还是比较满意。他的汇报中，“信息功能、成本功能、管理功能”全有了。

安雨觉得如果将企业比作一辆在路上行驶的汽车，企业的管理者就是这部车的驾驶员。那么，企业内各种报表的作用就相当于车里的仪表盘，它随时向你反映着整部车的车况。作为一名优秀的“司机”，既要率领自己的团队沿着确定的路线，穿过重重险阻，安全抵达目的地。又要随时做好应付各种意外情况的准备，确保车况处于良好状态。

见安雨对自己汇报的集团财务收支状况满意，曲静波的目光有些犹豫起来。

“说吧，曲部长。今天本来就是了解集团财务状况，为一下步做好集团发展做准备的。”

安雨在说到“为一下步做好集团发展做准备的”时特意加重了语气。见曲静波还是一副不信任的表情，于是她就从中央提出推进供给侧改革讲起，到“三去一补”，再到如何促进企业创新、转型发展……

听着听着，曲静波觉得全身的血液都被她的理想抱负炽烈地燃烧起来，对安雨的不信任感开始慢慢减弱，心中升腾起另一种感觉——人家是为了企业生存发展而来，跟着这样的领导有奔头啊！

他心里释然了。

“不瞒你说，集团目前看似收支不错，但其实前景堪忧啊。”曲静波坦诚相告，说完瞥了安雨一眼，发现她嘴巴紧抿，表情严肃。

“说说你担忧的理由吧。”安雨说。说实话，曲静波的说法令她很意外。

“首先我们集团的依存度太高。譬如在 PC 硬件销售上，目前就只有美国文氏集团有大量订单，销往非洲 X 国的只有很小一部分。”曲静波小心翼翼地说道。

“您接着说。”

“那么，如果美国文氏集团一旦取消订单或者他们的企业发生意外，集团的经济来源就如无源之水……”

安雨越听越觉得后背发凉，眉头紧皱，稳了稳心神，依然用平静地口气说道：“你继续往下说。”

“我觉得要发展壮大远盛集团，必须解决产品单一和销售渠道畅通的问题。否则一旦……”

安雨闭了一下美目，鼓励道：“那您有什么好的建议？但说无妨。”

曲静波像早有准备似的说：“我曾跟祁总建议，是否进军房地产市场。”

“那他怎么说的呢？”

“他完全赞成，并准备着手注册公司和招聘专业人才的……”

相向而行，意外之外。

安雨与曲静波谈完话，心绪难以平静。她走到窗前，拉开了办公室的窗帘。阳光瞬间洒满整个房间，澄澈的光芒使安雨阴郁的心情疏朗了许多。

进军房地产业其实是安雨在心里早已打算过的事情。因为在事务所工作时，经她的手审计了十多家房地产企业，利润都十分惊人。比如说开发一个房地产项目，全部投资是 3 亿元 (开发商自有资金 1 亿，银行贷款 2 亿)，最后卖了 5 亿元。开发周期是两年，那该项目的年投资利润率就是 33.3%，而资本金利润率却是200%。当然，计算方法不同，同一个楼盘的利润率也可能有很大的差别。

想到这里，她一个电话打给人事部长荆一东。决定在“招兵买马”的同时，立即注册一家房地产公司。她已经想好了房地产公司的名字：远盛立诚房地产置业有限公司。公司品牌口号是：“诚者择善，善行者行。”

希望在心里默默生长着。

人事部长荆一东是个直来直去的人。他四十出头，却生得一张老成的脸，仿佛从来没有过童年似的。

虽然他是第一次与这位代总裁接触，但他天生是搞人事的，场面话说出来让你不会反感。在听了安雨的想法后，他问：“房地产是赚钱，但那都是道听途说，我们没有人涉猎呀？”

“高利润这个不用怀疑，我审计过多家房地产企业。至于没有人涉猎的事情就是你要解决的问题啦。快点给我们招一个行业精英进来吧。”安雨说着微微一笑。

看着眼前这张纯净的笑脸，荆一东竟然觉得有些超乎寻常的严肃在里面，让人有一种肃然起敬的冲动。可对方只是一个娇滴滴的小女子啊，荆一东不禁对自己这个感觉有些莫名其妙。

荆一东从安雨办公室出来后，不由的拍了拍自己的脑门，觉得自己枉活了四十多年，竟被一个小女孩镇住了。

二

纯净的心如池塘莲藕，即便身在污泥中，追求的仍是那种至纯至净的人生。

“我说准了吧，老板娘肯定找咱们财务部长去问家底了，然后……洗劫一空，咱们做好卷铺盖走人吧。”拾得一鳞半爪、初窥门径，阅尽繁华皆不是。

远盛集团里，人们开始了有史以来的窃窃私语。

“嗯，非常有可能，不然她放着好好的工作不要，干吗要跑到这来？”

“金钱决定一切，男人靠不住，金钱最忠诚，有钱了男人还不是一大把的……”

正当财务部的男人女人们谈论得正激烈的时候，曲静波走了过来。听到办公室里叽叽喳喳，他本能地停下脚步侧耳，没想到他们的对话让他惊呆了。

虽然他知道说别人闲话目的是为了能在某一群体建立自己的关系，添油加醋更是为了吸引听众，有人的地方就少不了琐事和八卦。但是听着听着他的眉头就皱了起来。

大家被他突如其来的闯入吓了一跳，顿时噤声。

一念至此，他平静地扫了一圈，而后意味深长地说道：“我给你们讲过很有哲理的话吧。村边池塘里，有莲藕与田螺。无论清水浊水，莲花开得高洁而雅致，莲藕刮去薄薄的外皮，里面雪白剔透。而田螺虽将自己包裹得密不透风，看似不染污浊，但若置之清水中，再放几滴香油，不久便见分晓。

大千世界，世象纷繁，是执着于当不染污浊的洁心莲藕，还是随波做自保的硬壳田螺？不同的人往往有不同的选择，从而打开不同的人生。朋友圈天天有图有真相的不都是假的，眼见都不一定为实，更何况道听途说是吧。”说完他转身离开留下一群目瞪口呆的人。

“易总，我是公正注册事务师所的安雨啊。”

“听出来了，”易水宽一听，连忙问道，“大美女怎么突然想起我了呢？”

“一直惦记着您呢，”安雨连忙顺着他的话说，“就怕打扰到您了。”

“大美女说吧，有啥事？”

她幽幽一叹，说：“请你喝茶聊天呀。”易水宽一听，心想没这么简单吧，但还是故意装傻道：“好呀，你说什么时间地点，我一定准时到场。”

如此爽快的话，让安雨觉得很温暖。心想，曾经付出的真诚善良总算没有白搭。

说起易水宽，还要说说发生在去年的一件事。易水宽接到一个房产税收大检查的通知，他立刻紧张起来。生怕抓住他的“小辫子”。公司财务可是干过偷税的事儿的，弄不好被查出来就麻烦了。他清楚，税务部门对企业偷逃税的处罚相当严苛，他立即找到在注册会计师事务所工作并一直帮他做企业审计的安雨。

接到他的电话后，安雨本着为老客户服务的宗旨就答应下来。没想到，当她核查了该企业一年的财务报表后，发现易水宽的房地产公司在申报缴纳房产税时，未将与房产对应的土地地价计入房产原值，税务部门一旦查出，将会受到上千万元的重罚。

安雨立即跟易水宽说明了此事，易水宽害怕担心中，请安雨无论如何也要帮他摆平这件事。对此，安雨非常为难。作为资深财务人员，多年来她一直践行着她上大学时，老师讲的“操守为本，不做假账”的诤诤教诲，以职业操守严格要求自己。如今让她帮企业逃税，那不是违法犯罪的行为吗?

然而面对易水宽几乎跪求她帮忙的渴求目光，安雨心软了，答应他想想办法。

随后安雨利用星期天和晚上加班的时间，重新梳理了公司的账务，觉得可以采取合理避税的办法解决一部分问题。

企业利用成本费用核算进行合理避税，即按照国家规定的成本核算方法、计算程序、费用分配等一系列合法要求进行企业内部核算活动。企业应纳所得税数额根据应纳税所得额和税法规定的税率计算求得。

在税率既定的情况下，企业应纳所得税额的多寡取决于企业应纳税所得额的多少。应纳税所得额则由企业收入总额扣除与收入有关的成本、费用、税金和损失后计算求得。

就是说在收入既定时，尽量增加准予扣除的项目，即在遵守财务会计准则和税收制度规定的前提下，将企业发生的准予扣除的项目予以充分列支，必然会使应纳税所得额大大减少。最终减少企业的所得税计税数额，并达到减轻税负的目的。

最后，易水宽的永信房地产公司在补交了一百多万元的漏税后，在检查中顺利过关。

此时，正当安雨要放下电话时，也不知道易水宽怎么想的，突然开口问：“咱们是老关系了，有什么为难之处你就电话里说吧。”

安雨被他的话打动，便非常诚恳地讲出了实情。她希望易水宽给她新成立的房地产公司借点注册资金。

“不好意思，真的不好意思，美女我现在也是缺钱啊。”

没想到易水宽以如此快言快语给拒绝了。

此时，安雨才真正体会到：很多人在关键的时刻，翻脸比翻书还要快。她冷静了一下，决定再试试。于是又一个电话打给了诚胜置业有限公司的汪涵。

这个房地产公司的审计多年来也是她负责做的。她和汪涵吃过几次饭，觉得这个人长得一脸实诚，企业也做得很大，在锡都从南片到北片都有他的房地产项目。

这次安雨汲取了前面的教训，没有拐弯抹角，直接在电话中说出她的想法，省得一喜一悲的。没想到汪涵爽快地答应借她500万，但利息要百分之十。安雨一听，只500万，鸡肋不说，利息还如此之高，只好在“谢谢”中放下了电话。

无以言说的挫败，一点点皲裂开来在她全身扩散。

借钱就是借仇人啊！安雨在此路不通的失望中，决定重点还是抓好当前的国际投标，遂又把希望寄托在文琪的身上。

她走出办公室，决定找文琪好好谈一谈，因为她们明天就要出发到国外招标了。

由于销售部门与总裁不在一个楼面，远远的安雨就听到叽叽喳喳的声音。好热闹啊！她也是年轻人，不喜欢沉闷的工作环境，因此带着好奇继续前行。

“肯定是到洗浴中心被抓了，否则干吗要他老婆来代总裁？”

“嫖娼也不用关那么久吧？”

“嫖娼不构成刑事犯罪，卖淫、嫖娼的，处十日以上十五日以下拘留，可以并处五千元以下罚款……”

于是大家开始打趣那个把条例背得那么清楚的人，你是不是进去过啊？

安雨觉得自己脚下的道路在坍塌，进退维谷。静场几秒钟后，不知谁惊呼道：“祁总不会那什么了吧？”

虽然安雨看不清说话人的脸，但她的怒气已经压抑不住了，她上前使劲推开房门，热热闹闹的场面顿时僵住了，正玩手机的文琪和大家一样瞪大了眼睛，惊慌失措地看着她。

安雨想大声怒斥，但感觉就自己就像被扔进大海里的一条小鱼般无力。她一个转身，走出了房间，猝不及防的泪水喷涌而下。她认定了办公室里发生的事，是文琪怂恿的。并暗暗发誓，一定不会让文琪有好下场！

在安雨转身离开的一瞬间，文琪像触电般的想追过去，却在迈步时被椅子绊了一下又瘫软坐下。

“你们刚才在说什么？”文琪一脸惊悚地问道。

没有人回答。

于是她非常生气地站了起来道：“大写的惨！从现在开始，本人已死。小事烧纸，中事招魂，大事扒坟。”然后恨恨地摔门而出。

三

人活着是为了理想的生活。

春天的午后，空气中漂浮着隐隐约约不知名的花香。王凯端起桌上的咖啡喝了一口，习惯性地舔了下嘴唇后顺手拿起桌上的手机点开微信。

一个惊悚的画面映入眼帘，他看到了什么？一个在人行道上行走的人突然被疾驰而来的重型汽车撞倒在地上，鲜血汩汩流出，那惨烈的景象伴随着血腥立即渗透到他的每一个器官。他不由得惊叫了一声：“天啦，这是怎么了？”

办公室的同仁们纷纷抬起头来看向他。他顾不上别人的猜疑，在手机上将照片一张张放大仔细辨认。但最后一张那人头上包裹着白色纱布，躺在病床上露出的浓眉让他确信无疑，就是祁远盛。

这是怎么了？他这是怎么了？王凯在心里问了好几遍。

惊愕来得太突然了。昨晚回家在楼道看到墙上的小广告便随手打了个电话，约定费用并支付了前期款项。没想到侦探公司的人效率如此之高，这么快就查出来了。此时，王凯的内心充满了忧伤和不安。

祁远盛对他来说，仅仅是上下级的关系。很多时候王凯并不喜欢这位总裁，在布置工作中，他那直截了当的指示中总带些盛气凌人的威严。当然，更多的时候他对人还是温暖、实诚、睿智的样子。集团里的人，私下里都叫他明楼大哥。

看着照片，凄惨击碎了善良的心，王凯的眼中慢慢盈满泪水。他这才意识到，往往看似与自己无关的人，却像水一样地渗透进生命，随物赋形。

思忖良久后，他决定将这一消息先告诉文琪。为什么这样做，大概连他自己也说不清楚。不过，天下男人的共通之处是：不管在什么环境下，喜欢的都是美女。

“我有祁远盛的消息了。”王凯。

文琪收到信息后，马上回信：“这顿饭说什么也得去吃神户牛排了。我请客。”

“就怕你消化不良。先说好我可没钱。”王凯撇撇嘴，又不忘先讲条件道。

“我也没钱，我身上只有美元，没有日元。还是你先付吧。”文琪调侃中回应。

“刷，你，的，黑，卡。”王凯咬牙切齿、一字一顿地回了一句。

“不，我得节省着，不然爸妈会说我败家。”

面对文琪的轻松调侃，王凯似乎忘记了刚才的忧伤，回道：“你对得起你爸年底给你的那张写满了零的支票吗？”

文琪发了一串笑脸。

太湖饭店湖景厅里，文琪接过王凯的手机，先是愣了几秒钟，接着“哎呀”

一声，手机被她扔到了地上，她弯腰连忙将手机抓了起来。

“你这是从哪里得来的？”她一边说着一边仔细地看着，那口气露出不可置信。

王凯挑着眉毛，嘴角有些抽搐地说：“不是你交给的我光荣任务吗？”

“啊，好快？”

“你以为呢？”

“是什么时候的出的事？”

“前天晚上。”

文琪“嗯”了一声，眼泪在眼睛里打转。一定是我造成的，一定是我造成的。文琪在心里确认祁远盛车祸的罪魁祸首就是自己，我该怎么做？想着想着，她慢慢走进自己挖下的陷阱，无助地哭起来。

王凯搞不清楚文琪此刻的心情，他也并不想搞清楚。女人嘛，来得快，去得也快。

王凯将手覆盖着文琪的手背上，以示安慰，感觉她全身都在瑟瑟颤动。他本能地想将她揽在怀里，不过在冲动的一刹那，觉得有点乘人之危，作罢了。

也不知道哭了多久，文琪逐渐控制住自己的情绪。“他应该没事吧？”她喃喃地自言自语。

王凯不语，他不想告诉她所有的实情，他想折磨折磨她，说不定她再情绪失控，自动地钻到自己怀里……

“应该没事，不然他老婆怎么会去上班，这也太违背常理了吧？”文琪安慰自己道。心也放宽了些，不再那么痛不欲生。

“你怎么知道没事，”王凯加重语气说，“从照片上看应该很严重，你看那裹的样子……”

于是，文琪的情绪开始又慢慢沦陷：“怎么会这样啊？”

王凯脸一沉，道：“谁叫你作死不找天黑的！后悔了吧，床上的游戏不是那么好玩的。”

“我……”文琪委屈道：“你就不能安慰我一下，帮我分析一下嘛！”

于是王凯审视着她的眼睛问："不会真担心吧？"

"嗯。"文琪的泪水又溢了出来。

瞬间，王凯心软了，用手扶住她的肩膀安慰道："应该没事的。"

文琪转过身，近距离地看着王凯，好像在探究他的话的真实性。王凯的心被她的楚楚可怜弄疼了，于是坦白地说道："据说脑部只是皮外伤，但腰椎受到不小的损伤，不知道能不能站起来。"

"那就是说以后不一定能站起来，是吧？"文琪担心地反问。

王凯趁机拍拍她的后背，道："现代科技这么发达，应该没事的。咱们吃饭吧，明天你不是要飞X国招标吗。"此时文琪才想起晚饭还没吃。

美人总是令人垂怜。

"姐，四十八小时马上就要到了，他为什么还不醒？"

安雨心一沉，泪眼婆娑地看了妹妹一眼不语。

"医生也只是按照经验判断吧，也不会那么准，是吧。"于是安晴又自我否定道。

安雨还是不语，泪丝更长更急。

"姐，你回家吧，天天这样身体会吃不消的。"安晴转移话题道。

"他不醒，我就一直这样陪着他。"安雨说着坚定地擦了擦眼泪。

"他……他就对你那么……"安晴轻轻地、试探着责怪道，不敢再说重话。

"家，不是房子。家，是我人生的港湾。如果没有了家，没有了丈夫、孩子，我宁愿去死。"

"就是为了当初你们那个好傻好天真的约定吗？"安晴立即面露怒色，真想一个巴掌打过去。

安雨明白她的意思，瞪了她一眼说："是的，我若牵手，不离不弃。"说着轻轻握起祁远盛的手："远盛，如果我不能好好爱你，我会宁愿死去。"

安晴也被感动得泪流满面。

安晴很不理解姐姐这份情感，而安雨似乎也不想让别人理解。她觉得她和祁远盛的爱情，是被神明眷顾的，有天作之合的意思。

“别想那七七八八的了。快帮他按摩按摩穴位，我有点累了。”安雨站起来看着安晴责怪道。

安晴一愣，指着自己说：“我？”

“对，你姐的男人就是一家人，血浓于水。”

文琪跟在王凯的身后走出饭店。这顿饭吃的食之无味，太虐心了。

“你说安雨会不会恨死我了？”她很无助地问道。

“恨是自然少不了的。不过还得看祁总裁的造化，否则……”王凯说的是真话。

“怎么看他造化？”

“你笨呀，他如果好起来了，你再把招标搞成功了，自然就能将功补过了呀。你的脑子余额不足，该充值了。”王凯恨铁不成钢地说。

文琪也不生气，觉得他说的有道理。她在心里祈求祁远盛早点好起来，并决心全力把招标搞成功。她记得父亲曾说过：“所有的努力，不是为了让别人觉得你了不起，是为了能让自己打心里看得起自己。”

把文琪送回家后，王凯立即让的士司机来了一个急转弯往白姗住的地方奔去。他想跟她来个了断，不想再跟她纠缠下去了。想认认真真地跟女朋友谈一次恋爱。

第九章　断舍离

一

忘记虽然意味着背叛，但王凯太想忘记有些事了。

门在“咚咚”声中被打开，白姗一脸惊奇的责问道：“来我这也不提前说一声。”

“那我走了，你别后悔啊。”王凯想了一路，该如何了断他们之间那不清不楚的关系，却在她的一问中想一走了之。

谁知，白姗的态度来了一个180度的转弯：“来都来了，干吗还要走呢。”甜得像一盒大白兔奶糖。不过这种甜跟小时候吃起来的感觉不一样，实在太腻歪了。

在错的时间里，每一种创伤都很疼。

“给，你想知道的秘密。”王凯

坐下后递给白姗一份资料，想尽快离开这里。他觉得自己被唤来唤去的真的好累。

“这是什么？”白姗忘记交代了什么事情。

“自己看吧，准备好速效救心丸，别吓着了啊。”

“这是什么鬼！”白姗的手抖搂了一下说。

“好好看，这不是鬼，是人。”

“哈哈，这是真的。到底是怎么回事？”白姗看了几眼后有些兴奋地说。

“亏你还笑得出来，一点同情心都没有。”她的笑令王凯觉得厌烦。

“我怎么没有同情心了？”

“你这种笑就是不地道，知道吗。”

白姗撇撇嘴道：“你今天好像突然变了一个人似的，什么时候大慈大悲起来了。”

“人都是会变的……”王凯瞥了白姗一眼，若有所指地说。

“到底怎么回事？祁远盛怎么会受这么重的伤？”白姗却不恼地问。

“天知道。”王凯有所保留，不想把知道的全告诉她。他现在看到白姗的嘴脸就讨厌。

“嘿！不过咱们有机会了。”白姗的兴奋之意溢于言表。

王凯一个转身，悄悄按下手机的录音键，故意提高了嗓门问：“什么机会？”

“祁远盛一定是受了重伤，很可能一时半会不能醒来，否则他老婆不可能亲自来集团主持工作。我们就让文琪招标失败，这样她在销售总监上就没地位了。我就可以回到销售总监的位置，我们就……”白姗兴奋地说。

在“就”字刚一出口，王凯立即打断道：“你就可以发财了吧？”

白姗恨恨地白了他一眼，命令道：“你明天一定把文琪招标方案中，忽悠招标方的信息电邮给对方，搅黄这次的招标。哼，让她趾高气扬。”

“这样不好吧？集团发展了我们不也发达了，干吗……干吗这样损人不利己。”王凯为难道。

没想到，这话一下子把白姗惹生气了。“前面不是跟你说了半天了，我回销售总监位置后我们一起发财呀，什么脑子啊。”

“算了吧，我还是老老实实挣钱吧。靠歪门邪道我也摆脱不了房奴，再说搞不好鸡飞蛋打，输不起！”他又故意补充道，“祁总裁对我们俩都不错，不能以怨报德吧。”

“你真是个猪脑子，不知道马无夜草不肥呀？你看看路上那些开豪车穿名牌的人，不都是损公肥私得来的……”

“是的，但那也只是少部分人吧！我还要看看投标的资料，先走了。”目的达到，他要去应女朋友的约了。

白姗一把拉住他：“你们不是明天下午才出发吗，今天是个好日子我们得好好庆贺一下。”说着就把他拉到客厅的酒柜前说，“这里面全是好酒，随便你挑吧。”

“不好意思，我真有事。”王凯与女友约好了，但他不敢说出来，只能以有事拒绝。

“就喝一杯，时间还早。”

“你……”

“你什么，今晚别走了，我们举杯邀明月，床第共欢乐。”白姗兴致很高。王凯并不觉得意外，只是她荡妇的一面提前暴露了出来，令他恶心。

“真有事，跟女朋友约的。”情急之下，他道出实情，也是一种刺激。

“你什么时候有朋友的，我怎么不知道。”白姗咄咄逼人的质问。

“就……前几天。”王凯弱弱地说。

“长得比我漂亮吗？”白姗围着他转了一圈不相信问，“你也太快了，我怎么就一点不知道呢？”

王凯见她探究的样子，组织了一下词语道：“她是个瘦瘦高高的姑娘，很娴雅，喜欢穿着白T恤和牛仔裤。”说着他看了一眼白姗，发现她并没生气，感到有些意外。于是他接着说，“她长发及腰，说话慢慢的，不爱笑，属于非常干净的那种。”

“啪！”一个耳光扇到王凯的脸上，顿时火辣辣的。“干净”二字太刺激她了。

“你疯了！”王凯几乎使出全身力气吼道。

“老娘没疯。都是你给逼的，瞧你那得意的样子，谁给你的权利。”白姗吼道。

“你想问我的，怪我干吗？”王凯继续愤怒地反驳。

白姗冷笑了一声说：“我想知道的你都说了吗？说了吗？”几乎贴到王凯的脸上质问。

王凯以为白姗猜出了他隐瞒的祁远盛的事情，便以退为守地说：“我有什么没告诉你？”

白姗冷笑道：“你好蠢！就你那点小心思还能瞒住我？”说完她停顿了一下接着说道，“你描述的那个人，不就是销售部的那个叶佩佩吗？你以为我不知道啊。今天我把话撂这儿，没有我的同意，你们成不了！”

此刻王凯才意识到，在一起容易，分开却很难。如果叶佩佩知道他和一个离婚的并且大他好几岁的女人不清不楚，一定会跟他说拜拜的。他连忙委屈地讨好道：“你到底想干吗呀？我们在一起不合适，你知道的。”

“既然你知道不合适那为什么还开始？”白姗一字一句地说。

王凯哑然。都是自己年轻难以抵抗异性的诱惑，此时引火烧身了，后悔也来不及了。

见王凯哭丧着脸，白姗开始做他的思想工作，“你还年轻，恋爱嘛还是晚点谈。等你事业有成了，什么样的女人没有？”说着拿出一瓶拉菲倒了两杯，递给王凯一杯。

王凯无奈地接过杯子，一口干了。白姗时不时地抬头观察他，发现这小子根本就是在装B。看着他委屈的样子，不就是希望自己放过他吗。心说，跟我玩这个，还太嫩了！

不过白姗觉得，就这样放了他实在有些可惜。作为一个离婚的女人，想再找到一个这么年轻还比较好控制的男人，实在太难了。

放下杯子，王凯跟白姗求饶道：“你放过我吧，我们以后还是好朋友。”

白姗嘿嘿一笑，用手抚摸着他的脸指责道：“TM的，来世我一定要做一只小公狗。到了发情的季节随便找一只母狗，爽了也不用负责任。等老了想想都激动，到处都是我的孩子。”

面对她如此霸道的调侃，王凯苦笑道：“你想怎样就怎样吧！”

“嘿嘿，你还真说对了。我可以放过你，但你必须随叫随到，否则免谈。”白姗更加嚣张地说道。

“相信我，你永远是我的上帝。”王凯言不及义道。

“不说那么远了，今晚留下吧，本宫太高兴了。”白姗开门见山，直奔主题。

王凯知道她真的喝多了，平时从没有这么直接过。随即用商量语气说：“我真约好女朋友的了，下次好不好？”

“有我在，还轮不到她。总得有个先来后到吧。”白姗口气执拗不容抗争。

年少不做梦，老来无所依。年轻若梦错，沾满满身泥。王凯觉得这首诗今天想起来太令人心碎了。

最终他们在讨价还价中达成共识，并在亲切友好中开始了……

恶浪翻滚，他欲罢不能地在抵抗与反抗中，身体被一点点掏空，又被断续混沌的梦境注入，最终剩下一些空洞在渴望吞噬着什么……

许久之后，王凯挣扎着爬下了床，感到又饿又渴。他打开冰箱，吃了几口东西后就去洗澡，在浴室糊满水汽的镜子前吹干了头发，镜中的人眼睛红肿着，很颓废，他恨透了现在的自己。

从白姗家出来时已经接近深夜，王凯看了下手机，发现女朋友给他发来了好几条信息。

一阵夜风吹来，他打了一个寒战，觉得胃里翻江倒海。于是他扶住一棵树吐了起来，仿佛要把灵魂中的污垢全部吐出来，才能回到不堪回首的从前。

朦胧间，那些落叶缤纷的往事纷至沓来，让人回味，又让人感慨万千。他感到从未有过的清醒。

二

“远盛，你对我所有的好，我都记得清清楚楚。我想要的东西，不出片刻，你便会打好包装送到我的眼前。我想做什么，你立即妥妥帖帖地准备好，等着我去享受。我高兴，你陪我一起乐呵。我发脾气，你安抚劝慰，乖乖地任我折磨，不躲不闪。我鼻涕眼泪糊一脸，你也会夸我最漂亮。这么多年来，你是真的尊重我，爱护我。每每被你那眼睛看着，我就感觉像融化在你的温情里。”

仁德医院里，安雨满怀深情地握着丈夫的手喃喃地说着。她坚持每天给祁远盛按摩穴位，时而轻声地哼唱着丈夫喜欢的歌曲。尽管医生预测的醒来的时间已过，但她坚信她的爱人不会离开她，依然非常淡定地做着她认为该做的一切。她就是这样一个人，无论生活充斥着什么，她总是视而见之，力而从之。昏暗的灯光下，她的眼睛虽然有些红肿，但依然美丽得令人移不开眼睛。

下班到医院后，她首先与祁远盛的主治医生进行了沟通。医生告诉她，祁远盛的各项生理指标都已恢复正常，却没有醒过来，在医学上有点说不通。“你永远也叫不醒一个装睡的人。就如无法叫醒一个装睡的福尔摩斯，不是没有破案能力，而是没有面对真相的能力。”这是医生最后补充的一句话。

爱人之间是会有心灵感应的，可现在他们的爱情失联了。安雨凝神思索着，乌黑的眼眸里，是不解和疑惑。她焦急地反问道：“那在什么情况下，使得他不愿醒来呢？”

“也许他在受伤之前，发生过什么让他觉得很累很累的事……所以不想醒来。”医生提醒到。

结婚这么多年来，他们的爱始终爱如初见：每晚幸福地躺在他的臂弯里，静静听着彼此甜蜜的心跳，然后相拥而眠。安雨回想这些天发生的事情，对照着丈夫的一言一行，没有发现丝丝分不和谐的迹象。而且无论他多忙多累，见到她时，总是面露微笑，让她安心。

“他到底为什么不醒呢？”安雨不禁怀疑自己的感觉是不是出错了，远盛有什么是自己不知道的吗？想到这儿，安雨再也控制不住自己的情绪，泪水喷涌而出："远盛，你真想离开我吗？如果我放手能让你过自己想要的生活，我会像鹿顶山的灯塔，静静地照亮你的道路……"

夜未央，人匆忙。氤氲的心情，就是生命中最初的忧伤。

王凯黯然地离去，白姗意识到缘分从此不再。她曾经期盼的幸福破碎了，给她以力量的所有喜怒哀乐都已经不再有归属。

占有，就像人类永远无法割舍的器官，于是就有了喜怒哀乐的生动体现。

"你若无情，休怪我无义。"白姗一直认为这句话是男人的专属产品，没想到有一天她也会用到。

她恨恨地从床上坐起，打开了苹果笔记本。在思考一番后，纤细的手指开始飞快地在键盘上敲打起来。这是她这些天来最想做的一件事。

写着写着，白姗对王凯的怨恨渐渐转化成了回味。

"这个男人还是不错的！"当她在心里默默地接受自己的暗示后，又突然找不出他不错的地方在何处。

"为什么在一起要两个人决定，分别只有他一个人决定？就因为他年轻？我也有我的资本啊，我是熟女，有生活经验，有资产，有……有许多他没有的优势，为什么就不能掌握主动权？难道就因为我离过婚，年长他几岁？"

白姗想起母亲说的话，"那种看似不配的婚姻，往往就是命中注定的绝配。"哼，叶佩佩是吧，我不会放过你。

"安雨？"祁远盛用暗哑的嗓音说道。

一刹那，安雨的世界顿时一片光明。

"医生他醒了，他醒了。"安雨在语无伦次中，喜极而泣。

"这是意料之中的事，只是他醒来晚了一些。"值班的赵医生回答道。

"我这是在哪儿？"祁远盛眨了眨眼睛，像从外星一下子来到一个新奇的世界。

安雨迟疑了一下，紧握着他的手说："这是医院。"再次喜极而泣。

"我这是怎么了？"

"你受伤了。"医生带着疑问地问，"你不知道吗？"

祁远盛有些不相信地想坐起来，结果在用力的一瞬间，腰部一股刺痛袭来，"哎呀"一声，又跌回到床上。

"别动啊，你暂时动不了，可能要恢复一些时间。"安雨忙上前给他掖了掖被子。

医生给祁远盛量了量血压，听了听心跳，然后一脸严肃地对安雨说："一切生命体征正常，就差腰椎恢复了，这可是比醒来更大的事啊，不……"

医生的话没说完，安雨连忙阻止道："我知道的，我知道的，我会……"

赵医生心领神会地笑了笑，他为这个男人有个贴心的妻子而感动。

安雨在激动中一个电话打给了安晴。

"真的呀，我马上过来。"

"不用了吧，太晚了。"安雨说完又突然改口道，"来吧来吧，去……去给他做一碗鸡蛋炒饭来，里面多放点榨菜还有火腿肠，他最喜欢吃。"

安晴说了一声"好"！又纠正道："全是垃圾食品，他现在需要营养，我去找家饭店炖只老母鸡。"她觉得这样做，能多弥补一些心里的愧疚。

云彩在天空曼舞，一会儿朝霞满天，一会儿阴云密布。飞机像是在太平洋上空飞行。原先只是稀稀落落的雨雪混合物在漫天飞舞，却在飞机突然颠簸几秒钟后，瞬间完成了从秋到冬的飞跃。

眼见它们从细小的雪渣升级为某种有意志的生物，铺天盖地地画成决绝的大朵雪片塞满人的视野，甚至集成重重的雪珠砸在机体之上，有些杀机四伏的味道。

文琪有些紧张起来，飞机不会出事吧？她不想死，因为有许多担忧和遗憾没能放下。"祈求老天爷保佑他早点醒来吧。"文琪在心里一遍遍地默念着，"我可不想他死啊。"她后悔和痛苦的根源是在最美的年华里把自己游戏了一把，却很有可能毁掉别人的一生。

人，一旦当痛苦的情绪叠加到一起，就如这架飞机在无际的天空中独自飞行般孤单。她想回到现实中，可纷乱的心还是不容控制地信马由缰。

没有力气，身体上的。无力感，心理上的。

她觉得即便是星云大师来了，也赶不走她的霉运缠身。

这世上总有些遗憾开不了口，并永久地埋藏在心里。

文琪所有的迷惘，在飞机降落的瞬间明朗。她决定全力做好这次招标，以求良心上得到暂时的安放。

三

有时候，爱就是一种力量，一种能带给人所向披靡的力量。

“安姐，你今天的气色不错。”白姗给安雨端上一杯咖啡恭维道。事实上安雨自从怀孕后，确实比以前更具风韵了一些。

她在怀孕之前很瘦，胸不是太饱满，罩杯一直有些松垮。虽然现在流行骨感美，但她的这个瘦可不是身材苗条的瘦，而是有点干巴巴的瘦。怀孕之后胖了一些，凹凸明显，更具女人味。皮肤也比以前好了很多，脸色白里透红的，什么化妆品都不用就很好看。

“是嘛，”安雨下意识地抚摸了一下腹部说，“我好像觉得臃肿了一些。”

白姗没有看出她的细微之举，接着讨好道：“你的气色超级的好。”

“可能跟我怀孕后吃得多有关吧。”安雨不再掩饰。

“安姐你怀孕了？”白姗随即惊呼道，“我怎么都没有看出来呀，真是……太好了。”估计她自己都不知道“太好了”是什么意思。

为此，安雨幽默地回道：“人家不是说了，这怀孕跟怀才一样，总有一天会露出来的。”

“啊！安姐你怀孕了？您不说还真看不出来。”

“呵呵。”那天她来公司宣布代理总裁时，还刻意对自己怀孕的细微变化进行了掩饰，那时她不知道丈夫什么时候醒来。而现在丈夫醒来了，她不需要再伪装了。

稳定，压倒一切。这一点是她在社会中学到的。

白姗稍加思索，故意试探道：“我们祁总知道了一定会非常高兴。”

“他当然知道。”安雨甜蜜地说。

白姗的好奇心瞬间受到重挫，不过她知道祁远盛目前的状况。心想，你就跟我装吧。

“对了白姗，文总监的投标队伍出发了吧？”

“出发了，出发了。我准备代表您去机场给她们送行的，结果她硬是不让，所以……”白姗边表功边讨好地说。

安雨知道她说的“她”是谁。不过她觉得白姗考虑得还是很周到的。“那你说文琪他们这次投标成功的希望大不大？”安雨问。

“在祁总裁的直接关心指导下，他们准备比较充分，应该没问题的。您就放心吧安姐。”白姗说这番话的时候老道得连自己都有些不敢相信。不过这种面上的话谁都会讲吧。

安雨觉得白姗过于天真了，这种招标哪有那么容易。先别说竞争力有多大，她对文琪的能力也有些担心，甚至觉得她有点蛮力穷举。可是人家一腔热诚帮你，她又不好说什么。“我可没有你那么信心十足。”

听到安雨如此说，白姗对安雨的睿智和成熟更加佩服了。她也知道不会成功，但她必须要这样说，否则岂不是引火烧身？想到这儿，白姗偷偷地瞟了一眼安雨，决定试探一下她对文琪的态度，便故意犹犹豫豫地说：“说实话吧安姐，这文总监吧虽说能力是有，在国外见识了不少东西，但我……我认为她可能太缺乏实战经验了。”

恭维加贬，如此烂熟于心，令安雨对她的圆滑有种说不出的讨厌。在工作中，她遇见太多这样的人，当面不说，背后乱说，会上不说，会下乱说。

“文琪这些天付出了很多辛劳，还从国外请来了专家帮助工作，这样的工作热情令人感动啊。”安雨之所以说这样一席话，一来是发自真心地感谢，二来她怕白姗把她的话传出去，产生不必要的误会。尤其在当下误会已经产生的情况下，绝不能再生枝节了。

“她……她……总之，安姐你还是防备一下她吧。”白姗祭出最后的杀手锏，几乎是孤注一掷。

安雨心里咯噔一下，不过她没有表现出来，而是淡淡地说“哦，那你跟我说说她吧，我对她还不太了解。没事的，把你知道的全告诉我吧。”

“你就装吧。”白姗原以为安雨会脸色大变，没想到她居然那么淡定。于是她故做严肃地把文琪来到远盛集团后传出的“八卦”全部绘声绘色地讲给安雨听。其中有些事是安雨知道的，但大部分安雨不知道，不过事情的真相到底是怎样，在没得到印证之前，她不会信。包括妹妹安晴说的事。但有一点触动了她内心最脆弱的地方，就是白姗说丈夫祁远盛和文琪走得太近了，近得像情人一样……

保卫爱情，保卫家庭，女人总是不遗余力。

“哦，谢谢你的提醒，我知道了。”安雨在说这话时，竭力掩饰着自己情绪的扩张。不过，她的细微变化，还是被白姗捕捉到。知道安雨被她的话打动了，白姗有些小得意，便装作体贴地转移话题道：“安姐，你以后有什么事交给我来办吧，不能让咱的小外甥跟着妈妈太累了。”

俗话说，伸手不打笑脸人。安晴心头一热，感激道：“谢谢在关键时刻有你们相助！我知道了，你去忙吧。”

在现实中斩杀敌人，就是保护自己。白姗觉得自己太有才了。也许太入神了，刚一出安雨办公室便险些与人事部长荆一东撞了个满怀。

荆一东对这位总裁助理礼节性地点了一下头，毕竟她在他的领导之上。不过心里非常不屑，得意什么呢？不过他转念一想，又觉得正常。在他们这样的私企里，经济效益第一，销售、财务、采购都是集团高度重视的部门，他这个人事部长说白了也就是招聘的权力，用人的权力还在总裁那里。

人生在世，谁不是在演戏呢。

“白姗这丫头高兴得手舞足蹈，差点把我撞倒了。”荆一东走进安雨办公室故意说道。

“高兴？她高兴？”安雨很是好奇地问道，“那你没事吧？”

“我没事，就觉得她平时不苟言笑的，今天这是……”

安雨没接下话，这让荆一东有些小小失望。正在这时，桌上的电话突然响了起来。她在荆一东嘴唇动了一下时，做了一个安静的手势，拿起了电话。

电话不长，安晴的脸却在瞬间阴云密布，随着电话放下又恢复到正常状态。尽管她之前已经做好了思想准备，但投标流产还是令她很失望。原本丈夫醒来带给她的好心情，一下子又跌落到谷底。

“荆部长你来的正是时候，房产公司注册办好了吗？”安雨在叹气中幽幽道。

“办好了，正是来向您汇报的。”荆一东说着将一叠资料递给了她，并看着她像在询问发生了什么事。

“国际招标出了点问题。辛苦你们了，帮我把财务部曲部长请来吧。”安雨非常焦急地说，看也没看就把一叠资料放到桌上。

荆一东愣了一下，转身往外走。

都说最好的状态就是随遇而安，遇事不急不躁，要能镇得住场。可是在面临重重困难时谁又能那么淡定呢。安雨此刻才觉得，话是好说，但是实际办事却是如此之难。

“安总裁，找我？”曲静波进门后见安雨一脸严肃，便担心地问道，“听说国际招标出了状况？”

安雨点点头，消息显然是荆一东告诉他的。

“啊？什么状况？”

安雨皱着眉头说：“电话里就说被公司内部人给黑了，直接废标。”

“内部人？内鬼？这……这也太缺德了吧。”曲静波脸一黑道。

“咱们先不管这事了。找你来是想问问集团流动资金有多少？”安雨说完一脸的期待。

曲静波随后把公司账面上的和银行可以抵押的贷款加了一下，说：“3

个多亿吧。”

“太少了，杯水车薪啊。”安雨很有些气馁说。

“你要那么多钱干吗？是因为祁总裁吗？”曲静波并不避讳地问。

“不是，我准备开拓一项新的业务。”

“什么方面？”

“房地产，上次跟你提过。”

曲静波一愣，说道：“是个好主意。现在做 PC 的，做手机的，做空调的都去搞房地产开发了，这是一块肥肉啊！听说他们的副业都比主业收入多多少倍……”

“是呀，现在都是唯利是图，哪有什么术业有专攻，我们也没办法，”说着，安雨有些难为情起来道，“我做这个决定，也是不得已，否则我也不会出此下策。毕竟企业要生存嘛，老职工是跟着集团共同成长的，总不能在他们老了的时候再把他们推向社会吧？”

曲静波点点头。

“您放心，房地产只是我们的副业。我也想好了，我要做良心房地产，不赚黑钱。人家的收益在 30% — 50%，我打算只要 20% 就行。主业还是在 PC 产品上，但要大力创新。”安雨又说

“那资金缺口太大啊，拿地动辙要十几个亿啊……”

“是呀，不过相信办法总比困难多。你抓紧做好资产盘活准备吧。”说完安雨就低头揉起太阳穴，她感到头疼起来。

曲静波在沉默了一会儿后，嘴动了动又忍住，但最终还是出口问道：“远盛这几天干吗去了，你就不能告诉我吗？”

安雨一抬头，发现眼前的长者眼中充满了担心，便凄苦地一笑说：“之前之所以没告诉您是因为他情况比较危险，怕引起集团的动荡。现在好了，他已经醒了。”

“啊，怎么回事？”曲静波惊问。

“车祸，昨晚才醒来。不过能不能站起来还不一定。”安雨哀伤地说。

“那报警没有？”

“报了，警察正在调查中。”

曲静波听了，心里非常难过。祁远盛对于他来说，就像自己的孩子一样。“怎么发生的车祸？这小子是大福大贵之人，没事的。”曲静波说完转身往外走，“我现在就去医院看看他。”

“在仁德医院，先对外保密吧。”

第十章　谁是内奸

一

意外往往容易打败人。

在回中国的飞机上，当飞机攀高的时候，机身颠簸得很厉害，文琪就感到似有一种类似魔鬼的东西，正伸手不断地用力拉扯她。在这种心理暗示下，她的心一点一点由颤抖变成惊悚，最后感觉心脏就要蹦出来般。

直到可以看到下面的海洋，机身趋于平稳，白云萦绕在飞机周围，她心情才渐渐好了许多。不过，她突然觉得如若刚才就那样死去，也不错。

“肯定是那个寂寞的女人 YY 出来的谣言。如果不查出内奸，就是死了也不甘心。”文琪在回来的飞机上恨恨地想。

第二天一上班，她就直接冲进安

雨的办公室，放下所有的繁文缛节，怒气冲冲地说道："安总裁，这次我们准备得非常充分，完全可以中标的，就是因为有人给客户方发邮件，诋毁我们集团，并泄露了我们在会议上的投标谈话，才让对方觉得我们是一家不讲诚信的单位，才被直接废标的。"

急不择言，还算有条理。安雨发现文琪在说这一番话的时候，眼泪都快要流出来了。睫毛上的泪花就如春天的梨花带雨，散发出是一种淡淡的美丽。安雨在心中感叹：这女孩真是漂亮得可以让人一眼记住的人，怪不得……

"看到电邮的内容了吗？"安雨急刹住思绪滑坡问道。

"看到了，跟我们那天会议上讲的一模一样，几乎把您说的那些完整写上了。这不是内奸是什么！而且是在前期做过精心准备的。"

安雨真的生气了。"查，必须一查到底！这样的人藏在集团内部怎么能行，这就是耗子屎，能坏一锅汤的！"

说完这句话，她突然像想起什么似的问："那你觉得那个内奸是谁？"

"一定是……是……"文琪犹豫了一下还是没说出口。

"说吧，今天就我们俩，不会传出去的。"

"应该是白……白姗。"

"哦，你有什么证据怀疑她呢？"安雨知道她会说是白姗，所以并不觉得太意外。

"这还不简单，妒忌，就是妒忌，反正还有说不清楚的那种感觉。"说完她又肯定地补充道："我的第六感很准的。"

后面一句补充令安雨有些好笑，觉得她还是很单纯的。可感觉不能代表什么，再说白姗有什么好妒忌的，她现在已经是总裁助理了，完全没有理由啊。

"不一定是她，或许另有其人吧。"她不置可否地道。不过安雨很高兴她俩还能这样坦诚的说话。至于白姗是内奸的事，她的潜意识中是不可能的。

"安总你要相信我的话嘛。"

"你的话我会认真考虑的。"安雨见她一脸含冤的样子，又说道，"放心吧，我会还你清白。”……可事实，往往也总是与耳听眼见有出入。

文琪觉得安雨是在敷衍她，心里很有些不爽。不过随即她似乎又想明白了，安雨刚到集团来，不会轻易得罪人，留下不好的印象。因为以后还要共事，还要协理六宫啊！

都是套路，又是套路。

而安雨之所以怀疑，是因为那天与白姗谈话后，觉得她不应该是那样的人。多么善良体贴的一个人，多么热心的一个人，怎么可能是内奸呢？再说集团也好，自己的丈夫也好，都对她不薄，她不可能恩将仇报啊！于是她把文琪的话自然而然地列入到了女人间相互争宠的范畴。

不过集团有内奸不是小事，还是要彻底追查的，否则就是养痈遗患。于是她当着文琪的面，一个电话打给了人事部长荆一东，要求他严查，查出当事人后开除出集团。

人事部长荆一东是个没事也能挑事的人，况且他经常闲着。他一接到安雨的指示后，觉得正好借此机会把那些不把他放在眼里的人好好整治一番。

文琪这才满意地离开。

“有形之手”与“无形之手”，看得见，抓不住。安雨这时才彻悟：做人难，做企业就更难。以前只知道机关里人事复杂，没想到企业也一样。

思考一番后，她决定做最后的努力，一个电话打给了宜家地产置业的柳正翰。这家公司在锡都地界上虽然不大，但也算小有名气，地产项目深受置业者的好评。诚然，这主要得益于柳正翰曾在注册会计师事务所干过，熟悉市场、精打细算、产品创新及质量有保证。

一番客套后，安雨渐渐将话题代入了正题。令安雨没想到的是，柳正翰在一声声高亢的“嗯、嗯”声中渐渐转入桃李不言，下自成蹊无声中，然后电话莫名地断了。

听着电话中“嘟嘟嘟”的声音，安雨心凉了半截。什么知己、朋友、熟人呀，关键时刻一个个比狐狸还狡猾。想着想着，她眼睛一红，瘫倒在椅子上嘤嘤地哭了。无助更无奈。

安雨其实对这个电话并没抱太多希望，因为这个柳正翰仅仅是她的客户，吃过几次饭，连朋友都算不上。她只是难过，感到做人很失败，关键时刻连一个伸手帮她的人都没有。

在这个交换利益的时代，没有付出，何来人家报答。想想都觉得自己太天真了。都说世上 99% 的事都能用钱解决，但是他们没有说的是，解决剩下的 1% 需要多少钱解决。为此她咬了咬牙，决定就是想办法贷款也要把房地产公司办起来。这是最后的一搏了，要做到自己不后悔。现在还是先到医院看看丈夫祁远盛，这是她当前最重要的事。

集团离仁德医院并不远，安雨决定走过去，这样对肚子里的孩子有好处。一路上，安雨觉得大道上的车辆横冲直撞，太恐怖了，怕吓坏肚子里的宝宝。特意避开大道去穿小巷。

运势不济，喝水都塞牙。在小娄巷的一个转弯处，突然就被一个四十多岁的女乞丐拦住："美女，给发个红包吧。"说着伸出一只脏兮兮的不锈钢碗来。

安雨下意识地躲闪着那只脏碗，害怕把细菌传给她的宝贝，那可是她心肝肺。谁知，女乞丐大跨一步又拦住她说："发个红包吧，好人一生平安，保证你走到哪儿平安到哪儿。"

一听这话，就知是明显的要挟，安雨便有些生气了，那我要是不发就不能平安了？"不好意思我没带钱。你还是去找别的人吧！"

语气真诚，安雨也是说的实话。但你有张良计，我有过墙梯。人家早就把你研究透了，你们这些人不是天天手机不离不弃吗，不是天天微信、抢红包吗，那我就因人施策。

乞丐诡异一笑，迅速把那只脏碗丢下，一瞬间就在衣兜里掏出一个手机，晃了晃说："美女，我不收现金，你可以用微信支付，或者支付宝也可以……只需要扫扫二维码就好！"

安雨顿时傻眼了，一看那乞丐拿的居然是 iphone7，生气地脱口而出："你这么年轻，干吗不好好去劳动……"

还没等她说完，乞丐抓起地上那只脏兮兮的碗就往她的头上扣，幸好有路人拉了她一下，否则即使不头破血流也让她恶心死。

强取豪夺。安雨惊魂未定。

在好心人的保护下，她才得以安全离开。那位好心人告诉她，这些人天天在这里专门等她们这些单身女性，不给钱就会受到威胁。安雨这才明白，为什么有那么多的年轻人愿意做乞丐，那是因为可以不劳而获，还可以赚很多的钱。她曾听人说，一乞丐在上海乞讨几年后，不仅在上海买了房还开上了名车。白天当乞丐，晚上当皇帝。一到夜晚，就唤上一帮狐朋狗友洗桑拿、泡酒吧……日子过得比皇帝还要潇洒。就在前几天，在义乌贝村菜市场，一个“断手”乞丐跪在地上，看起来十分可怜的样子，没想到一名执勤人员上前把他衣服脱了，露出了里面的手臂，现场的路人当场被惊呆了！

以前她还不相信这样的传言，这次的遭遇真的让她长了见识。

现在的一些人，为了金钱，不择手段，不要脸皮，自毁人格，真的堕落到极点。这是谁的错？直到走进病房安雨都没厘清。

“你脸色怎么这么难看？”一走进病房，丈夫祁远盛就担心地问道。

安雨犹豫了一下，眼泪就下来了：“刚才……刚才……乞讨人差点打到我。”那委屈劲儿，就差咧开嘴大哭了。

“啊！有这样的事儿？快过来我看看。”祁远盛用力移动着身体说。

安雨止住哭腔，坐在他的床边：“你别乱动。没事了，是我自己不好不该走小巷的。”

“到底是怎么回事？这光天化日的。”祁远盛急道。

安雨便把刚才发生的事讲了出来。

“怎么能这样，乞丐太猖狂了，还有法制没有。”祁远盛听后气愤地说。又转头对曲静波急道：“报警，让警察把这些人抓起来，反了他们了。这是法制社会，不是……”

“祁总别生气，人怕是早跑了。他们都是集团式作案，有组织的作案，作案时有放风的、表演的、吓唬的……你没事吧，安总？”随后曲静波担心地问。

“没事，就是心里气不过。你说这些人为什么年纪轻轻不劳动要乞讨，实在太不要脸了。”

“这哪叫什么乞讨，简直就是敲诈勒索！全是社会拜金带坏的。”曲静波补充道。

祁远盛拍拍妻子的后背，心疼地说：“没事就好，以后出门小心点，叫安晴陪你。”安雨小女人般的委屈地点点头。

“对了安雨，刚才听曲部长讲你要搞房地产公司是吗？”祁远盛切入正题问。安雨看了一眼曲静波，对祁远盛说：“嗯，我觉得现在房地产市场很热，前不久锡都市的山居乐出现了连夜排队疯抢房子的场面。现在很多买房人还得给销售小姐送礼才能拿到号。”

“不会吧，我前几天听说苏州、上海有人在QQ群里导演卖房的火热场面，不会是假的吧？”

“导演？”安雨非常惊讶地问，“不会吧，还会有这样的事？”

“祁总，你们说的这两种情况都有。也不全是炒房团，前不久中央电视台的记者还暗访过一些地区，一些开发商聘请社会上一些人每天100块，装成买房子的样子，租借外地牌照车，在他们楼盘前故意摆出排长队疯抢房子的样子，吸引当地的居民去购房。”

“真有这样的事？这开发商也太损了吧？”安雨还是不大信，眼睛睁得大大的。

祁远盛说：“我也听说过的，现在社会上真真假假的事太多搞不清楚了。”

“真是缺德，不过我想只要我们把品牌做实了，少赚些，这个行业还是有得赚，毕竟土地资源越来越少。”安雨诚恳地说。

“可我们资金不够啊。”祁远盛叹了一口气。正在这时，安雨的手机响了，她一看来电，急忙走出病房。

二

愤怒之后是绝望。

文琪对人事部长荆一东的做法，确切说是说话的态度非常生气。她觉得这次国际招标失败就是因为内奸向对方透露了消息才导致招标流产的，并且她敢肯定就是白姗所为。你人事部门不直接找白姗了解情况反而找我谈话，你什么意思啊？于是文琪非常生气地质问："你找错人了吧。"

"那你凭什么就怀疑人家白姗呢？"话糙理不糙，文琪顿时千言万语辗转心头，就是挑不出一句合适的话来反驳。对呀，你的凭据呢？她仿佛被雷当头劈了。

在憋得透不过气来的一刹那，她终于从喉咙里蹦出一句英文："asshole！"

骂人，很多时候不是因为愤怒，而是找不到合适的语言。

荆一东装作听懂了但很有涵养地说："愤怒没有用，其实任何案件的调查取证只要是怀疑的对象或列入犯罪嫌疑人的，都要进行谈话或深入调查的。"

一听自己被列入犯罪嫌疑人，文琪气得泪珠夺眶而出，站起身就走，并丢下一句："You are a pig！"

这一句荆一东真的听懂了，很生气地道："你怎么说话呢？年纪轻轻的不尊老。"

文琪不理他，她一点儿也不想在这个人身上再浪费一点时光。

作为集团的人事部长，荆一东觉得自己虽然没有销售部那样炙手可热和受到集团领导的重视，但是这么多年来，还没有哪个人敢这样跟他说话，并把他扔在这里一走了之。

"你等着，看我怎么收拾你，让你马上滚蛋！不，得找机会好好整整你，让你求生不能，求死不得。"他自言自语地说。

不过，他的梦呓一眨眼就哗然破碎了。人家文琪是远盛集团请来的贵客，不受他的领导。想到这儿他心神俱伤。他就像一只狼眼见一只肥美的猎物准备美美饱餐一顿，猎物却跑了，而且还被猎物逃跑时脚下弹出的石子重重地打在脸上。

越想越生气。对这个富二代，荆一东从一开始就抱有成见。觉得自己辛辛苦苦大半辈子，既没有好车开，也没有带空气净化24小时恒温的房子住。凭什么有些人一出生就好吃好喝好用好玩全部都是好的。而自己的女儿，到处补课才考了一所普通的院校，出来后还不知道到哪儿找工作呢。

一连串的心理不平衡，压倒了他高傲的心，也挤压出了他的仇恨。其实这是典型的仇富心理。

“白总，有空吗？到我这儿来一下。”荆一东在电话中用商量的口气说道。

判若两人的语气，并不因为她白姗是总裁助理。他知道这个职位其实比他的人事部长还虚，其实就是给总裁打杂的。不过他这种看人下菜碟的做法，有他自己的目的，也是人性多面化的表现。

在白姗进门坐下后，荆一东故作严肃地说：“想必白总也听说过本次国际招标流产的事吧？”

“嗯，知道一点点，部长找我来……是……”

“文总监回来后，跟代总裁汇报说我们集团有内奸，因而导致了本次招标失败。代总裁让我严肃查处，所以……”大意是，他不得不查，虽然他也不想查，但不查又不行。完全是一副讨好的架势。

一听要严肃查处，白姗脸色一变，道：“有这样的事啊？那还真得好好查查，”随后白姗又恢复到常态，探寻地问：“对了，部长有线索了没有？”

后一句是重点，试探，荆一东懂得的。他顿了顿，故意欲言又止，接着悻悻地说道：“根据文总监提供的线索有些眉目，不过……不过我也不太相信。应该在高层中吧。”

“怎么我们的高层也会出现这种吃里爬外的人？”

“我也在想这个人呢。我在想这个究竟是谁？”荆一东紧紧盯着白姗说。

话意、表情直指她本人。白姗脑海里立即出现一个镜头，公安干警突然出现在犯罪嫌疑人面前：“说，XX你跟我们走一趟。”然后手铐“喀嚓”一下戴在手上的场面。

想想都不寒而栗，白姗心里开始慌乱起来，不过她强忍着不让自己失控。弱弱地反问："不会吧，怎么会在高层。"白姗太小看眼前的这位搞人事的部长了，他才是"老司机"。

一番对话后，荆一东大致判断出白姗就是主谋，心说，你就装吧，看我不让你露出马脚的。因此若有所指地说："哼，干坏事的都在高层，而且看起来都是有素质的人啊！你看前几天报纸上 XX 企业集团的副总经理不就是一例……"白姗知道他说的是谁。

面对被揭穿的危险，白姗一边飞快地思考着对策，一边讨好地附和道："是啊，是啊，现在人心都变坏了，看到别人好了心里就开始不平衡，什么世道呀。"

说到这里，她突然灵光一闪，觉得有个说辞可以摆脱自己的嫌疑，便一脸认真地说，"这人一定跟祁总裁有仇，不然怎么会黑我们集团，对吧部长？"

荆一东琢磨了一下，觉得她的话倒有几分道理，于是顺着她的话问："那根据你平时的了解，你认为谁会跟祁总裁有仇？"

白姗心里有些窃喜起来，觉得有门，她装模作样地沉默了几秒钟后，满脸真情地看着荆一东说："部长，我是您提拔的人，您也一直很关心我。那我说说我个人的看法，说错了您批评，说对了您参考。"

假话也很暖心。荆一东心一热，觉得她很聪明。尽管她并不是他提拔的，但是好话听起来总是很舒服的。"你说吧，我不会说出去。本来就为了调查了解情况嘛，知无不言，知无不言。"

于是，白姗把事先准备好的说辞讲了出来。她说，如果我没有判断错误的话，这次招标就是文琪自导自演的一出苦肉计。因为对这样的国际招标，她既没有经验，对集团的业务也不懂。她明知招标一定不会成功，甚至不想让招标成功，所以……

白姗学得很快，她用贩毒的就卖给有毒瘾的，开网吧的就让有网瘾的来经营这种逻辑来分析问题。这样的分析貌似很有逻辑、道理，但在荆一东看来漏洞百出、不可思议。

文琪干吗自导自演苦肉计？她从国外请来的专业招标团队，分析市场、分析公司内部情况。说她不懂得业务，没有招标经验可以，但如果说人家团队在集团忙了这么长时间，还不了解公司情况，就有点说不过去了。

“那你说说文总监干吗要演苦肉计？”

听到这一问话，白姗一下被噎住了，这时她才发觉自己把自己给绕了进去。

“但说无妨，我们是自己人。”荆一东微笑着鼓励道。

白姗快速地思考着怎么才能把文琪给推进去，几秒钟后，她眼前一亮，有了：“你还不知道吧，听说文琪一直喜欢祁总裁，所以……”

“八卦”历来吸引人的眼球，荆一东也不例外，心说，这倒是有几分道理。因爱成仇，从古至今，罄竹难书。

“真有这事啊？那你跟我好好说说，我保证不传出去。”说着就凑近白姗。

一看荆一东这么感兴趣，白姗心里一乐，将她听说的关于文琪在几年前见到祁总裁时就喜欢他，所以动员父亲将文氏集团的业务全部拉到远盛来讨好祁总；而且为了缠住祁总裁，不惜从国外追到中国，还要祁总裁经常陪她吃饭……

“不会吧，不会吧，”荆一东不可置信地问，“还有这样的事啊。”他忽然觉得还真有这个可能，因为他也听说过文琪经常跟祁远盛单独吃饭的事。于是转过头看着白姗道：“真是不错，白总你收集的东西很重要，我会跟安总裁汇报的。”

一听荆一东要跟安雨汇报，白姗连忙阻止，道：“部长千万不行，千万不能跟安总汇报。我是觉得你是老领导，又是自己人，才跟你透露实情的。千万不能说呀。”白姗说这些话急得直想哭。

因为，从这些天来的观察来看，她知道安雨不喜欢挑拨离间，更不希望文琪与丈夫有什么瓜葛。再说这是女人的本能，更重要的是她的话无根无据。一旦安雨知道这说是她说的，一定被恨死。

“为什么不能告诉安总？”

白姗脱口而出：“您想想，哪个女人愿意将自己丈夫跟别的女人扯到一起？多丢面子呀。”

荆一东点点头，“嗯”了一下，觉得有道理。不过他觉得白姗似乎刻意在回避着什么，便又试探道：“我可以不直接跟安总汇报，那你说说我应该怎样说安总才相信我说的话呢，你提供的这一情况非常重要啊。”

“机会来了。”荆一东觉得这是个收拾文琪的好机会，他一定不能放过。白姗则觉得还是把自己推到了风口浪尖，心里七上八下，乱的很。

见白姗沉默不语，荆一东以为她不好说，便用长者的口吻道：“都是自己人，说吧，没事的。”

白姗被逼无奈，只好鼓起勇气道:“你可以说文总监预计这次招标会失败，怕失面子，所以就……故意说是内部人搞的鬼。”她的想象力开始变得苍白无力，像一份没有配菜的白米饭，咀嚼无味。

荆一东暗笑道：“还是白姗你聪明。看来以后得好好跟你学习啦。现在提倡大家要终生学习是对的，尤其要跟你们年轻人学。”

不是老人变坏了，而是坏人变老了。

白姗难为情地一笑，用巴结的口吻说：“荆部长您太谦虚了，我还准备专门请您吃饭跟您好好学习怎么做人，怎么抓好管理，把安总裁服务好……”

这一番讨好加暧昧的话，把荆一东心里按摩得舒服极了。之前在文琪那儿的不快，顿时一扫而光。

“不错，白姗，有奉献精神，有追求，好学上进。改日我们是得好好交流交流，只有多交流才能多沟通是吧。”

“干吗改日呀，择日不如撞日，咱们就今天晚上聚聚吧部长？”

久旱逢甘露。荆一东开心一笑，生怕错过机会地说，“你太客气了！那就听你安排啦。”脸上显现出风月老手的无耻。不过白姗觉得他再怎么装老狐狸都没有那个臊味了。

三

皇家一号酒吧里，不知名的音乐在低沉地吹奏着，酒气、烟雾充斥在一起……

文琪坐在幽暗的一个角落里，百无聊赖地喝着酒。手中的威士忌被她转来转去，透过红红的酒液，看着四周变形的人们。

她的脸庞微微仰起，在微光的照射下，立体感很强的五官一半隐在暗影中，一半则呈现柔美的诱惑。

王凯被眼前的美女迷惑住了，痴迷地半天回不过神来。你说又不是第一次见，怎么现在才觉得这个女子如此美。在她面前，白姗什么的算什么啊。

文琪很烦恼，超级烦恼。原本想，做好国际招标这件事后她就能功成名就，为本次实习画上个圆满的句号，结果……“王凯喝酒！不要见了美女就像丢了魂似的。”文琪在与王凯碰杯中很是嫌弃地斥责道。

“切，咱现在是名草有主！我是在听这是不是村上春树的诗。”王凯连忙遮掩着。

“嘿，不错，你也算是文艺青年。不过这歌词是经过改编的。”

“懂得不少啊。看来没有在国外白吃奶油面包。”王凯道。

文琪白了他一眼，“你有女朋友啦？是不是真的？”

“必须的呀，咱是青年才俊加英俊潇洒。”他故意像上次对白姗一样，把女友多漂亮，多可人，很是夸张地显摆一番。原以为文琪会吃惊，会吃醋，结果她只是不屑道：“一副臭皮囊还有人稀罕，也真是奇了大怪了。”

美女的话杀伤力极强，王凯的自尊心顿时受到巨大打击。在这个人人自我感觉良好的价值世界里，已经自恋得不认识自己了，何况他还算是英俊潇洒之辈。

文琪见他有些颓败，好心安慰道：“不过……不过你还不错，你还算挺好的一个人。”

王凯扑哧一笑道：“你倒挺会安慰人的。反正我也不会跟你发生点什么。”

文琪嘴角一勾故意说：“好的呀，那你开始吧。”

“算了，我是好人。”

“你是好人？那这个世界上就没有坏人了。”

“咱们不谈这个了，说说今晚约我出来喝酒的目的何在吧，反正这年头被美女约不是有求就是有应。”王凯看着文琪问道。

文琪故意装作不在意地说：“还能干吗，陪我解闷呗。”

“嘿，有什么好闷的，不就是招标失败了，又不是你的错，错就错在……那损人不利己的内奸身上。”王凯边说边看着文琪的脸色。

“王凯，你说这人是谁呀，这么损人不利己？”文琪想从王凯的言辞中找出些踪迹，这也是今天叫他出来喝酒的原因之一。

“你这样看着我干吗？我什么人品，才不会做这样下三烂的事。”王凯以攻为守道。

“那么紧张干吗，我说是你了吗？就是你干的，我也打算原谅你，谁叫你是我的好哥们儿呢。”

“别，美女蛇开始缠身。求你了，别把脏水往我身上泼。”王凯连忙慌乱地挥手道。

“那就是白姗干的！反正跟你也有关系，你们是同伙！”文琪盯着王凯说。

王凯一惊，觉得眼前这人太可怕了。单刀直入式地破题，虽然他早就有心理准备，但表情还是有些不自然。不过，随即他就恢复了镇定，问：“你怎么认为是她呢？凡事要讲证据吧，再说她怎么跟我有关系呢？”

“因为你们是一伙的！”

王凯心又一惊，连忙摆手道：“姐，别拉郎配，我怎么可能跟她是一伙的。”

文琪于是把那天参加会议的人员依次排列开来，一一分析排除，从认知过程的逻辑角度，确定嫌疑人就是白姗。

“不得不说你很厉害，我小瞧你了。不过破案还是要讲证据。”王凯撇了一下嘴，阻止了她的判断，以免引火烧身。

这件事一开始，他就知道是白姗干的，而且在得知招标失败的第一时间里就得到了证实。可是他已经领教了白姗的难缠，万一她留下什么证据，他就成了同伙，那样就太冤了。所以现在能避则避。

“告诉你王凯，我爸跟那华裔李昌钰是好朋友，把本小姐惹烦了我就跟我爸说，让李昌钰帮忙查个水落石出。叫她死相难看，信不？”

王凯一听，立即如临大敌，他知道那位华人的厉害。那泛美航空公司的空姐凯莉失踪后，凯莉的丈夫被认为是最大嫌疑人，但这个男人三次通过了测谎试验，定不了他的罪。后来有人举报说，当晚曾看见被害人的丈夫在街上拖着一台大型锯木机，而且他当天还租用过一台绞肉机。时值寒冬，李昌钰设法融化两尺多深的积雪寻找证物，并用一只冻僵的死猪混在树枝中塞进碎木机进行还原实验。最终，他找到了死者 56 片碎骨，2660 根头发，3 盎司的肉块和一颗牙齿，这些证据的总重量只有 31 克，却准确测出了被害人的 DNA。随后，警方找到一把编号已经磨损的电锯。李昌钰通过科学方法，将被涂掉的电锯号码显现出来，终于查明凶手正是死者的丈夫。半个指纹破 30 年悬案。

想到这些，他心里更加紧张起来，不过他还是装作息事宁人道：“事情已经这样了，干吗要那么较真呢？”

“这不是较真的问题，简直就是毫无人性。你拿着人家薪金还拆人家的台，这简直比那些无良的外国商人到中国经商，钱赚够了，一转身又反对中国一样？”

“你懂的还真不少，也很爱国。”王凯说着举杯示意。讨好，是为了息事宁人。他不得不这样做。

文琪甜蜜一笑，道：“告诉你马屁精，爱国不爱国我不知道，但我知道我的根在中国，我的良知在五千年的文化积淀中。”

王凯借此连忙转移话题道：“真的是爱国！那你干吗跑到国外加入别人的国籍？”

文琪顿时哑然，不过她用白眼扫了他一眼后机智地说道：“我这叫曲线救国，难道你不知道，在新中国成立前夕，许多中国人到世界各地留学，然后又回到国家报效祖国，你能说他们是……”

王凯被文琪一脸认真的样子逗乐了。“真是小瞧你了……”

“那是，喝酒！你两杯。”文琪命令道。文琪脸上显露出符合于大女孩的娇羞情态，只是混杂着清纯和妩媚的气质。

太湖湖畔的御膳房饭店里。

荆一东与白姗已经酒过三巡。他的心情此时非常好，有点只恨人生不能再活五百年的兴奋。

面前的总裁助理白姗，一头乌黑柔软的长发，发梢自然卷曲，皮肤是年轻少妇皆具的娇嫩；脸色有些苍白，似乎是大病初愈的样子，但依然不失为少妇最美的模样。她怯生生地、小心翼翼坐在椅子边上，看上去乖巧而娇弱，就像一朵纸折的百合花。

“白姗，今天我在调查国际招标内奸案中，有人悄悄跟我说是你做的。”说着他又自我否定道，“我可是不相信的。”

荆一东之所以要抛出这句话，一来是让白姗知道在这件事上他是在帮她；二来还他这顿酒的债务，最好搂草打兔子，来个意外之获。

白姗一听，立刻如惊弓之鸟般从座位上站起来道：“部长，这是诬陷，完全是诬陷。你想想，我这么好的人怎么会干这样的事，是吧，是吧？”

再高明的演员也有露马脚的时候。荆一东见她眼中那掩饰不住的惊慌样子，越发觉得她有问题。因此故意用语意不清的话说道：“是呀，我也相信你不会做这样的事。在我心中一直觉得你很优秀……我也很喜欢你。”

后一句是重点，也是试探。

“谢谢部长的信任，来，我再敬您一杯。”白姗说着就走到荆一东身边乖巧坐下，用那湿漉漉的眼神看着荆一东。

荆一东觉得效果明显，仰头把杯中的酒喝下，又语重心长地说：“姗姗啊，出卖集团情报是要坐牢的，不得了的大事情啊。”

面对荆一东煞有介事的吓唬，白姗更加害怕起来。尤其是那“坐牢”两字，如刀般扎进她的身体。“有这么严重吗，部长？”

荆一东端起酒，故意说：“是呀，我咨询过公安部门……”

白姗更加恐惧起来，不过她随即想，自己是在网吧发的邮件，不可能找到自己吧。侥幸中心里又开始蠢蠢欲动，她自言自语地说道：“听说内奸用的是电子邮件，应该没那么容易破案吧？”

荆一东嘿嘿一笑，“现在的公安机关，只要想破案就能破案。你看内蒙古呼格案，海南陈满案……过了那么多年不是全破案了。现在的公安干警神着呢。”

白姗心说，完了，完了。不过她还是强忍着内心的恐惧说道：“也是啊，不怕做不到，就怕不想做。”

“是呀姗姗，公安部门现在正在打造铁军，厉害得很啦，就怕他们去落实认真二字。”他改变称呼说着，顺便把手轻轻放在白姗的手上。顿时，全身已经老去的血液开始沸腾。她的手太柔软了，不像家中老太婆的手，摸上去没感觉。

白姗下意识地哆嗦了一下，又恢复了镇定。心说，今天是来请你喝酒的，没想到要掉进酒缸中了，亏大了。好在白姗早有心理准备，知道来者不善，便哈哈一笑道：“反正这事不关咱们的事，喝酒吧部长。”

见此，荆一东决定再添一把火，说：“这电邮吧就像人走路，不管你怎么走，从哪条路上走，都会留下痕迹。因为它都是有 IP 的，那可跟身份证号一样。”荆一东这人在正经的时候比不正经的时候更无耻。

此时，白姗对荆一东有些佩服起来，不过她更加担心的是，在网吧上网是要出示身份证的。看来只能牺牲色相了。

想到这儿，白姗讨好道：“是嘛，没想到部长您的知识这么渊博。来，喝了这杯酒我陪您……放松放松，有个地方很好的。”

她略微近视的眼细眯着，瞳孔呈现出透明的琥珀色，努力使他领略到其中的含义。

荆一东看着她一笑，意有所指道：“姗姗，今晚全听你的，我也好久没放松了。”说完又拍拍她的头，展现出一种由来已久的内心渴意。他相信翠鸟知春天。

“文琪咱们别喝了吧，我得回去了，女朋友还等着我呢。”王凯看了看手机说道。

文琪一听，生气道：“三天不近女色就不行啦，那点出息！”王凯听了，也不知道是喝多了还是怎么了，居然一下把自己出卖了，说：“昨天晚上被白姗闹得很晚的，回去女友就生气了，说要跟我分手。”

此话一出，一杯酒就浇到他的脑袋上：“好你个王凯，脚踏两只船啊。”文琪说完非常生气地跑了出去。

人生如逆旅，他亦是行人。王凯对刚说过的话很后悔，但已经晚了，颓败几秒钟后，急速地追了出去。

第十一章　夜未央

一

生活差点将安雨击倒了，但她还得爬起来继续赶路。这就是生活严酷的一面。

昏暗的灯光容易牵扯出人们内心的隐痛。仁德医院里，安雨抓住丈夫的手，贴在脸上，就如公园里美女们习惯摆出的 pose。不过安雨的姿势，显然比她们生动、有爱。

“小绵羊，你就不问问我为什么出的车祸？”语言在爱人面前很多时候只是灵魂附属品。

安雨浅浅一笑，晃晃脑袋，酒窝像小雨生出的涟漪般。“你也没告诉我呀？”说完又很小女孩子般道，“你这不是才恢复了一点嘛。”她的话音，悠悠的、柔柔的、轻轻的含着温暖的余音，使祁远盛的心柔软极了。

“我……我……”也许是肾上腺素分泌过多的原因，就连脑子一向好使的他都懵然穷言，以致期期艾艾好半天没也把话说出来。

“你变了吗？”安雨故意试探道，探究中脸上依然呈现出的是甜蜜的幸福。

“这两天宛如一年，我做了那么多改变，只是为了我心中的不变。”

“呵，这么抒情？还是不要的好，生活就是好好过日子，没有那么多诗情画意。”安雨在嗔怪中闭目小寐，依然以晃晃脑袋的幸福来陪伴着丈夫，并保持着那个样子好大一会儿。

一瞬间，祁远盛用超级无奈的眼神看着妻子。唉，这女人怀了孕，是不是就彻底务实了？

祁远盛想告诉安雨发生过的事，却被安雨一下子捂住了嘴。

即使丈夫出轨了，她愤怒地提出离婚了又怎样呢？况且他没有变，没有背叛他们的爱情。当前她要做的不是给他选择的机会，更不是责怪中咆哮的寻根问底。

是给他最辽阔最放松的空间。因为他现在是病人，无论是身体上或心灵上的，都需要她的关怀。

安雨觉得，此时静静地拉着丈夫的手，贴在脸上的感觉是那么享受和美好的事。沉默在温馨中生出情愫，那些过往的温馨足够延续到这里，成为一切误会的慰藉。

祁远盛知道妻子有好多话想问，但她就是不问。他懂她，了解她，但他的心里还是憋得慌。

“你不问，我不说，这就是距离；你问了，我不说，这就是隔阂；你问了，我说了，这就是信任；你不问，我说了，这就是信赖。”祁远盛悠悠地说。

安雨莞尔一笑道：“爱，从来都不是说得怎么样，而是做得怎么样。我信你。”说完她哼起了那首她们共同喜欢的歌。

握着你的手，走过快乐和难过；

黑夜白昼，　我们都曾经拥有；

……

用心铺就，无从改变。

祁远盛幽幽一叹，只好作罢，彼此都知道心底的话语，却不能应声，因为无法用语言表达。他只希望之前所有的误会能够冰释，于是轻轻地抚摸着安雨的头发深情地问：“小绵羊，你说女人最大的痛苦是什么？”

“当然是跟所爱的人分开呀。”

祁远盛心里又酸又甜，又问：“那女人最大的幸福是什么呢？”

“和自己所爱的人在一起快乐地生活。就像现在这样，感触着你的呼吸，感触着你的心跳。”

“你不恨我？”

安雨嫣然一笑，凑上前去重重地吻上了祁远盛的唇。突然的亲密冲击着祁远盛的内心，特别是在刚刚的惶恐中，全身像接通了电流，一阵阵战栗接连袭来，使他欲罢不能。

此时安雨脸色绯红，眼睛里带着一丝勾人的媚态。祁远盛的手轻轻地抚摸着这美丽的容颜，这是他的妻子啊，他一生的爱人！

沉默亦如歌，他们不再说话，彼此用深爱的眼神注视着对方。安雨被他看得率先低下了头。她是一个普普通通的女人，有一个爱极了自己的丈夫。哪怕每日沉浸在琐碎的小事情里，都是满满的幸福。

过了很久，祁远盛才慢慢平静下来，开口道：“那你知道一个男人最大的幸福和最大的痛苦是什么吗？”安雨撒娇地摇摇头，迷迷糊糊地说不知道。不过随即她小声说，“不会是嫔妃三千，夜夜笙歌吧？”

“我是那样的人吗？”

“电视里那皇上不都是那时候才喜形于色的？”安雨又问，“那你是怎样的人？”

祁远盛假假地瞪了她一眼，说：“除了父母，男人最大的幸福就是能让自己所爱的人一生幸福；最大的痛苦就是不能和心爱的人在一起。”

安雨用力地抓住他的手，眼里渗出泪水，赞同地点点头。

一问一答间，彼此相视一笑，沉浸在无言的幸福中。祁远盛不想让妻子落泪，于是转移话题道："小绵羊。"

安雨："嗯。"声音糯糯的，是祁远盛最爱听的语调。平仄相依，一如男女欢愉。

祁远盛："你说我们的孩子会像谁？"

安雨："你希望像谁呢？"

祁远盛："希望是个女孩，像她妈妈一样漂亮、温柔、知性……"

"我有那么好吗？"安雨反问着，一脸的甜蜜。

"我还有好多赞美词说不出来呢。反正你太好了。"祁远盛说。

安雨笑着抬起头看着祁远盛说道："我希望孩子有他爸爸的外形，还有他爸爸的粗中有细，还有……哦，这样我就左边一个男人，右边一个男子汉，就不会受到任何欺侮了。"

看着妻子甜蜜憧憬那幸福的样子，他觉得应该让她盛开一世的芬芳。

祁远盛："小绵羊，昨晚我做了一个奇怪的梦。"他故意用夸张的表情来制造气氛，眼睛瞪得大大的。

"什么梦呀，不会是三叶草开花了吧。"安雨柔柔地问，长长的睫毛跳动着，明显是在揣度。

祁远盛："不是，我看见一个衣衫褴褛、满身戾气的男人，被粗重的锁链锁着，看上去很痛苦，就像在忍受肝肠寸断、五内如焚，但没有发出一点声音。不知如何，我好像感同身受，不禁呼喊道：'你快出来，她要杀你来了！'"

安雨："她是谁？"

祁远盛："那困兽男人慢慢抬起头，目光灼灼。我随之看过去，只见一个容颜艳艳的素衣女子缓缓走来，神情淡漠，遗世而立。蓦地，我如遭重击，明白了男人在等这个女子，等她来杀自己。只有死在她手里，他才会死心。然后我突然感到胸口痛不欲生。"

"梦魇而已，不用信的。"安雨轻轻握住丈夫的手，忽然她"哎呀"了一声。

"你怎么了？小绵羊。"

“小家伙好像踹了我一脚。”安雨抚摸着腹部道，眼里眉里都是甜蜜。

“不会吧，不是才五个多月？”

“是呀，他已经能够感知这个世界的一切了。”安雨再次抚摸了一下腹部幸福地说。

祁远盛伸出手摸了摸妻子的腹部心疼道：“宝贝乖啊，你妈妈可辛苦啦，不要踹她了，要踹就踹你老爸吧。”

安雨突然想起那道救母还是救媳妇的题目来。“远盛，你说我要是和你儿子同时掉水里你会先救谁？”

“你们俩我都救，一手一个。”祁远盛嘿嘿一笑说着，还做出一个两手抓的动作。

安雨撒娇道：“不行，必须只能先救一个。”

祁远盛顿时被难住了，想了好一会儿，也回答不出来。母子俩他一个也舍不得，都是他的宝贝啊。

“小绵羊，我给你讲个笑话吧。”祁远盛转移话题道。

“嗯，好的呀。”

“夫妻俩离婚争孩子。在法庭上，妻子理直气壮地说：孩子从我肚子里生出来的，当然归我了。丈夫愤怒地说：笑话！取款机里出来的钱能归取款机吗？还不是谁插卡归谁。法官当场晕倒，连律师也佩服。妻子接着说：如果出来的是假币你要吗？在场的人当场晕倒。”

说完，与安雨一起哈哈大笑起来。

“都笑成这样，遇到什么好事了啊？”安晴推开病房的门问。

夫妻俩收敛了点，安雨说：“你怎么现在来了？笑死我了。”

“怎么？”安晴故意装作生气道，“来的不是时候，影响你们秀恩爱啦？”

“才不是，”安雨羞涩地责怪说，“你跑哪去了，一天也不露面？”

“这不是来了。说吧，有什么事需要我办？”

于是安雨一脸认真地告诉她，准备成立一家房地产公司，向房地产进军。她人脉广，希望能帮她融点资……

安晴一听，拍着胸脯说：“钱的事儿还真不是事儿，不过在关键的时候还真是事儿。没人会拿钱不当钱，不知道借钱就是化友为敌的行为吗？”说完自己哈哈大笑。

“一点也不幽默！”安雨又说，“算了不找你了。”

安晴好奇问：“呵，求我还这么摆谱？姐，你还真准备搞房地产开发呀？”

安雨认真地点了点头，然后注视着她，揣测着她到底靠不靠谱。安晴也不接话，在病房里转了一个圈说道：“可以。为了我的亲姐姐，我就找我那好朋友维娜回家吹一下枕头风，往死里吹，吹晕了钱就来了。”安晴连说带比画着。

“真的呀？”安雨激动道，随即又不放心问，“维娜是干吗的？她老公是大老板吗？”

安晴点点头加重语气道，“大老板，相当有钱。”仿佛那钱近在眼前，又远在天边。

为此，安雨叹了一口气道：“你也好好学学人家嘛，早点把自己嫁得舒服点。”

安晴鄙视了她一眼。“饶了我吧！你老妹就是再不济，也得嫁个长得生动点儿的吧。不急，不急。”

安雨好奇地说：“怎么，她老公长得很丑是吧？”

“嘿嘿，都是速战速决的结果。”

安雨脸一红，责怪道：“大姑娘家家的也不害臊，说这种话。”说完偷偷地看了丈夫一眼。

“我可什么也没听见啊，你们继续。”事实上祁远盛真没认真听，他在专心琢磨房地产开发的可能性及将面临的困难和风险。自从知道妻子要搞房地产项目后，他就让财务部长去书店给他买了一本这方面的书。

安晴笑道：“让你听听也无妨。今天上午我们台安排我们组去给 XX 新村两个邻居当老娘舅。你猜，怎么着？”

安雨问：“怎么了？”

“我们一进楼道就听到俩女人在对骂。一个说：你长得这样怎么对得起你爹妈奋战的结果。另一个接着道：对，你长这样就是你爹妈速战速决的结果。与时俱进了吧？”安晴说完哈哈大笑起来。

安雨脸一红，转移话题道：“你那朋友到底靠不靠谱呀？”

安晴立即拍拍胸脯，道：“保证没问题，我那朋友只要在他那五大三粗的老公面前把小蛮腰一扭，保证分分钟搞定。”她说着还扭了几下，把祁远盛都给逗笑了。

“她老公到底有多丑啊？不可能吧，你们那儿不都是美女吗，怎么会……”祁远盛问。

“你不是说你没听的？”

祁远盛嘿嘿一笑，指着耳说：“怪耳朵。”

这是多天来最快乐的一刻。安雨兴致很高涨，于是又旧事重提道：“你也要认真考虑一下个人事情了，好好学学身边人嘛。”

安晴为此不屑道：“不学！学不来。别难为你老妹了。”

“为什么啊？怎么就学不来呢？”安雨好奇道，很小女生的样子。

“姐，你都不知道，我们那单位的那些女孩吧，一个个长得眉目清秀人模人样的，可是找的老公要么像小时候被猪亲过的，要么猪一样膀大腰圆的。还有的吧，身材不错，脸盘不错，就是头顶上像个飞机场，外面加道铁丝网。”

“长相不是问题，只要人好，心好就行。”安雨自己都不相信地笑着说。

“姐，难道你没有听说，‘你可以去相信有个人对你说会照顾你一辈子，养你一辈子的话。但是，也请永远记住，独立才是你最应该学会的。’不是不相信那些话，只是世间万事风云莫测，没有人会像都教授一样瞬间移动。危难关头，只有你包里的人民币才能让你挺起腰杆做人，你最终所能依赖的，一定是你自己。”

安雨点点头，表示很认可。“女神这句话很对！”祁远盛说。

安晴心想，谁也代表不了凡强。影子未婚夫已经严重浸透到她的日常生活中。

凡强是她的第二段恋情，那是在她丢掉小鬼后遇到的人。近些年来，安晴好几次梦到他，都是一些春天里温暖、平淡、舒心的场面——她始终跟在他的后面，躲避着，像是害怕他一个回头见到她一样。她微微猫着背，和他保持着相对安全的距离。她们没有牵过手，没有甜到发酸的接吻，就只有像影子一样与之随形。

那个清晨，她还在展望爱情美好的迷糊中，手机铃声突然响起，接通电话，那头是台里部主任心急如焚的声音——问是否知道凡强家人的电话。

部主任在焦急的转述中，拼凑出凡强在医院抢救的残酷现实。

等她赶到医院时，凡强的母亲也刚好赶到。医生将她的母亲叫到一边，低语一番后，他母亲便开始撕心裂肺的哭泣，然后将迎上前的她没有选择地揽进怀里。

最后她才得知凡强因为酒后驾车出了车祸。那天凡强在前往另一个城市见朋友时，曾提议她一同前往。但安晴她不喜欢男生聚会时的乌烟瘴气和谈论的话题永远都是关于女人，所以婉拒。没想到，就这样把他婉拒到另一个世界。

如果时光倒流，她跟他一起去见朋友，他喝了酒，自己可以开车，就不会发生任何事。可是这人生没有如果。

二

不知道是回忆打磨得太过美好，还是凡强为她雕琢出的记忆太过完美。安晴每每想起当年发生的一幕，仍觉得时光恍如隔世，令自己唏嘘。

若说安晴的个性过于张扬，容易与世界为敌，凡强便是和她截然相反的好人缘。他说她敢爱敢恨，安晴却更羡慕他的八面玲珑。他像是她的金钟罩铁布衫和江南无雨的春日阳光。安晴总喜欢怀疑一切又否定一切，凡强则是把最好的一面剥开切好放在她的面前。满满的正能量啊。

安晴与凡强相恋，是得益他的那句话——“就算全世界与你为敌，我也会在你身边。”那天当凡强的表白声一出口，瞬间，安晴好像听到这声音穿过山涧，溪谷和宇宙恒河里那些冰冷和渺小的邪与恶，然后悄悄停留在她的身边。“不要怕，有我在呢！”

女人是容易感动的生物，尤其在安晴扔掉“小鬼”时。

凡强离开之后，安晴开始与沉默和读书相伴，一遍又一遍读《挪威的森林》。看到描写直子与木月相互思念的部分，她会忍不住地读出声音，仿佛一下子看到了自己。

她曾一度以为时间和生活就此停止，而她也没有任何理由再重新爱上一个人。她会带着凡强的美好和从他那儿得到的感动，决然地过自己的单身生活。

“姐，你回家吧，今天我守夜。”安晴在回忆中醒过来对安雨说。

安雨连忙阻止：“这里不需要你，办好我的事就行。”说着把她推了出去。

“陪伴，是最长情的告白。”安晴出门时还不忘回头做了个鬼脸。

夜，静得吓人，似乎有什么东西在蠢蠢欲动。

荆一东被白姗扶着在路上有说有笑，白姗用手紧紧搂着荆一东的脖子，摇摇晃晃地走着，情人般甜蜜缱缱地耳语着；荆一东则趁机用手四处勘探，果然是风景无限的惊喜。

文琪和王凯走出皇家一号酒吧。王凯总想着跟文琪解释一下刚才的话题，忽然听到失声叫了一声：“哎哟妈呀……”王凯一抬头，就看见了刚才的一幕。

没想到，完全没想到。

荆一东与白姗瞬间也愣住了，白姗连忙松开荆一东，可是一切都晚了。

“两位领导可真是一道好风景啊，今儿月亮太不给面子了，圆点儿亮点儿多好。”文琪说完故意仰天看了一下星空。

“哦，是你呀，我正好有几位客人从远方来，所以请白姗一起来陪陪。”荆一东临危不乱地说着，一脸私事公办的样子。文琪眨着美目不语，白姗难为情地抚着下颌。

见此，王凯上前打圆场道："部长您辛苦了，我们也是刚吃好饭。"说完偷偷瞥了一眼白姗。王凯现在见到她就像要远离蚂蚁的糖，生怕被沾染上。

"多嘴！"文琪瞪了他一眼道。

原以为就此结束了，可是文琪却像抓住机会似的，闲着步走到白姗面前："白总，你肯定喝多了，看你刚才扶着荆部长都在摇晃。这夜黑风高的，小心夜路走多了撞见……"

还没等她说完，白姗就气急败坏地反击道："今天还真是撞见鬼了，但我不怕鬼！"

文琪一听这话不干了，本来她只是想戏弄他们一番，要是老老实实不反击就放他们一马，可是……"哎呀，你今天还真是运气不好，我就是专门来抓鬼的。钟馗打鬼，我还就是不信你的道行多高了。"

文琪故意吊高的嗓门如棱角锋利的黑暗岩石，震得连绵起伏的山脉嗡嗡作响。

凶的怕恶的，这是生物链上的一环。

"文琪，我今天不想跟你说什么。我知道我们之间有误会，但你也不能把自己工作失误的情绪带到私下来吧。"

白姗的话看起来是妥协和劝说，但在文琪听来，却像是在揭她的短，丢她的丑。为此她咧嘴哈哈一笑道："什么叫工作失误，那是有些人妒忌给黑的。"说完她顿了一下，几乎贴着白姗的脸问道，"白总你说这个妒忌的内奸会是谁呢？"

白姗一时语塞地退了一步。

荆一东一看情势不妙，马上救驾道："文总监，这个事情我们正在全力以赴地调查，你不要着急。我们既不会放过一个坏人，也绝对不会冤枉一个好人。"

前面几句文琪听着还挺舒服，后一句却令她很生气。她在原地转了一圈，说道："我是相信部长你能秉公办事的，就怕像那组织南海仲裁案的组织人柳井俊二……”话语中意有所指。

“柳井俊二？”荆一东不知道是酒多了还是不看书不看报，根本不知道柳井俊二是谁。见此，白姗气不过地接过话道：“你怕什么，身正不怕影子歪。咱们不惹事，但也不怕找事的。”

文琪觉得这话好熟悉，但却那么刺耳：“什么叫身正不怕影子歪？告诉你，本姑娘长这么大还从来没歪过！”说着还故意做一个往王凯身上靠的动作，提示白姗她看到的一幕。

她的话、她的动作，深深地刺痛了荆一东，也刺痛了白姗，可他们又没法发作，一发作不是自己打自己的脸？对此，荆一东灵机一动，事不关己地说道：“干吗呢，你们是怎么一回事？文总监，都是一个单位的，天天低头不见抬头见，有话好好说嘛。你看我们，不都是在堂堂正正做人吗。你是见过国际世面的，素质比一般人高……但是，你有怨气也不要乱发嘛。”

如果荆一东没有后面的这句话，文琪真的决定算了，因为荆一东前面那段话还是挺令她很受用的。但是，最后那句明显是向着白姗的。她不由得怒气直冲脑门：“我有怨气乱发？部长大人你可不能偏心啊，是有人成心捣乱，想毁掉远盛集团。”说完她盯着白姗不放。

荆一东只是想轻轻敲打压文琪一下，结果又招来了战火绵延。常规手法用在这个中西结合的女孩子身上不管用。他的心都快碎了，可又于事无补。

受了一肚子气的白姗也不干了，因此一不小心把原本组织起来的词全部抛弃了，脱口而出道：“你就别在这儿演苦肉计了，国际招标失败就是你自己一手导演的，还在这儿胡搅蛮缠什么呢？”说完丢下他们就要走。

没事挑事，估计白姗脑子的余额严重不足。

“什么？国际招标失败是我文琪自己导演的苦肉计？”这无疑是对文琪人格的巨大侮辱。一气之下，她一个箭步拦住白姗的去路，样子很是狰狞。

蹬蹬蹬，白姗退了几步，怒道：“你想干吗？”

“我想打人！到底谁在演苦肉计，今天得说清楚，不然今晚咱们谁也别睡觉了。本小姐本想放过你的，但从现在开始，我决不放过你！”

一看事情越闹越大，荆一东连忙上前劝说道："你们俩都少说两句好不好，在大街上这样闹不怕人家笑话吗？"嘲笑地是，此时街上已经人迹稀少，有几个匆忙的行人路过，大多张望一眼也并不关心他们。

两个吵架的，总有一个和事佬。王凯一听文琪的话，知道她要来真的了，连忙上前劝说："文总监，白助理说的全是气话，你大人大量就不要生气了……"

"走开！今天不关你的事，少当和事佬，你就是一'草莓男'。"文琪眼一瞪道。

见文琪如此盛气凌人的样子，白姗的怒火也发作了，大嚷："你扯什么嗓门啊，越是这样越说明你心里有鬼！"

她知道文琪势单力薄，王凯也在帮她，心中更有底气了。

"好呀，我就是心里有鬼！反正我来这儿也是无私奉献的，把远盛搞垮让你们都没好日子过。"

"这可是你自己承认了，还要说什么呢。"白姗说完用眼神求助荆一东。

荆一东现在不想理她，他后悔死了，觉得今天真倒霉，偷腥没偷成，还被人抓了个正着。为了避免麻烦，什么都不想管了。

见此，白姗非常失望，本来想献身靠你这棵大树的，结果一遇到事情就想溜，一点担当都没有，真不是个男人。

文琪一声冷笑："反正清者自清！我就看某些人能演多久，真相只有一个。"

白姗则做出一副与我无关的样子："本来就是，自己把事情搞砸往别人身上扯，有意思嘛？"

王凯一听连忙给她使眼色，没想到白姗居然不领情："挤什么眼啊，怎么心疼了？你也不是什么好人！"

此时的王凯，死的心都有了。哼，你就作死吧，要是文琪真的把那个外国名探请来，你就是死路一条。到时看你还狂。

其实他的认知是很浅显的，就算文琪有天大的本事能够请到名侦探，中国也不会允许。这是在中国，不是外国人想在哪片海走一遭就可以的。这叫干涉别国内政，绝对不可能！看来光长得帅不行，还得多学点知识。

白姗之所以不领王凯的情，就如文琪看到他帮白姗说话一样，他两头帮，两头都不讨好！

“王凯，我最后再说一遍，今天的事与你无关。你就让她放马过来，本小姐见过不讲理的人，没见过这么不讲理的。”文琪心想，这家伙一点也不可爱，有点傻，却倒是让人挂怀。

文琪话一出口，白姗也反击道：“谁不讲理呀，我们走我们的路，你拦住我们干吗？”

文琪一怔，说道：“谁拦住你了，大路这么宽广，我挡你了吗？”说完又旧事重提道，“你记住你的话，我演苦肉计！我倒要看看到底谁在演苦肉计。明天就找安总裁评理去。不！明天我就找人来调查。”

荆一东一听她要找安雨又要找人调查，觉得事情渐渐扩大化了，连忙劝道：“算我求你们两位姑奶奶了好吧，你们还有点大集团高级白领的素质吗？国共两党都能合作，何况咱们还是一个集团的。”

文琪一听又不干了，质问：“荆部长，这人的素质不是争来的，也不是装出来的，而是表现在办不办人事上的。”荆一东哑然一秒钟，接着恳求道：“大家都是一个池子的鱼，谁碰谁都掉鳞。今天你们就给我三分薄面，不要吵了。招标泄密的事我一定会查个水落石出的。”

看到荆一东一副恳求的样子，文琪开始有些心软。“部长，不是泄密，是查内奸！”

荆一东连忙赔笑，答：“好好好，是查内奸行了吧。你们这是打内战知道吗？”说完装作生气样。

于是，文琪一个转身走了。“我也走了。”王凯尴尬一笑疾步而走。

“你也是，忍两句不行啊？看你把事情弄大了吧。”荆一东见他们走远责怪白姗道。

“怕她不成，我又不是内奸！”白姗挣扎道。

荆一东苦涩一笑说：“就算不是你，也没必要把事情搞成这样啊？你看你……”

白姗连忙纠正道：“部长，什么叫就算不是我呀？”

都是不好惹的主，荆一东这次彻底领教了。两个女人无疑就是江湖上的老炮儿，远观近看，都凶悍无比。

不过此时，荆一东已经非常清楚，这事肯定与白姗有关。见她不识好歹，他也真的生气了，便毫不客气地挑明道：“这事肯定与她无关，一定是其他人所为。你好好反省一下吧。”

其实他是想提醒白姗赶紧收场，否则明天闹到安雨那儿，知道他和白姗在外面搂搂抱抱，不仅坏了他的名声，还失去了安雨的信任。那么他的调查就是再有力，也不能令人信服。

想到这儿，他心里痛楚无比，鱼没吃到还弄了一身腥。白姗见他颓败的样子，只好又示弱道：“我也没想到会把事情弄成这样。是她太咄咄逼人了。”说着眼泪汪汪起来。

错误都是别人的，凡人皆然。可荆一东见到白姗的可怜劲儿，又动了恻隐之心，刚向她肩膀上伸了一下手又缩了回去，自言自语道：“你这样弄得我都下不了台了。”

“都这个时候了你还想着自己，你就不能为我想一下啊。”白姗直接把话挑明了些，目光灼灼地看着他。那样子凄美而热忱，征询而具挑战性，期待中又带一点不信任。

荆一东沉默了好长一段时间后，一个大胆的设想在心里构架出来。他觉得也只能这样做，否则白姗下不了台，自己也会置于尴尬之地。于是他贴耳告诉白姗明天怎么去做……

“这样行吗？”白姗听了，仍然不放心地问道。

“肯定行，你只要控制好自己。”那口气像是已稳操胜券。

白姗这才放心地笑了，接着做出一个往荆一东怀里扑的动作，结果被荆一东像做贼一样环顾左右给挡了回去。

荆一东这个举动让白姗更加觉得，眼前的这个男人真不像个男人，太没担当了。

三

夜空下，星星冷漠而忧伤，远山朦胧而柔和，千万萤火明明灭灭，万千思绪起起伏伏。

在这样的夜晚，文琪却在床上辗转反侧。

她的酒醒了，也后悔了。她觉得今晚对白姗咄咄逼人，让人家下不了台，实在有失自己的素养和做人的原则。在她的世界里，一直秉承着得饶人处且饶人的做法，父亲也是一直这样教育她的。可是今天发生的事情令她再也无法控制情绪。

就拿这次国际招标来说，其实她无非是要证明点什么给爸爸妈妈看。成功或者失败对她来说，根本没那么重要，又何必计较那么多呢？大不了重新开始嘛！想到这儿她的心里舒缓了许多。

不过祁远盛怎么样了呢？她的眼前不禁闪过祁远盛的惨状，内心顿时又煎熬起来。

回到锡都后，她就迫切想知道祁远盛的消息，可是没人主动告诉她，她也没地方去问。晚上在酒吧时她曾试着问王凯，他却用“我哪知道，你还不嫌烦啊”给堵了回来。现在想想觉得自己罪孽挺深重的。

前方的道路已被自己堵死，后面还有挖路人在追赶。让文琪顿觉山穷水尽，无路可走。都说，出来混总是要还的，开始她不信，现在信了。

辞职？对辞职！这是最好的办法。

说写就写。在一番斟酌后，她终于完成了这篇“巨作”。顿时感觉心也放松下来。这是她早就考虑好的，招标成功了离开，何况现在招标失败了，她就更没有留下来的理由了。唉，不想了，睡觉！

恍惚中，祁远盛狰狞着来到她的跟前，她神色惊慌失措地退后两步，指尖颤抖地说：“别杀我，不是我的错，不是我的错！”

“嘿嘿，文琪，我不会杀你，永远不会。”祁远盛说着就伸出手来，她吓得一哆嗦从床上坐了起来。

都说梦境反映一个人真实的内心！可是她的心超级简单啊，好好工作，努力实现自己那再普通不过的人生展望，这就是全部了啊。“不行，我得去看一下他，不然太折磨人了。”文琪自言自语着开始穿衣。

白姗坐在台灯下，一张脸惨白。她心潮起伏，不能平静。

都会说幸福不是拥有多少，而是多看重拥有的。如果刻意追逐无法拥有的，你就会忽视本身已经拥有的，包括爱着你的人，以及你身后留下的那些脚印。幸福原本很简单，只因我们过于较真，过于渴望得到不属于自己的东西，才让生活中遍地烦恼。当你站在烦恼中仰望，幸福已被你踩在脚下。

她知道这些生活的大道理，可她又像许多人样做不到一样，还念念有词。

“他们俩为什么会在一起？”在排遣着寂寞的心事中，白姗突然想起王凯与文琪。

“难道是他告密了？不然她怎么能那么理直气壮？”想到这儿，她的心里五味杂陈。这男人个个都是吃里爬外的东西，把身和心全都给他了，他却用来喂狗。

心乱了，精神也垮了。于是她气不过地一个电话打了过去。没人接。她发疯地打，直到对方关机……

医院走廊里静悄悄的，带着医院特有的光线和味道，还漂浮着一种瘆人的怪异感。文琪像一只无头苍蝇，一个一个的房间开始寻找。

偌大的一个医院，她不知道自己要找多久。忽然她脑子里灵光一闪：“对了，重症，骨科楼层。”她为自己的聪明而兴奋。

找到骨科楼层，一间、两间、三间……第八间病房门口写着祁远盛的名字，终于找到了。刚要推门，一个熟悉的身影映入她的眼帘，她立即吓得连连后退。

“真是冤家路窄啊。”她在心里喃喃道。

安晴正静静地在病床边看书，忽然她下意识地看了一下病房门口。好在文琪退远了一些，否则就被捕捉到了。

“怎么办？回去吧。”文琪打起退堂鼓。转身走了几步，又心有不甘。还一点没看清祁远盛现在的情况，怎么能回去？于是她又轻身轻脚地向祁远盛的病房摸去。

一抬头，却发现安晴正起身往病房外面走，不由得大惊失色。情急之下，一个转身躲进隔壁的病房。好在病人都睡着了，没有发现她。

听着安晴又回到病房的声音，文琪才蹑手蹑脚地走出来，向医院门口快步走去。

“哎呀妈呀，吓死宝宝了。”出了医院文琪拍了拍胸口叹道。

第十二章　戾气

一

一切梦想来不及实现已回到了现实中。到丈夫公司来上班是安雨做梦都没有想到的事。

“安姐早呀，你现在应该重点保护好身体，怎么来这么早啊？”白姗听到安雨的脚步声立即从办公室跑出来迎接，并要将安雨挎着的包接过去。

那股勤劲儿，虽然让人感觉有点暖心，但绝对和忠诚不搭边。只让人对这种表现难以理解，而且也不习惯这样的待遇。为此安雨阻止了白姗接包的动作。

“你通知一下新到的乌总，到我办公室来一下。”

“乌总？”白姗愣了一下，才想起负责房地产开发的执行副总经理乌山昨天下午才到岗。于是连忙说：“好的。咱们集团房地产项目开始做啦？”

她有些失望，没能现在就表现一下。不过这个时候也确实不合适，她必须寻找合适的时机，来个声情并茂，达到感动人，打动人的效果！

“有时候不经历不知道，经历了才明白。跨界很难！先干起来再说，走一步看一步吧。”安雨说着轻轻舒了一口气。

“听说现在房地产火得很。咱们集团终于有了自己的房地产置业公司，一定会不错的。”白姗说完又补充道，“隔壁那乐弛电动车厂也有自己的房地产公司了。”

“不会吧？他们不是要倒闭了吗？哪来的钱开发房地产？”安雨一惊，侧过脸问。

白姗胸有成竹地一笑，凑近安雨悄悄地说：“据我在那单位做财务的小姐妹讲，他们全是通过 p2p 募集来的。募集了好多钱，有的还托关系去才行。”

神秘的话令安雨灵光一现，觉得这也是一个不错的办法，借别人的鸡给自己下蛋；借别人的船，出自己的海。

不过，她又转念一想，想必这样一定利息很高，否则谁会把钱往你这儿放？这利息一高，自然就抬高了核算成本，然后自然而然地就拉高了房价。如果房价一高自然就没有人来买房子了。那么开发商资金链就断了，所有募集人的资金就打了水漂。

想到这儿，她的灵魂又出窍了，是吓的！于是安雨把自己所想的跟白姗说了出来。

“人家本来就没有准备还那些高息吸来的钱。”白姗说。

安雨又一惊，脱口道：“这不骗钱嘛，那人家投资人会答应啊，还不闹死了。一闹，政府就要管，就会有很多麻烦接踵而来。”

白姗耸了耸肩，回道：“当然不是骗呀。”

安雨诧异地看着她，那意思说不是骗是什么。

白姗明白安雨的意思，解释说：“你不说核算成本高的事不就得了。房价抬高后，他们就得用房子来抵债，一举多得。你闹也没用，政府干预也没用，我有账本给你看，我的成本在这儿呢。”

“损！超级损！真是印证那句话，你看中我的利息，我看中你的本金啊。”安雨不可思议地自言自语道。

“是挺损的。现在很多人都这么干。”白姗加重语气说。

“诺不轻许，故我不负人。诺不轻信，故人不负我。”安雨感叹着，乌山已经轻轻地敲响了房门。白姗见此，知趣地退了出去。

面对这位长得如山一样棱角分明加几分土气的人，安雨很有些意外。

在她的心中，搞房地产开发的，应该个个头发油光发亮、西装革履的模样才对。因此心中有些小失望，那些房产中介的卖房小哥都西装革履的，你这样不是影响公司形象吗？第一次见面，印象不佳。不过安雨在脑海里回想了一下乌山的简历。

乌山，江南大学建筑工程系毕业。现居住在江南杭州。注册工程师，注册结构工程师，注册建筑师，监理工程师。曾参加过中国许多地方的重大工程项目。

之所以选择这家新成立的房地产开发公司，就是从你们打出造平民房，让平民安乐业的广告上受到吸引。我不是杭州人，而是来自安徽农村。那种发自心底朴实的善良和替贫民分忧的责任感，让我时时不能入睡。每当看到关于房奴的报道我就内心隐痛。之所以到锡都来，还有另一个原因。我妻子是锡都人，现正在岳父母家照顾生病的岳父，希望自己也能尽一点责任。

安雨回过神，惊觉现在以貌取人，看颜值的现象对人们的日常生活和工作已经影响如此之深，连自己这样不太关心外在美的人也不可避免地看重。呵呵，常在河边走哪有不湿鞋的啊！还是先试试他的谈吐和水平吧。

“乌山，在招聘时有关人员已经跟你讲了我们招聘的需求，这个我就不多讲了。我想听听你对如何打造平民化的房地产项目有什么好的设想。”

安雨刚说完，乌山就不假思考道：“房产市场调控了十几年，还是越调越高。那是因为从不把消费和投资区分开，就是政府需要什么，就出台什么政策。如果住房既是消费品，又是投资品，那么这时候的住房价格一定是倾向投资的，因为消费者永远比投资者出价要低。所以房地产就成了投资为主导的市场。”

安雨点点头，表示了认可。

“前几年，投资者买了房子转手就能赚钱，是因为我们的税收政策不完善，房产税还没有出来。我们的土地、税收政策都对投资者有利，因此房产价格就会往上走，房产企业的利润也高，而基本的消费者离房产越来越远。”

安雨又点点头。

“住房本身是消费品，没有人买，价格一定会下降。下来的多，需求就会增加，供给就会上升。但现在，我们的市场是以投资为主导的，大多数买房者是投资者。鄂尔多斯那地方好多房子都空着，卖不出去也租不出去。”

“嗯，不错。你接着说。”安雨觉得他掌握国家层和民众层的信息还真不少。

“有人说，政府不会让房价降下来。房价一下来，GDP 就会出问题。但其实从 2013 年 12 月以后，总体房价是开始下跌的。如果住房是投资品，房价开始下跌，利润很小，投资者就不会进来了。”

“政府要改变过去那种以房地产拉动经济的发展方式，虽然短期内要付出代价，但长期来看的话，只要调整到位了，老百姓买得起房了，这个市场就会越来越大，也不用担心 GDP、CPI 的。”

安雨再次点点头，不过眼睛里已经开始透出欣赏的光芒。

“但遗憾的是，部分地方政府没有这样做，还在穿旧鞋走老路。其实，一个市场要想快速发展，政府越不干预，发展得就越快。就像互联网市场，让老百姓几元钱就能进去，像余额宝。只有当一个市场成了大众的市场，谁都可以进入，这个市场才能发展起来。”

“你认为房地产市场未来会怎样？”安雨问。

“对于国内房地产市场来说，许多城市住房的绝对过剩是不争的事实。”

安雨有些气馁。乌山瞥了她一眼，继续说：“虽然房地产形势不容乐观，但在一些地区，还是新地王频出。这是否说明，在一些二、三线城市，房产还是有市场的，但必须有合理的价格才能……”

“那你说说我们怎么打造平民住房吧。”

乌山不假思考地道：“降低建设成本，筑精品家园，借鉴外国经验，重点抓小户型。”

两个人就这么聊着，转眼间两个小时过去了。他的话，让安雨放下心来。她顺手递给乌山一张报纸，说：“政府已经开始在出售地块了，你拿回去研究研究，准备参与竞标吧。”

“昨晚我已经在网上看到信息了，放心吧安总，我会全力以赴的。”乌山语气坚定，仿佛让安雨看到了美好的前景。

直到此时，安雨才发现，这位其貌不扬的汉子，语速很快，工作效率也极高。她心里有种说不出的激动。

乌山离开后，安雨闭目养起神来。她累了，太累了，心累。这世界就是大鱼吃小鱼，小鱼吃虾米，这是生物链，也是自然规律。

不一会儿，门外就传来敲门声，她随口道：“请进！”

白姗一把鼻涕一把泪地推开了门。

“你这是？”安雨很是意外道。

二

“这是怎么了？早上不还是好好的，怎么就这么一会儿工夫……”

白姗在故意犹犹豫豫中，用眼泪汪汪说了出来，瞬时就制造出一个柔柔弱弱受尽委屈的弱女子形象。在安雨的惊讶中，哭着诉说出她今天上班后，听到人们在议论她，说这次国际招标失败是她捣的鬼，才导致了招标资格取消。

说到这里她故意撕破嗓子样，突然哭出声来，那样子比窦娥还冤。

看到她如此伤心的样子，安雨连忙安慰道：“不会吧，你怎么会做出这样的事来？”像是在否定又像是在疑问。

“是呀，”对此白姗擦干眼泪道，“集团的发展是我们每个员工的生命，集团发展好我们才会好，再说您对我这么好，还有祁总裁把我调到这么重要岗位上来……”

字字句句，很诚恳的语气。

“是呀，我对你很信任的。相信你不会做出那样的事来，对你没有好处，我自有判断力的。”

“谁说不是啊，”白姗抹着眼泪说，“可是就是有人要败坏我的名声。”

为此安雨又安慰道：“谁人背后无人说，哪个人前不说人，有些人怕受批评，其实啊！在背后何尝不说别人的是非呢？有人当着面在恭维你，转过身来背后可以骂你；高兴时赞美你，不对劲时更可随意损你。然而这一切都是空的，了无实际，偏偏不上此当者稀。”

见安雨如此信任，白姗一听，连忙说道：“我才不上当呢，就是心里不舒服所以才跟你说说的。”

在怔怔的疑问中，安雨很是好奇道：“说你的话是从哪儿传出来的，谁说的知道吗？”

“从销售部门，听说是她……她……”

“她是谁？”

“文琪。”

又是文琪。“不会吧？文总监不应该是这样的人呀？”安雨知道文琪平时大大咧咧，有点离经叛道，但她觉得她的素质不应该会说出挑事的话来。“文总监不可能是那样的人！”再一次否定道。

见安雨不太相信，白姗便使出一把力道：“安总裁你还真别不相信，这人啊，很多看似当面对你笑，其实在背后在捅刀。有人说文琪喜欢祁总裁，说祁总裁没有答应她的求爱所以……”

哪壶不开提哪壶，安雨瞬间被寒意浇透，脸色不自然地抽搐着，正在犹豫着怎么回答白姗时，办公室的门敲响了。白姗心里好不窃喜，她以为荆一东来帮她说话来了，心里一乐，再一回头，发现是文琪推开虚掩的门，怒气冲冲地走了进来。

白姗所有的话她全听见了，本来她准备不跟她计较了，都要走了，再闹下去已经没有意义。更重要的是在白姗胡说八道时，安雨一点也不相信，这令她很感动，决定不再给安雨添麻烦了。谁知白姗使劲儿往她身上泼脏水，看来今天想不找事都不行了。

看到文琪一脸的愤怒表情，白姗意识到自己无法下台了，于是她脸一白地决定开溜。文琪一个伸手，拦住了她道："今天我们当面锣对铜鼓，把话说清楚，我不想留下骂名。"白姗只好止住了脚步。

"安总裁，你们刚才的对话我无意中都听到了。今天我本来是想到公司收拾一下东西，然后跟你道别的。没想到一走进远盛集团的大楼，人们就用异样的眼光看着我，一开始我还以为是我的衣服哪儿穿得不对，结果这一路上到处都有人议论我，说这次国际招标失败是因为报复你们，然后导演了一场苦肉计。"

说到这儿她停顿了一下，接着说："之后经过我找个别人了解，这话就出自白姗之口，还说我这是因爱生恨……"

听着听着，安雨皱起了眉头，想发火，却又不知对谁发。她知道女人之间的战争总是没事找事，充满诸多无聊。思来想去，安雨决定大事化小。

"古人说：走自己的路，让别人去说吧！凡事努力了，坚持了，问心无愧就好。至于别人背后怎么说，不用太在意。"

文琪知道安雨的意思，她也想息事宁人。但当她看到白姗一副死猪不怕开水烫的样子后，又突然咽不下这口气了。"安总，不是我不给你面子，白姗这瓢脏水实在太缺德了。今天必须让她说清楚，否则……"

"否则怎么样？你自己导演的苦肉计，还不让人说怎么着！"白姗认为安雨说的那些话是在帮她，因此更大声道。

然而她判断错了，而且是大错特错。

文琪一听，愤怒道："终于承认了那话是你说的了。那好，你说说我为什么要导演这场苦肉计？你把证据拿来呀？"

白姗嘴动了一下，争辩道："事实胜于雄辩，大家都知道什么原因就行了。"

她的话在安雨听来是那么刺耳，尤其这事她不想扯到丈夫祁远盛身上。“你先出去！”安雨的声音极冷峻，眼睛里全是怒火。白姗瞬间瘪了，怏怏地离开了总裁办公室。

“安总你别动怒，我不过是想洗清自己。”文琪知道安雨此时的怒火跟自己有关。说完递上辞职书。

“我不是跟你生气，我也不会怀疑你。我有我自己的判断力。”

安雨之所以说这些话还有另一个原因。文氏集团是有恩于远盛集团的，这么多年来，没有文氏集团的帮助，远盛集团根本不可能发展到今天。尤其此次的招标项目，文琪利用个人的关系，从国外请来专家组帮助做方案。就算是做样子，也令人感动。何来苦肉计之说？

“可白姗实在是太欺侮人了，完全是没事挑事。”

安雨为此苦涩一笑，说：“常与同好争高下，不与傻瓜论短长。”说这话的时候，她的眼睛在发出晶莹的光亮。

见文琪不语，她又好奇道：“为什么要辞职？有些事你用不着往心里去，不涉及你人品。”

“给你们添了许多麻烦，也没帮上什么，所以……”文琪难为情地一笑，又补充道，“不过这一年多的时间还真学到不少书本外的东西。”

安雨知道她的话意，因此也很坦诚地一笑道：“平时关照你不周，我们也很惭愧。请您谅解。”

“快别这么说，是我有时候做事欠考虑，给您添麻烦了。请您一定原谅我。”文琪又带着歉意对安雨说。

“没什么。不过你真的决定要走了吗？”安雨问。

“是的。我决定明天上午就走。”

安雨叹了一口气，望向窗外，沉浸在一种不可名状的颓败中。然后她转身说道：“既然你已经决定了，那今晚我就给你送个行吧。”

文琪顿时激动道：“不用不用，你这么忙，身体还……”

“文氏集团未来的掌门人在我们这里工作这么久，之前没有照顾好，还让你受了委屈。今天就让我代表祁总表达一下心意吧。”语气平静而温暖。

“真不用，真不用。我是自愿的。祁总裁出差了吗？”之所以这样问，是想在安雨这里再次确认一下祁远盛的状况。

安雨一愣，然后快速答道：“他啊，有点事情，过些天就回来了。”

文琪一听，知道安雨虽然说的假话，但也表明祁远盛应该没大事，否则不会这么淡定。于是心里坦然了许多。随即文琪略一思考，就将昨晚所见如实地告诉了安雨。

安雨听着皱皱眉，陷入长长的思索之中。

正在这时，随着敲门声，人事部长荆一东走了进来。文琪连忙与安雨道别。在她临出门前，安雨不失温暖地提醒道：“等我电话啊！”

“什么好事啊？”荆一东笑眯眯地问道，像要探听什么似的。安雨也不吱声，顺手将文琪的辞职书递给了他。

“哦，辞职啊？辞职好呀，我们这儿水浅，养不好这条深海的美人鱼……我正好来汇报集团内奸的调查情况。”

要想人不知，除非己莫为。安雨的思绪还停留在荆一东与白姗搂搂抱抱的事上，看到荆一东，一股恶心从心里涌出。不过她忍住了，决定听文琪的话，看看这些人到底在搞什么小动作。

“荆部长，调查的怎么样了？”安雨问话时非常平静，找不出一丝丝破绽。荆一东在窃喜中，把之前白姗说的话重复了一遍，并重点说集团好多人都认为文琪是因爱成恨……

安雨一听“因爱成恨”，立即质问道：“你昨晚是不是跟白姗在一起？”

荆一东一惊，连忙道：“就……凑巧遇到一起吃了个饭……”这话说出来连他自己都不相信。

“那吃饭之后呢？”

荆一东的脸色如猪肝般，心说：完了，她都知道了。如果世界上有卖后悔药的，他希望能称半斤……

三

微风吹来，惆怅渐起。被风铃摇响的艳阳，又浇上了新愁。

安雨觉得好累好累，深刻体会到丈夫做企业的艰辛，也越发觉得没能好好照顾好丈夫。

她一直很喜欢在孕育千万种开始的早晨，为丈夫做一顿温心暖胃的早餐。稀饭馒头，豆浆油条，牛奶面包，肉丝面条……时间充裕的周末，还可以更细致些。

偶尔，因为这样那样的原因，早餐来不及做，看着行色匆匆的丈夫裹挟在人群中间，像没人关心的“流浪汉”，顿感失职，心里内疚得很。尤其看到他手拿牛奶、往嘴里塞路边胡乱买来的早点时，更加感觉自己不是一个好妻子。

想到这里，安雨已经潸然泪下。远盛，你一定要赶快好起来啊！等我好好爱你！

正在这时，桌上的电话不合时宜的响起。安雨赶忙收拾情绪，拿起电话。

“远盛快回来吧，咱妈快不行了。”安雨一愣，听出这是远盛的哥哥打来的。

“是哥哥吧，我是安雨，妈病得怎么样了？”

对方好像迟疑了一下，问道：“远盛呢，你怎么在他办公室？”

安雨略加思考回答：“他出差了，这两天我帮他处理一下事情。咱妈怎么样了？”祁远盛出车祸的事她不能告诉家人，母亲已经病了，更不能再让她牵挂。

“病重，我们要送她去医院她不同意，说她那病治不治反正都是……她最听远盛的话，快叫他回来吧。”

安雨挂上电话，顿时着急起来。安雨听丈夫说过，他的父亲早逝，母亲为了他们兄弟俩不受到伤害，从三十多岁起就开始守寡，含辛茹苦地把他们养大。他们结婚后因忙于工作，没能好好尽孝心。如今病卧在床，她多么希望看到小儿子啊，可是……这事儿应该告诉远盛，但他目前的情况根本有心无力啊，告诉他也只能增加他的痛苦。最后安雨决定，尽快处理好公司的事务，自己去看一下婆婆。如有可能一定要把她接到大医院里来治疗。

白荡之北是祁远盛的家乡。

这里山清水秀，鸟语花香，像一个世外桃源。安雨记得，有一年春天他们一起回家乡。一场春雨洗浴后，青山更迷人了。整个山坡都是苍翠欲滴的浓绿，没来得散尽的雾气像淡雅丝绸，一缕缕地缠在它的腰间。阳光把每片叶子上的雨滴，都变成了五彩的珍珠。尖刀似的小山，挑着几缕乳白色的雾，雾霭里，隐约可见一根细长的线。山巅上，密匝匝的树林好像扣在绝壁上的一顶巨大的黑毯帽，黑绿丛中，岩壁里蹦出一簇簇不知名的野花。

这就是丈夫的家乡。因为离城里太远，加之山道崎岖，去一次特别不容易。先要乘车，然后再步行几公里经过荒无人烟的小路才能到达。

处理好工作上的事，已经是下午四点多钟了。安雨没有来得及准备，给妹妹安晴去了一个电话，让她早点去陪远盛，就匆忙开车上路了。

当汽车在宽广的公路行进一个多小时后，随着道路一点点变窄，晚霞渐渐散去，她有些担心起来。

她从来没有单独去过婆婆家，只知道村庄的名字。

夕阳以它最后的余晖，创造了永恒的美，留给行路人却是紧张与恐惧。当暮色像一张灰色的大网，悄悄地撒落下来，笼罩了整个大地时，她的车不知不觉中走到了路的尽头。

车是开不了了，剩下的路只能步行。

黑夜总是令人联想起妖魔鬼怪。

小的时候，安雨喜欢依偎在外婆的臂膀里，听她讲《聊斋》和许多关于仙女侠客的故事。许多山间静寂的夜晚，她都是在外婆娓娓动听的故事叙述中进入梦乡。现在面对黑夜面对夜风，所有美好的故事已经成为惊心魂魄的坟墓。乡村多雾。走着走着，安雨眼前两侧山间渐渐腾起了迷雾，不时还传来不知名的鸟叫声，带着森森的肃杀之气。

安雨的心脏怦怦地跳得很快，她摸着腹部，像要从肚中的宝宝身上汲取力量似的。人们常说，婚姻要门当户对，你要嫁给乡下人或者娶农村的媳妇，就要做好面对各种困难的准备。尽管安雨从没嫌弃过丈夫，但此时此刻她觉得好无助啊……

重重叠叠的高山，看不见一个村庄，看不见一块稻田。这些山就像一些喝醉了酒的老翁，一个靠着一个，不知沉睡了几千年。

安雨小心谨慎地走着，生怕一个踉跄给小宝贝带来伤害。她一边跟肚子里的小宝贝说着话，一边认真地看着脚下的路，原本紧张的心情好了许多。

远处渐渐地看到了零星的灯光，她的步伐稍微加快了一些。可是走着走着，前面路断了，居然无路可走了。

这下安雨彻底绝望了，四周黑漆漆的，令人毛骨悚然。她后悔出来之前没有记下婆婆家里的电话。前进不能，后退更难，她思考着一切能够想起的对策。摸出手机才发现没电了。“宝贝，妈妈的运气就这么差吗？宝贝，我该怎么办啊？”安雨不知所措地坐在地上哭了起来。

也不知道过了多久，当她起身准备往回走时，身后一个光点慢慢向她靠近。难道这是传说中的鬼火吗？安雨又惊又怕，吓得连连后退。

随着那“鬼火”的渐渐逼近，在一声咳嗽声中，安雨知道自己有救了。

来者是一个抽烟的男人。

安雨赶忙出声呼救，却又把那个男人吓得大惊失色。男人在惊讶中得知她是从城里来的后，着实为她捏了一把汗。告诉她这山里经常有野猪出没，很容易伤到人。安雨此时才后怕起来。

乡下人很实诚，在安雨千恩万谢中，男人一直把她送到婆婆家才离开。

看到婆婆，安雨激动得“哇”的一声哭了出来，跪趴在婆婆的床前。病中的婆婆，见连夜赶来的安雨一脸惊慌落魄的样子，眼泪止不住地溢出来。

安雨拉着婆婆的手，说要带婆婆去城里住院。婆婆说：“农村人病到这样都不治的。”安雨则坚定地看着婆婆道：“您就看在我这么大老远的摸黑赶过来的份儿上，也要去医院。”

晚上，祁远盛见安雨没有来医院，急的直问安晴。安晴说她姐有事晚点再过来。他有些闷闷不乐，便开始假寐起来。不知不觉中，一个美好的画面出现在他眼前。

画面中，静物般的桌子上，摆着一盆小绿植，很像是写给春天的一首诗。褐色的陶瓷小罐挨着床头依次排开，倘若打开，甜酸苦辣咸的百味人生定然扑面而来。

这时他见到漂亮的妻子端坐桌前，双手托腮，对他嫣然浅笑。他轻轻地将手机的快门一按，笑容定格。

爱，在眉眼间顾盼。他温柔地揉了揉妻子的黑发，甜蜜幸福地说："你是我永远的爱人！"

安雨有些羞赧又有些郁郁寡欢的一声长叹。敏感的祁远盛有些纳闷，问："明明满满幸福，为何隐匿忧伤刻骨？"

"我可以告诉你，不过有什么好处？"她仰着脸问。

"好处，就是……"祁远盛突然把安雨拉进怀里，吻上她的唇……

祁远盛在极度兴奋中醒了过来，原来是一场春梦！

安雨将婆婆带到城里，安排好住院的一切事宜，准备下楼去看望住在同一家医院的丈夫。走了没几步，便感到脚下有点打飘，一个踉跄就重重地跌坐在医院走廊的凳子上。肚子里的小家伙配合着踢了她一脚。

"哎哟！对不起，是妈妈不好，妈妈下次注意。"安雨轻轻地抚摸了一下肚子，安抚地说。自己太累了。白天工作了一天，又到农村接婆婆，走了很多路，而且还受到惊吓。此时婆婆安顿好了，她的精神也从高度紧张中放松下来，立即被疲惫击垮了。就歇一会儿吧。她对自己说。不知不觉间，她躺倒在医院的长凳上睡着了。

第十三章　味甜不甘

一

当安雨的身体一接触到那长条椅，就像久旱逢甘霖般，身体的每一个细胞都发出舒服的尖叫。

太累了，像所有身体的器官都不是自己的一样，然后，就什么也不知道了……

“哎哟，这是怎么了？这是怎么了？姐，你醒醒……”安晴用高八度的声音惊叫着。

安雨在迷蒙中动了动，缓缓地睁开了眼睛。“哦？安晴，我这是在哪儿？”

安晴再次着急地叫道，“你问我，我还想问你呢！你怎么睡这儿了？”

安雨揉了揉眼睛，说：“对呀？我……哦，我知道了。”

安晴把安雨从头到尾的看了一遍，又下意识地摸了摸她的肚子，才质问道："你这灰头土脸的，干吗去了？"

安雨咧了咧嘴，说："唉……穿过九里冈，走出死亡谷。与狼斗，与鬼斗……安全的回来了。我强吧！"

"你没病吧？什么九里冈，死亡谷的？你当演大话西游呢！"安晴愤愤地说。

"比电影大话西游还要惊心动魄一百倍。"安雨比画着说。

"当底是怎么回事！"

安雨做出一个想象世界的表情包，把去婆婆家一路上的经历说了一遍。不过，她在其中增加了惊悚的程度。

"你也太疯狂了，大着肚子去冒这样的险。这要是万一……呸呸呸，不知者不怪！"那担心的样子令安雨心里温暖极了。

"万一什么，这不是什么事都没发生嘛！"安雨说完突然想起了丈夫，"你姐夫没事吧？"

"他没事，刚才还问你去哪儿了。你手机也打不通。真是服你了，你上辈子欠他们家债了？"安晴责怪道。

"爱他，当然要爱他的家人啊。" 安雨嘿嘿一笑。

"看来你在这椅子上睡得很舒服，还有力气气我！"

"真的感觉很好，就是这椅子硬了一点。"说着看了椅子一眼。还别说，睡了会儿，感觉恢复了很多。

安晴气不打一处来，狠狠瞪了她一眼。发现姐姐当真是这世上最善良的女子，只祝愿她别被人骗了还帮人家数钱吧。

"来，快扶我起来，这老胳膊老腿的……对了，一会儿别跟你姐夫说他妈病重的事啊。"安雨嘱咐道。

安晴奇怪地问："他妈病重你还不告诉他呀？万一有什么事你负得起责任吗？你这不是越俎代庖吗？"

"怎么又是万一，没有万一！世界上哪有那么多的万一啊？你以为坐飞机啊。”安雨怒其不争地说。

“傻死了！二！一点救都没了。”安晴似乎要把所有骂人的话用尽了还不解气。

直到二人快走到祁远盛的病房时，安雨突然停止脚步，一脸严肃地对安晴说：“跟你商量个事呗？你说咱俩是不是亲姐妹？”

安晴一听这话知道准没什么好事，再一看安雨的眼神，立即明白了：“千万别说出来，我会拒绝的。”

“嘿嘿，别呀，”安雨拉拉她胳膊说，“说不定是好事呢。”

“哼，从小咱妈爸对你就偏心。什么好事全是你的，你不想干的事就会推给我。只要有事，肯定有我；可只要犯事，一定没你。”

安雨难为情地一笑道：“哪有，哪有，夸张了不是，就帮帮你亲姐吧。”口气带着温暖、求饶。安雨深知妹妹是刀子嘴豆腐心，轻言软语的相求是对付她最好的办法。此时安晴已经猜出了安雨让她干吗，于是耸了耸肩道：“不会是让我晚上照顾你婆婆吧？”

“哎呀！你太聪明了，真不愧是我亲妹妹。”安雨一指楼上说，“在四楼三病室五床。”

安晴叹了一口气说：“可我不认识她啊？”

“你不需要认识。她也不晓得你是谁，老太太现在睡着了。”安雨又说，“医生说先挂水观察观察。你只需要在那看着挂水就行了。”

“真服你了，搞得我们全家齐上阵，真欠呀。”

“多难听啊！爱是一种担当，它像一棵大树，遮风避雨；爱又是一种奉献……”

安雨道：“行了，别矫情了，搞得跟文艺青年似的。然后打着文艺的幌子干荒唐的事情，再让别人帮你收拾残局。”

安雨一愣，纠正道：“这怎么叫荒唐呢？你说我知道婆婆生命垂危能听之任之？你姐夫躺在病床……”

“好好好，你总是有理。”安晴说不过她，先一步走进病房。

“你手机怎么一直打不通呀？”安雨一进门，祁远盛就急忙问。眼里写着满满的担心和害怕。

安雨读懂了，却装作什么也没发生地说：“手机忘记充电了，处理了一下集团的事情才发现手机没电。”祁远盛不大信，眼睛追着安雨的走动转着，想从她脸上看出点什么来。

“瞅出什么来了？真没事，没骗你！雨过天晴了！”安晴笑着说。

微笑是能传染的。祁远盛也咧嘴一笑，眼中的爱意无限地扩散开来。那是一个人希望被别人在意时才会有的表情，是一种不容怀疑的真诚。

过了一会儿，他感觉出安晴的话里有话，便问询般地说：“雨过总要留痕的！”

安雨上前拉住丈夫的手，转移话题道：“我今天饿得好快，是不是宝宝帮我吃了？”然后却是看着安晴。

“你握住姐夫的手看着我干吗？”安晴莫名道。

只有祁远盛知道她的话意。估计她到现在还没有吃晚饭。一边心疼着妻子，一边瞥向安晴，嘿嘿一笑道：“你家小外甥饿了，你这当小姨的就关心关心吧！”

“少给我下套！我又不欠你们的，被你们俩合伙差来差去的。”安雨嘴上说着，却已经开始往门外走。“想吃什么？”一个回头问。

“酸辣粉，多放点香菜！”安雨甜蜜地笑了，露出两颗调皮的虎牙。

姐妹间与众不同的亲密，是最珍贵的。或许她们最大的敌人就是时光，因它易逝而难留，因它终有穷尽而人生却不免遗憾；或许她们最大的宝物又是时光，因它记录世间纷繁万物，因它珍藏所有，也未改变它们的真实模样。

文琪等到晚上七点多钟，也没有等到安雨吃饭的信息，心中很惆怅。“肯定是白姗这女人又捣了什么鬼，不然安雨不会说话不算数的……不行，回家后就跟父亲说让他的朋友帮我查清楚内奸。”

在恨恨的心情中，她一个电话打给王凯，结果电话没人接听。失望、心塞还有赶不走的烦躁，在心间魑魅魍魉，促使她随时就要挥剑而出。可面对窗外的灯光，她又是那么柔软无力。

“走，去南下塘吃饭看夜景去。”文琪说着抄起沙发上的外衣。早就听说南下塘最具江南的味道，那就近距离去领略一下吧！

柔和的灯火把长长的老街变成一条闪光的，悠悠的彩河。络绎不绝的游人款款漫步，谈笑风生。夜幕下的老式建筑里，也充满着咖啡、西餐、酒吧、动漫等时尚创意元素，街两边娱乐休闲、餐饮美食、精品酒店等鳞次栉比的店铺，生意十分红火。

在古运河畔、跨塘桥堍，“运河古邑”的石刻牌坊高高矗立。牌坊外是车水马龙、高楼林立、灯光耀目的喧闹都市。穿过牌坊，展现在眼前的却完全是另一个世界。脚下的青石板路蜿蜒向前，两旁都是两三层砖木结构、明清风格的建筑，粉墙黛瓦，古朴清幽。经过改造修复后的南长街基本恢复了旧时原貌，街上还能看到被保留下来的老门槛，旧式店面插门板的凹槽，有的老房子墙壁依然陈旧斑驳，显出其久远的沧桑。

文琪徜徉在夜色中的街道里，在光与影的作用下，旧时光和新时代的混搭，传统与时尚的交融，令她恍惚，也令她亢奋。紧挨着锡都古运河的南长街，在历史与现代交织融合中，散发出独特的魅力，连河水仿佛也充满了灵性。

江南老式建筑中，由于新理念的渗入，在充盈着时尚元素的同时，许多知名连锁店也融入了老街，个性小店保证了创意的数量和质量。说起锡都的美食真的让人出乎意料，排骨自不必说，小笼、馄饨、湖鲜个个惊艳，绝不只是甜口那么简单。

文琪走着走着，便被一家叫“锡帮咖”的饭店吸引。走进去一看，发现内部环境优美整洁，锡都的传统菜点“梁溪脆鳝”、“锡都酱排骨”、“镜箱豆腐”、“天下第一菜”、“太湖白虾”等应有尽有，顿时她的胃蕾大开。看来，吃美食真能解新忧旧愁。

正当她决定品尝美食时，一个熟悉的身影闯入她的眼帘。

“世界好小。缘分啊，在这儿都能遇到。”文琪从身后拍拍王凯的肩膀说。

“真巧！文总监怎么也在这儿呀？”王凯一愣，表情有些不自然。

这时文琪才发现销售部的叶佩佩坐在对面，随即明白了一切。她撇撇嘴，酸不溜丢地说：“隐蔽斗争做得够好的呀！在眼皮子底下我居然不知道，这可真是灯下一片黑。”

叶佩佩连忙站起来道：“总监，我们才……才认识不久。”

“不用解释，男欢女爱，正常的很。就是觉得要是白……”

危急关头，王凯连忙转移话题道：“文总监过来一起吃吧，好久没有在一起聚了。”

“是好久没聚了。怪想你的。”文琪微微挑起眉毛，诡异地一笑。这家伙也太会忽悠人了吧，明明昨天晚上还在一起的。但嘴上还是答应着，并把自己碗筷拿到他们的桌上。文琪决定好好调戏一下他。

碰了一杯后，文琪迫不及待地问：“佩佩，你说我当你们领导这些天对你们怎么样啊？”

“很好呀，你从不管我们。尤其对我最好。”叶佩佩说。说的话前后矛盾，使王凯本已经到喉咙的酒，险些喷到桌子上来。他觉得叶佩佩说假话也不用打草稿。

有那么好笑吗？难道我说错了？叶佩佩心说，并看着王凯挑了挑眉毛。

文琪知道她也许慌不摘话，反倒王凯这一笑令她有些生气。

“王凯？我对你怎么样啊？”文琪问的时候故意把眼里弄得秋波粼粼的。

“佩佩不是说了，我们感觉一样。”王凯以退为进。

“不对吧？我怎么感觉你对佩佩更好一些呢？”文琪成心挑衅。

“我跟佩佩一起敬你！以后还要你多多关照。”王凯连忙说。

文琪扑哧一笑，心想他们居然还不知道自己已经辞职的事，心一软说道：“那你连干三杯，我今天就好好关照你们，否则……”说完脸一沉，作出威逼的样子。

“文总监，我陪你喝好不好？”佩佩连忙帮忙。

文琪顿时脸一沉，目光透着审视，又像是很有趣味地看着她。

一看形势不对，王凯连忙挽救道：“佩佩我们一起敬文总监！”说着还对佩佩挤了挤眼。

文琪说：“我给你讲个笑话吧。”

佩佩连忙点点头。

“说一个女人结婚前夜，笑着对新郎说：看，老鼠在吃你们家的大米呢。新郎说：你去赶一下啊。女人一噘嘴说：关我什么事。第二天早上，新娘醒来，看见老鼠又在吃大米，便顺手丢过去一只鞋子：该死的老鼠，竟敢吃我家的大米！”

叶佩佩听完脸一红，不说话了。

“你也变得这么快吗？”文琪问佩佩。

“那你们喝吧。都怪我多事。”叶佩佩有些后悔，不讨巧地颓败下来，脸上写满了尴尬。

“就是嘛，你也护得太快了点吧！”文琪于是又说道。

见此，王凯连忙说：“文总监你大人大量，她说错了。我们喝酒。”

叶佩佩立即表现出哀其不幸、怒其不争的样子。

文琪觉得这个时候可以进行核心谈话了，再问：“王凯你说我跟白姗谁最漂亮？”

“当然是你漂亮啊。”他连忙说好话。

“那要是白姗在这里你也会这样说吗？”

面对她的尖刻、挑衅，王凯机灵道：“你那么聪明有智慧，也不会这样问的是吧。”

这样的回答令文琪比较满意，心说这个表面看似木讷的家伙，心里还是很有调调的。

“那你爱佩佩吗？”文琪盯着他的眼睛说，“那种死去活来的爱。”

王凯噎了一下，连忙答：“必须啊，否则我们怎么……”

全是鬼话。文琪决定不再难为王凯，她还有一个更重要的事要搞明白。

如果今天王凯老实说出来，就放他一马。毕竟叶佩佩是无辜的，不想殃及池鱼，弄得四面楚歌。

“王凯你说我是那么无耻之人要演苦肉计吗？”一只软软的手故意搭在王凯的肩上。

“肯定不是。”王凯条件反射地看了叶佩佩一眼，轻轻扒开文琪的手强调道，“文总监绝对不是那样的人。”他知道这时候讨好和投降是最好的方法。

文琪嘴一撇道：“算你还有良知，还没到不可救药的地步。”

王凯嘿嘿一笑，拍拍胸道：“良心一直都在，只是……”他相信文琪理解他的话意。

“那要是让你站出来揭露是白姗陷害我的，你敢吗？”

“不敢！”王凯叹了一口气接着说，“我还要在这儿生活下去，都惹不起啊。”

“好！算你是个男人，不为难你了。你记住本小姐不是那么无耻之人。劝你还是远离小人吧。有一种人可以犯错，但他们并不坏。比如我。但有些人不犯错，却非常坏。”

“文总监句句诤言，我一定牢记在心。”王凯拍拍胸说，并提议叶佩佩一起敬文琪。

“这杯酒我喝了，希望你好好对叶佩佩。她是个善良的好姑娘，不要亏欠了人家。”

“你可以点亮你的灯，但不要点着灯熬别人的油。”叶佩佩不失时机地对王凯说。

王凯讪讪一笑，又怎会听不出弦外之音呢。

畅饮继续。

夜晚，安雨躺在床上疲惫地合上眼睛。本来想和丈夫谈谈文琪辞职的事，可看到丈夫的嘴巴里冒出了深眠的泡泡，只得作罢。他还是病人呢，安雨这样对自己说。

安雨本来疲累的身体却难以成眠，思绪万千，剪不断，理还乱。“不好，把请文琪吃饭的事给忙忘了。”她立即拿起手机，又颓然放下。

“能说什么呢？这么晚了。”不解释一直是她做人的出发点。错了就是错了，解释毫无意义。于是她拿起手机，给集团人事部长发了一个长长的信息。

“人走茶凉啊。”文琪回到住所时，环顾了一下说道。她觉得安雨很不厚道，居然说话不算话。不过，当她再想到祁远盛时因她而出的车祸，心里顿时又舒展了许多。

不过她这时只想搞清楚祁远盛到底是不是因为她而受的伤，更不想这么不明不白的一走了之。她决定再去看祁远盛最后一眼。

江南多雨。一走到室外，发现正细雨霏霏。于是她的心情更加凌乱不堪。她真想远离这喧嚣，抛却这红尘纷扰。在这样的雨夜裸露心扉，接受洗礼，然后让一切痛苦皆如过眼云烟！

走近祁远盛住的病房附近，安静的医院里只能听到人的呼吸声和呼吸机发出“咕咕”的喘气声。这时她才意识到，未知对于许多的家庭来说，比死亡更可怕。

透过病房的玻璃，她看到安雨静静地趴在祁远盛的床边睡着了。手却和祁远盛的手相握着。祁远盛也睡着了，脸色略显苍白，无声无息地躺在那里。看到这一幕，文琪心里陡生愧疚。觉得不应该跟安晴搞那样的恶作剧。叹了口气，她轻手轻脚地走出了医院，遗憾之情溢于言表。

到目前为止，她依然不知道祁远盛的真实情况。“罪人呢！”她在心里说。

那一夜她无眠。错过了日出可以等待，付出了生命却不可再来。

在愧疚和后悔中，她给安雨写了一封信，表达她对她及家人的歉意。

发完电邮，文琪觉得身心是那么疲惫，就如“所有的结局都已写好，却忽然忘记那是一个怎样的开始。”

二

即将离开时，文琪才觉得有些不舍。

当她拎起行李时，第一次把这里当作自己的家，第一次对家庭有了美好的憧憬，也第一次体会到离别的滋味。这份感情如狂风般剧烈地摇撼着她的心。

走出碧桂园小区的大门，文琪远远地看到人事部长荆一东正在四处张望着，是送自己的吗？她为此很是意外。

荆一东在恍惚间，看着对面漂亮的女人有些发呆。只见她身穿一件简洁的白色欧式衬衣和女学生一样靓丽的花裙子；那柔顺弯曲的发丝，从瘦削的肩膀上很自然地直垂到腰间。没有华服和妆容，没有珠宝和繁饰。这样的她，整个人透着一股子清新脱俗的温柔优雅。

荆一东随着她的走近回过神来，然后笑着大步流星地迎上文琪。不过那笑未达心里，让文琪觉得比哭还难看。

难道他是来……

“文总监，我来，我来。”荆一东说着就要夺文琪手中拖着的行李箱。文琪一个躲闪，说，“荆部长，您来干吗？”语气中饱含着戒备。

“送您去机场啊，难道……难道你不知道我今天来送你？”荆一东故意认真地说。

“不用来讨好我，你们的事我不想再管了，随便你们吧。”

荆一东以为文琪指的是他和白姗的事，连忙解释道：“我跟白姗真的什么事也没有！”

“眼见为实！没事儿你这么激动干吗？”文琪顺坡下驴道。

“唉！我和她真没……”

“呵，是真没到上床的地步吧？”

“你……”荆一东开始恼怒道，“胡说什么呀！”

文琪脸一沉道：“荆部长，你不感谢我就算了，还说我胡说。你记住我的话，再不回头，怕是后悔都来不及了。”说完她招手叫出租车。

“你别打车啊，是安总让我来送你的。”荆一东上前拉住文琪说。

“你要干吗，再这样我要报警了，法制中国，休得……”文琪也烦了。

荆一东一急解释道：“你以为是我要来送你呀，是安总半夜三更给我发信息，让我今天一定来送你。”说完荆一东又将安雨昨晚爽约的事向她道歉，并一定让他代表集团给她送行等说了一遍。

文琪相信他没有说假话，但还是冷笑着道：“你的话谁信呀，不是来打探情报就是来讨好我的吧？算了，我懒得管你们，后会无期。”说完拖着行李箱就走。

“哎哎，我说的是真的，真是安总让我来送你的。”荆一东说。

“不用了，反正打的也方便，谢谢她的好意了。本小姐不需要形式上的东西，你们继续虚情假意吧。”

“我们都是真心的，你这样我回去没法交差呀。”

文琪停住脚步，故意道：“反正你这次也交不差了，就一起打包吧。多不了这一点。”

荆一东脑子中一瞬间电闪雷鸣：呸！什么玩意儿啊？我还不伺候呢！心里这样想，可还要考虑怎么应付安雨，毕竟这是领导派给的任务啊！

人家不让远送我也没办法。思来想去，荆一东决定赶紧向安雨汇报。

安雨正跟丈夫道别，准备去集团上班，手机骤然响起。

“安总裁，按照您的指示，我一大早就到文总监住的小区去等了。”

“那等到了没有？怎么她的手机一直关机呢？”安雨问。

“等到了，在楼下见到她了。”荆一东连忙说。

“我的意思表达到了没有？”

“说了。”荆一东顿了顿说，“她说虚情假意的形式就不要了，然后自己打的走了。”

安雨一听，脸色立即不虞，但还是表现出处变不惊的良好修养问道：“不会是你们说崩了吧？”她不想让丈夫看出端倪来。

“绝对没有，绝对没有。我对文总监非常客气。”荆一东连忙不忘推责道。

安雨有些后悔安排他去送文琪，又问：“那她还说了什么没有？”

荆一东故意犹豫了一下说道：“她说了好多难听的话，说回去要告诉她父亲大家欺侮她，说要与远盛集团彻底分道扬镳，永不再有业务联系……”他声音中带着些微隐忍的颤抖，添油加醋，一切跟真的一样。

安雨听着脸色有些难看，未拿手机的手攥紧了拳头。

“怎么了？祁远盛关切地又问，“谁的电话？”“没事，是集团里的事情。”安雨吞吞吐吐道，一脸说不出的苦楚。

“不对呀，你脸色怎么那么难看？”

安雨不想告诉他，但一时又找不到合适的话，便搪塞道：“没事，你好好休息吧，我去集团了。”

“对了，文琪他们招标的事怎么样了，我打她电话也不通。”祁远盛突然想起来问。

安雨一怔，无语地转身看着丈夫。

“怎么啦，没有成功是吧？”

安雨还是不吭声，她在思考怎么跟他说，丈夫的目光让她倍感压力。

“嗨，不就是招标失败了嘛，反正我也没打算成功。”

“招标没成功，文琪辞职走了。”安雨在沉默半晌后喏喏地说道。

“什么！她辞职了？什么时候走的？”祁远盛像触电般地想起身，又无力地躺倒在床上，嘴里说着，“为什么？”

“你别激动啊。伤筋动骨一百天……”安雨连忙跑到病床边安抚道。

“到底出了什么事，她怎么突然辞职？”祁远盛非常生气，并用疑问的眼光看着安雨。

“别用这种审犯人的眼神看着我！是她自己要走的。”安雨也有些不高兴了说。

“前几天还好好的，怎么说走就走，还……”祁远盛又疑问。

“还不跟你深情话别是吧？”见丈夫对文琪如此留恋，安雨心中的醋意止不住地翻涌而出。

“什么和什么呀，我和她什么也没有。你怎么也跟着瞎起哄了。”

“是你的表现让人不得不多想！”

“唉”，祁远盛无奈的一叹，抓起手机给文琪打电话，可惜电话无法接通。事实上文琪从决定离开这个城市后，已经将手机卡换成国外的了。

祁远盛哪知道啊，以为是安雨听了安晴的怂恿把文琪赶走了。他心说，这下完了，把财神爷给得罪了。“你们这样做人家会感到寒心的！”心中想着，嘴上不由得脱口而出。

“我们做什么了？是她自己要走的。”安雨很不服气地说。

“怎么可能！”

“怎么不可能？不会是你恋恋不舍吧？”

祁远盛一生气，就重重地将手机扔到地上，手机零部件散落发出“喀嚓”的响声。“以为爱的深，所以就不怕伤害对方吗？”

安雨看丈夫如此激动，也非常生气说：“既然你连我的话都不信，那咱们就……”

祁远盛绝望地往后一仰，头重重地磕在床头上，两眼一闭，像晕过去似的。

安雨一愣中，瞬间回过神来，赶紧上前抱住丈夫的头，心疼地抚摸着：“你别激动啊！我讲实话你不信，那你还要信谁呀？天要下雨，娘要嫁人，人家要回国我能左右吗……”

祁远盛依然像霜打了似的闭着眼不说话。他觉得，文琪就这样不明不白地走了一定是有原因的。如果没有文氏集团的扶持，他的远盛集团早就关门了。

看到祁远盛这样的表情，安雨觉得是时候该将集团发生的一切讲给他听了。毕竟公司是她代管的，公司里的大事小事丈夫比她清楚的多。

对于公司这几日发生的事，祁远盛认为安雨处理得还是比较稳妥的。但对荆一东说文琪故意破坏招标一事非常生气。她要是想破坏招标，就不会千里迢迢地从国外请来专家团研究方案、预测标的了。那荆一东在里面扮演什么角色呢？他为什么跟文琪过不去？

“那内奸的事一定要查清楚，对这种吃里爬外的人一定要开除出去！”祁远盛嘱咐道。

安雨答：“嗯，我知道，正在调查中。”

安雨很清楚，让人事部从内部查怕是会无疾而终，因为当事人就是再傻也不会通过自己的电脑发出电邮。再说现在各种开放的网络那么多，无疑是大海捞针。但又不能不查，那样等于纵容了坏人。

“几天不在就出幺蛾子了！我这是得罪谁啊？”祁远盛自责道。

安雨苦涩一笑，心里对丈夫有些可怜起来。能做内奸的人，肯定是心腹之人。人心，已经成为人类发展历史中最难破解的密码。

荆一东放下电话后，开着自己的小轿车，一路高歌，醉在阳光里。

回到办公室，荆一东一个电话叫来白姗。

“什么事这么急不能晚上说？”

“晚上有晚上的事。难道你不想听一个好消息？”荆一东嘿嘿一笑。

“还能有什么好消息？”白姗一脸不虞道。

“文琪回国了。这是个好消息吧。”

白姗立即有了兴趣，试探道：“那安雨也不会轻易放过那件事的吧？”

荆一东一笑说：“这你就不懂得了吧，她一回国安雨就不会盯着那件事不放了，而且会慢慢淡忘的。”

“安雨不是让你查清楚的嘛？”

荆一东两手一摊说：“是呀，她是要我查呀，可是这是一个无头案，怎么查？翻看全集团人的电脑？谁那么二会在自己电脑上干坏事？”说着他观察了一下白姗的脸色，发现在他说“坏事”二字时，白姗的脸上不自然地抽搐了一下。

为此他走上前拍拍她的肩膀道：“放心吧，没事的。别怕，有我呢。”白姗强忍着心里的激动，借坡下驴道：“我有什么事，我怕什么啊。”

荆一东顿时像吃了苍蝇一样，心说，装的真像那么回事。他心里不爽，抬头瞥了白姗一眼说道：“不过，这事还是要追查内奸的。这人也太不像话，严重损害了集团的利益……”

白姗明白他的话意，讨好地顺着他说：“是呀是呀，一定要查清楚的。”然后装作什么也没发生般的道，“部长晚上有空吧，我们去喝酒？正好晚上没什么事。”

荆一东诡异一笑道：“今天晚上估计没空，也许明天也没空，得完成安总裁下达的任务啊。”

“别呀部长，今晚就给人家一个机会嘛。”白姗的眼里眉里全是真心实意地说。

荆一东心又动了。“既然姗姗这么有心，那我就把晚上其他活动推掉……”

老狐狸！白姗在心里咒骂着，伴着大功告成的笑容走出他的办公室。那看似从容的笑中很有点沽名钓誉的意思。

三

没雾霾了，又开始下雨了，路不好走啊。乌山在心里默念完，又亮出嗓子补了一句：“今日天气真不错。”

安雨心情复杂地看了乌山一眼，说道：“宁愿为自己做过的事后悔，也不愿为自己没做的事遗憾。今天恐怕我们也就是去看看，最多也是参与。”

乌山爽朗地一笑道：“我还是有信心的。好几块地呢，我就不信我们抢不到一块。曾经有一句老话说：‘如果你在森林里遇到了熊，那么赶紧蹲下来系鞋带。因为你未必快得过熊，你只要比身边的人更快就够了。’”

“可钱是个大问题呀！现在许多房奴就是那个躺在血泊里被熊大快朵颐的家伙。房奴的血流到哪里，就会给哪里带来局部的经济滋润。”安雨意味深长地说。

乌山看着她竖起大拇指，表示赞同。他没想到，安雨将经济发展看得这么透彻。

“关键我们是资金有限啊，不敢虎口夺食。”

“嘿！安总你一定要转变等米下锅的观念，要学会玩空手道。”

望着眼前的乌山，安雨心中有说不出的感动。他在她面前就像春日里温暖的微风，像深海里纯净的海豚。在这样的感觉里，她的心会不由自主的静下来。

安雨回过神来问：“什么样的空手道呀？”

“前天，金山新城顾村 A 单元 10—03、10—05 地块最终由信安房产置业拿下，溢价率高达 303%，在意料之中；楼板价高达 36962 元，也在意料之中。扣除 5%（7600）的保障房后，实际楼板价达到 38841 元；若扣除 15% 的持有住宅部分（21667），实际楼板价高达 45427 元。”乌山侃侃而谈。

“那这样的话房价自然就会抬得很高，房子能卖得出去吗？”安雨好奇地问道。

“历史告诉我们，美国的次贷危机、日本的房地产泡沫，就是由于反复加杠杆，通过一轮又一轮的量化宽松、再宽松，形成了恶性循环。因此一旦发现房地产过度杠杆化的苗头，就必须将其消灭在萌芽状态。只要不是活得腻歪，就不会这样干。但你听我继续往下讲你就明白了。不知道为啥，我感觉这一次所谓的刷屏没有想象中那么猛烈，可能对类似套路的宣传方式也有些麻木了。”

“肯定是国企或央企！他们有钱，国家的钱。”安雨看着乌山肯定地说。

乌山嘿嘿一笑，没作答。他接着往下说，自 2015 年至今，信安房产置业通过公开招拍挂新增九宗地块，其中七宗是地王。

——2016 年 1 月，这位兄弟豪气的以 36679.58 元 / 平方米的楼面价刷新杭州地价纪录。

——2015 年 12 月 22 日，信安房产置业与龙光地产鏖战 100 多轮，27200 元 / 平方米的楼面价拿下，成为深圳新的住宅“地王”。

——2015 年 11 月 25 日，又是信安房产置业以实际楼面价超过 61000 元 /

平方米的惊天价，刷新魔都地价新纪录。

——2015 年 7 月 28 日，信安房产置业在肥合以 91.07% 的溢价，楼面价 7295.45 元 / 平方米成为肥合单价地王。

——上个礼拜，杭州总价地王就是信安房产置业创造，123 亿，楼板价 21576 元 / 平方米。

——前两天……

看到趋势了吧，这哪是在拿地啊，这简直就是在撒钱的节奏啊。

安雨凛然问："这家地产能够这样大肆拿地投资企业的底气来自哪里？"

"作为企业，不论怎样都能盈利，因为有异常低的借款利率。这个利率低到你想象不到，只有 2%。其他房企，基本的借款利率都在 6%—8% 左右，很优秀的能做到 4%。这样的财务成本决定了它可以这么任性地拿地的核心原因。这几乎不是支持你开发房地产了，基本等同于送钱给你开发项目了。"

"为什么金融机构会向这家房地产公司提供如此廉价的贷款呢？"

乌山诡异一笑说："一个可能的解释是——你懂的。"

"我明白了。激进拿地，炒出大量的地王项目，然后仰仗着不可思议的低息利率来苦苦支撑着营利模式。寻找合作伙伴，给予他们不大的股份但是绝对大的权力手段，让他们操盘。信安房产置业只负责输送血液，让一个个地王变成真的楼王高价卖掉。所以是不是可以理解为，当下这个行业需要创造一个个地王，然后高价的变现，不管你是否真的赚钱。"

"对的，但前提是需要有个强有力的后台支撑，需要不断地撒钱。"

乌山的一席话说得安雨的心里七上八下。所谓的现实，谁知道是不是别人的梦啊。如果必须要活在这样的梦里，那么只能把梦过得跟现实一样。

在片刻的沉默后，他们的车来到政府采购中心大楼门前。说实话，安雨听了乌山的一席话后，心里哇凉哇凉的。像远盛集团这样任何依靠的企业就像孤儿，只能自生自灭。

"小安你怎么也来了？"

安雨一个转身，发现是宜家地产置业的柳正翰总经理。于是她勉为其难地一笑道："柳总你好，我是来凑热闹的。"那天她没有说完柳正翰就把电话挂了，令她对人情世故有了更深层次的理解——靠别人靠不住。不过这时人家倒不尴尬，自己倒是尴尬起来了。

"小安你是来参加竞标的吧！上次你给打电话，正好派出所民警找我有点急事就……忙完就给忘记了。你看这年纪大了，忘性也见长了，以后慢慢跟你讲那天发生的事情。"说完依然笑吟吟地看着安雨，目光里似乎还有别的成分。

安雨没多注意，但看他说话的表情，不像在说假话，反而有些不好意思起来，便说道："没事没事，我也就是随便问问。"

柳正翰连忙说："别呀，正好现在离开标会还有一会儿，咱们边上聊聊怎么样？"

安雨点点头，觉得反正现在人的友情真不了。你想聊就聊吧，又不影响什么。

"不会吧？怎么想到做房地产了？你不是在事务所上班的吗？"柳正翰看着安雨问。安雨皱皱眉头，实事求是地将家里的情况简单说了一下。

"小安，咱们也算一个行业出来的战友啊，我就实话实说了。"

"柳总您说吧。"

"房地产目前来看是不错，但长期来说肯定是没有前途的。数据显示，新一轮'地王'溢价率、楼面地价等创下新高。219 宗'地王'，溢价率超过 100% 的地块有 109 宗，超过 50% 的地块更多达 167 宗。然而国土资源部 6 月 8 日通报称，按要求各地须对招拍挂出让中溢价率超过 50%、成交总价或单价创新高的房地产用地，成交确认书签订后 2 个工作日内上报国土资源部。但根据异常交易地块备案数据库，2015 年以来媒体报道的异常交易地块，备案率仅为 18%。异常交易地块备案制度，是房地产用地市场管理调控、土地市场健康平稳发展的重要机制。近九成异常交易身处报备之外，市场信息失真程度可想而知。建议您还是好好地做一些新兴产业。"

安雨心说，我也知道房企企图以房价上涨自我解套，我也知道房市风险越来越大，但我目前没有路可走。况且现在是房地产最后的盛宴了，我也不能视而不见啊，更何况我的企业面临生存风险，不赌一把也不行啊。

想到这些，安雨苦涩一笑道："先做起来再说吧……"反正先把钱赚到手再说，管不了那么多了。

"那好，小安我知道你现在资金不够，肯定需要'放水'。这样吧，不管你今天能不能竞到地块，只要我柳正翰拿到了，咱们就一起开发。四六分成怎么样？"

"真的呀柳总，"安雨像买彩票中奖一样的激动。来得实在太突然，没想到友谊的小船说来就来了。

"当然，"柳正翰一脸实诚道，"朋友间的诚信啊！"

"先谢谢啦！我想自己试试能不能中标。"安雨连忙道。

柳正翰迟疑了一下说："可以，只要你举牌我就不举，只要你看中了哪块地先拍下来，资金不够我来凑。"

一番话中，说得安雨热泪盈眶，觉得自己错怪人家了。看来做好事还是有好报的！

招标在安雨的期待和忧虑中开始了。

安雨看中了一块合适的地块，觉得虽然偏一点，但那儿的交通还是很方便的，地铁靠的也不远，附近还有一片规模不小的湿地，因此决定下手。谁知，当竞标到此地块时，竞争异常激烈，很快溢价就超过她的预想，她只好无奈地选择放弃。

带着失望的心情走出招标大厅，柳正翰却已在大门外等着她。柳正翰见她一脸愁容的样子，心里也替她难过。他理解安雨想成就一番事业的心情，更何况她负担着企业一大帮人的吃饭问题。于是嘻嘻一笑说："走，咱们边上去说。"

安雨知道柳正翰拍得了一块地，估计他会说，我们一起开发这块地吧。但安雨不想占人家的便宜，于是抢先道："柳总你别为难了，我不参与您的开发。”

柳正翰一愣道：“你搞错啦，我没想让你跟我一起开发呀。”安雨顿时有些难为情，觉得是自己想多了。

柳正翰见安雨像一朵妩媚的花缓缓开了，又缓缓蔫落了，便一脸严肃地说道：“下午你到我办公室来一趟吧，我把今天拍到的地块转让给你，咱们得写个合约。”

“这样不好吧，受之有愧呀。”安雨有些不相信自己的耳朵。

“怎么不信我呀？没事，反正我手上还有几块地等待开发，你就先用这地吧。”

“我……我怎么谢您呢？这样占您便宜不好吧。”安雨打消了顾虑说。

柳正翰故意思考着扬起头，说：“对于谢嘛，等我想好再说，反正不能让你白占我的便宜。小安你今天真漂亮。”说完狠狠地盯了安雨一眼，就匆忙钻进自己的车里。

“安总，不错，柳总今天拍的这块地绝对是风水宝地，咱们一定能赚大钱。”乌山听安雨说柳正翰准备让出的地块后，激动地说道。

安雨脸一沉，欲言又止道：“可是咱们没有那么钱来拿地块呀。”

“这好办，咱们银行贷一部分，先欠柳正翰一部分。图纸一出来，售楼处一建，就可以销售起来。”

“这样不行吧，这样不违规吗？”

看到她疑惑的样子，乌山连忙说：“咳，我说错了，不叫预售，是叫认酬，认酬。先建个售楼处，搞个样板间出来，就可以认酬了。如此一来，资金就慢慢回笼了。”

“这样行吗？”安雨还是担心地问。

“怎么不行，前不久那传奇大海就是这样做的，在一块荒地上建了一个样板间，就开始收钱了。”乌山用手比画着数不完的钱。

“真有他们的！”

“这叫借鸡下蛋，而且让鸡把蛋下空！”

“什么意思？”安雨看着乌山又是一脸疑问。

“所谓的认酬，就是看有多少人有买房的意愿，可以摸清购房者的心理价位，这样可以根据认酬人的多少决定最后定价。人多就抬高价格，人少就降低价格……”

安雨不可思议说：“好缺德呀，水这么深，他们这不是给社会主义制度抹黑吗？”

乌山嘿嘿一笑，又给安雨讲了一些房地产开发商如何巧妙地赚钱的例子，譬如可以在面积上缩水，容积率上缩水等秘不可宣的做法。

“人家购房人不找他们打官司？”

“只要不超出3%的缩水就没事啦。这是国家规定的。不过，超过也没事呀，现在有几个购房人去房子里量过？即使找我们就说在公摊面积上……”

乌山说完，安雨斥责道：“好缺德呀。咱可做不来。咱们要学会将心比心，人家花一辈子的血汗钱买个房不容易，绝对不能坑人家呀。”

“世界上哪有那么多的将心比心，你一味地付出不过是惯出来得寸进尺的人。太过考虑别人的感受，就注定自己不好受。所以，余生没那么长，忠于自己，活得像自己吧。”

第十四章　如果还有如果

一

午后的阳光温暖地照进病房。

时运不济。时运太不济了。祁远盛在心里哀叹着。文琪的不辞而别，使他心里非常不安。以怨报德，这是企业家的大忌。他觉得太不厚道了，对不起文胜旗（文氏集团老总）的支持与信任。

一番思来想去，他硬着头皮拨通了文氏集团文胜旗的电话。

“小祁呀，还知道给我打电话呀？是不是有事找我？”一听这意有所指的口气，祁远盛瞬间觉得大事不好，心想一定是文琪回家告状了。他连忙诚惶诚恐地说：“一直记着您的好呢，好久没有向您汇报了，只是……”

“只是赚钱太忙了是吧，所以就

把我这个老朋友给放一边了是吧，这样不好啊。”“啊”字拖得像飞机屁股后面冒的白白长烟。

“不是不是，最近……就是瞎忙，一直惦记着您的，准备最近来看您。”然后补了一句，“文琪还好吧？”说话时，他脸上带着苦笑，仿佛想努力让远隔万里的对方看到。

“既然你今天打电话过来了，那就正好……正有一个不好的消息要告诉你。”文胜旗不知道出于什么原因，没有回答他想知道的人，而是转移话题道。

一听“不好的消息”，祁远盛心里就立即惊慌道：“文总您说，您说，我一定好好改正，保证让您满意。我们是对不住文琪小姐，没有照顾好她，她是被别有用心的人冤枉的，我们一定会给她一个交代给您一个交代……”

祁远盛失控地絮絮叨叨，说了一大堆文胜旗听不懂，也许连他自己也听不懂的话。

文胜旗为此长长地叹了一气道：“小老弟呀，这跟照顾不好没有关系，而是整个国际经济发展不行啊，全球产能过剩，我也是刚度完假回来听到汇报的，去库存是一场硬仗啊。”

釜底抽薪，来得正是要命的时候。祁远盛觉得头上像炸了一颗响雷。心想，这中国的房地产去库存，钢铁去库存，水泥去……你这电子产品去毛线呀，分明是给我穿小鞋报复我了吧。

“不是文总，你这订单逐月减少，我们这企业就没法生存了。这么多年我们全仰仗您的大单……”他用尽全部的力气作最后的努力说道。

“产品创新不够，卖不出去呀，我总不能把你的产品放在仓库里。你好好学学人家那做口袋妖怪的企业嘛，那样就可能人人在抓妖怪中……”

麻木心死地听完，祁远盛怏怏地放下电话。突然间有种弄得内裤都输掉的感觉。他快速地在心里算了一笔账，如果按照文胜旗说的订单逐月减少20%的话，到了年底他的远盛就与文氏没有贸易了。虽然集团还有一些国际上的订单，但那都是些小单，仅能维持成本。集团几千人要吃饭，要发工资啊。

想到这儿他急出一身冷汗来。

“都怪自己出了车祸！都怪自己……”祁远盛在病床上动不了，只能干着急，瞎琢磨。如果安晴不没事找事，也不会生出一堆事儿来。如果安雨处理事情圆滑点，说不定文琪不会走，就不会得罪文胜旗；我不在公司，集团的人指不定怎么传呢……

“我回来啦！”安雨一脸喜悦地来到祁远盛面前说，“太高兴了。”

祁远盛见妻子高兴的样子，一脸莫名地问：“中大奖了？什么事值得你这么高兴？”

安雨端起床头上的水杯喝了一口，才道：“你忘记了，今天我们去参加地块竞标了……你想什么呢？一脸人家欠你钱的样子。”

“哦。”祁远盛脸上开始放光问，“竞到了？”

“没呢！”

“那有什么值得高兴的。”祁远盛泄气道，脸色配合地一沉。

安雨于是把竞标前后的事情说了一遍。

“天底下有这样的好事？”祁远盛露出极度不相信的表情，仿佛想立刻从妻子身上挖掘出什么诡异的缘由来。

安雨瞪了他一眼，责怪道：“别疑神疑鬼的。我们就是一般的朋友。”

“一般朋友人家会送一块地给你呀？”说话的表情更加不可置信。

“什么叫送啊？你这人怎么……好了好了，不跟你说这事情了。好好养病吧，我还有很多事要办了。”

“怎么？这就急着要投桃报李去了？”

安雨一个回身，手里的包扬了下又忍住了。“过分了啊！”安雨一脸严肃地警告道。

祁远盛心里很不是滋味，觉得自己一个大男人居然要一个女人来拯救。他身不由己地喊道：“你别走！”声音中带着乞求。

安雨止步，脸色愠怒道：“你要干吗？别闹了好不好！”

“不是，告诉你一个不好的消息，文氏集团要逐月减少我们的订单。”

“不会吧，怎么会这样？”安雨有突然被踹了一脚的感觉。

祁远盛唏嘘道：“这都是……都是……算了，大不了关门再去打工。”说完把手里的书用力一丢。

安雨也开始难过起来。好在她今天遇到了柳正翰，不然集团怕是真要关门了。于是她安慰祁远盛：“没事，只要我们把房地产开发好，集团就会度过危机。你好好养病吧。”

“天下没有免费的午餐。”

安雨本不想反驳他的，但一下子忍不住道：“人生要学会随缘，才能活得潇洒自在。生活容不容易，关键看你怎么活。心态放平实点，随遇而安吧！”

祁远盛嘴动了一下，他有一肚子的火需要发泄。可是妻子腆着大肚子为公司忙为自己忙，自己又怎么能对她发脾气？

安雨明白此时丈夫的心里有多苦，转身又坐回他床边。她知道他在生自己的气，却又希望自己陪着。

安雨看着窗外出神，感觉有许多事不能再等了。思忖一番后，她义无反顾地走了出去。她觉得幸福的生活不是吵来的，更不是讨好来的，而是勇敢奋斗中而来。

而祁远盛这时候倒希望媳妇能力弱点，长得丑点，起码能守住家啊。

倒时差的文琪睡了一个长长的回笼觉，醒来后觉得自己已经饿得前胸贴后背了。于是匆忙把自己收拾了一下，到街上找了一家中式餐厅饱餐了一顿。她在思考着晚上怎么跟父亲汇报在中国的情况。

她不知道祁远盛现在到底怎么样了，她也无从得知。不错，她是喜欢祁远盛这样成熟的男人，喜欢他的醇厚和爽直，但这肯定不是爱，最多是比友情多一点。她更喜欢年轻有朝气，能与她玩到一起，疯到一起的男人。

“回来也不先打招呼，越来越没规矩了啊。”文胜旗一推开门见到她就责怪道。不过脸上明显是喜悦的表情。

文琪则故作懒洋洋地撇了父亲一眼，说：“不对吧老头，你都到夏威夷去度假了，还关心我呀。”

“你……这个臭丫头！”文胜旗低头踅摸了文琪几眼，问：“那你跟我说说，在中国干了哪些成功的事，又做了哪些不成功的事。”

直奔主题，文琪一下子沉默无语。本来不想说，却无法逃避。遂看着电视，毫无波澜地说：“什么都没有，一事无成。失望了吧。”

“不成倒是没什么。”说完他又突然想起什么，“不对呀丫头，你从我这儿拉了一帮人去招标，搞得轰轰烈烈的，不会是打了败仗吧？”

“别跟我说这个，说了我就来气。”文琪说着就打算回自己房间去。她不想在这件事上扯下去。

“喂喂，回来！话没说完就走，还有点规矩没有？是不是没脸往下说啊？”

“老头，咱们不讲君臣那一套啊，不能绝对服从。这可是民主国家。”文琪白了父亲一眼，又要走。

文胜旗一愣说：“呵，行啊，脾气见长啊！用我的人，花我的工资，还不谢谢你老爸。”

“不谢，又没成功。”文琪表情蔫蔫的。

“为什么没有成功啊？我听他们回来说你带着他们没日没夜的加班……”

文琪犹豫了一下，故意叹气道：“这依靠父母成事的人，往往成的是小事，犯下的是大事；那些靠自己成事的人，往往成的是大事，惹的是小事。我还是希望自己能够成就一点事，嘿嘿……”

“呵，失败就失败了，不要把事情怪在别人身上！”文胜旗幸福地责怪着，“找理由是没有出路的哦，这可不像我们文家人。”

文琪在犹豫中斟酌好词句，把这次招标中出现内奸的事一五一十地说了出来。

“还有这样的事啊？新鲜了，这不窝里斗嘛。小祁怎么搞的，几个人都弄不顺当。”文胜旗很是意外道。

见父亲责怪起来，文琪更加生气道："比这诡异离奇的事还多着呢，想想都气不打一处来。"

"啊？还有什么事。一起说出来听听吧。"于是，文琪便把白姗跟荆一东合伙说她演苦肉计的事说了出来，那神情要多委屈有多委屈。

"他们怎么能这样！我得找祁远盛那小子，这也太欺侮人了吧。"文胜旗暴跳如雷，拿起手机就要拨电话。

"算了，别打了，一提这事就心烦。"文琪飞快地从沙发站起来夺过手机。

"嗯，你这是？"文胜旗很是不解。这时，他忽然想起与祁远盛通电话时，祁远盛说的话。更认定了是他们合伙欺侮了自家的姑娘，因此生气得眉毛皱到了一起。

文琪见状连忙上前安慰道："没什么的，大人不记小人过。过去的事就让它过去算啦，本小姐大人大量，不跟一帮土鳖们计较了，伤了我的元气。"

文胜旗立即笑道："不错，有进步。长大了，我放心了。"

"本宝宝一直都很大气，那都是你老文传下的家风。"说完故意逗着他道，"小时候你经常抢我的巧克力吃，我都没跟你计较吧。"

文胜旗被逗乐了，走过去坐到文琪身边，觉得很幸福。不过只过了几秒钟，他脸一沉说道："不行，还得找祁远盛。他们怎么能这样侮辱老文家的人呢，帮忙还帮错了不成？"说完就从文琪手中夺手机。

"他这些天在国外飞来飞去的，估计不方便用手机。"

文胜旗脸一沉，道："谁说的？他今天还给我打手机来着。"

"啊！他能说话啊！"文琪从沙发弹跳起来。

"当然能说话啊，怎么啦？"文胜旗很是莫名。

文琪见父亲盯着自己，连忙说："我……我以为……"

文胜旗见她支吾，立刻觉得她一定有什么事瞒着自己，便开门见山地问道："老实说吧，到底有什么事瞒着我？怪不得一回来就没精打采的，我还在纳闷中呢。"

文琪于是怔了怔，说："我可以告诉你，但你先得告诉我，他在电话中说了什么？”

知道女儿在跟他玩以退为进的战术，因此略加思考，计上心来。说，祁远盛说她招标没全力做好，还在人家那儿惹了不少事，制造了许多矛盾等等，尤其是绯闻。

一听“绯闻”二字，文琪就惊叫道：“他活该，死了才好，都是他自己给惹出来的。”文胜旗只是一个故意的猜测，没想到直接猜出真相。他心里很不滋味，可这样的事他又不好发作，毕竟女儿大了。

“人家没死，活得好好的，你干吗要咒人家呢？”文胜旗知道女儿中计了。

“不会呀，我走的时候还去……”

到这时文胜旗基本判明出她在中国惹出什么事来了，便笑着说道：“告诉你吧，祁远盛没有说你，是我编的。人家还夸你非常优秀呢。”

“老文……你好坏！”文琪拖着长长音，发嗲说完，故意装着生气，就要往自己房间走。

“不许走，把你在中国发生的所有事情都说清楚吧。”文胜旗脸一沉，命令道。

文琪知道父亲的话意，也知道他的脾气。一般情况下，他都像一个慈父般温暖醇厚，知书达理，但要是敢在他面前玩忽悠那是绝对行不通的。

“想听绯闻是吧？好吧，把速效救心丸准备好，这可是您自己找上门的。”说着做出一副兜底儿的样子。

“你就说吧，我还没到要死的时候，能受得了。”文胜旗端起一杯宜兴著名茗鼎红茶说。

文琪看看头顶上的灯，再看看父亲说：“那我可真说了啊，你不许生气。”

“说吧，做都做了的，说说又无妨，这样才符合你风格呀。”

于是，文琪将她怎么跟安雨吵架，怎么在饭店导演的场面说了出来。

“胡闹！简直胡闹！”文胜旗狠狠地瞪了她一眼，就往书房走去。

文胜旗的反应令文琪很意外，本以为他要大发雷霆，没想到就这么吼了一声就没事了。因此她心有不甘地道：“老文你不骂了？”

“不骂了，祁远盛估计要恨死你。”

文琪一听，好奇地道：“为什么呀？他不是还活着好好的。”

“估计比死了还要难受。我告诉他订单减少了。”文胜旗一个转身说。

文琪一下子就明白了。“恨就恨吧，反正又不是我要减少他订单的。”

“说来轻松，可他一定会把事情联系到你的身上！”文胜旗淡淡地说。

“无所谓，我真的无所谓……”文琪唱了起来，心里的一块石头落地了。她觉得，这么多天来，第一次感到这么轻松，她终于不再愧疚了。

二

心思复杂了，人就不简单了；心里简单了，人也就纯净了。

白姗作了一天的思想斗争，终于妥协了——晚上献身于荆一东。想通之后，她突然不再纠结了。不就是豆大一点事嘛，光鲜的明星们今天这个男人，明天那个男人的，什么也没少，还一次次尝鲜；再说自己又不是黄花大姑娘，权当多谈了几场恋爱，试婚了几次罢了。

刚做好思想建设，白姗忽然想起荆一东那天关键时刻掉链子的事，心里有种说不出的讨厌。她其实挺后悔干的那件损人不利己的事，觉得这世间又是公平的——出来混，总是要还的！

真想远离喧嚣，抛却红尘纷扰，却又欲罢不能。在一天的斗争与妥协，妥协与斗争中，白姗总算熬到了下班，然后快速给荆一东发信息，接着掏出包里面的瓶瓶罐罐，在脸上涂抹起来。

精致的容颜加一双美腿，吸引了集团众人的视线。有嫉妒的，有艳羡的，美人的诱惑世间能有几人扛得住。白姗并不讨厌这些目光，而是呈现出一种“姐本来就是给你看”的得意样。

她把车开得飞快，不一会儿工夫，就来到了贡湖湾湿地公园边的好享来酒店。进房间后，她将身体扔到床上，摆成一个“大”字，发呆地看着屋顶。

她又后悔了！

不知不觉中白姗进入了梦乡，她梦见自己给荆一东做了一盘家乡的小鸡炖蘑菇，又摆上大葱蘸酱，然后跟他喝起酒来。当他们在谈了一番内奸的事后，荆一东的话题渐渐进入调情中的性学问题，荆一东对盘中的母鸡为什么没有专职的男人表示出了好奇。白姗笑着解释说，动物与人不同，他们的性伴侣很随意。譬如公鸡喜欢精神抖擞地展示它漂亮的鸡冠子来吸引母鸡的注意，然后无论在什么地方都可以临幸，多自由多幸福啊。

面对白姗的解释，荆一东的眼睛都红了，盯住她的胸脯说："你是不有点鸡胸啊？"说着就把手伸了过去，摸了摸。随即把她拦腰抱住，一张鲇鱼嘴就乱咬乱亲。白姗被亲得喘不过气来，就一脚踹了上去，荆一东"哎哟"一声，白姗从梦中醒来。

梦其实是心里的反应。白姗自以为男人都是一样的，只要把他们想象成自己喜欢的人，跟谁做都一样，不料却做了一个噩梦。

白姗随手拿起手机看了一下，脸上立时显现出愤怒加失望来。荆一东说下班时突然接到电话，他父亲下楼时摔了一跤，头破血流，正在医院抢救。所以抱歉今晚来不了了。

"白天不是说好的，怎么变了也不早告诉一下，害得我在宾馆白白等了半天，你这不是成心吗。"白姗很生气地回道。

一看信息，荆一东脑子里立即闪现出白姗躺在床上的身体，心想一顿盛筵落空了。"你定好房间了不早点告诉我，害得我现在难受。"荆一东也生气地回道。

"那你现在过来！"

荆一东过了会儿回信道："改日！"

老流氓！白姗心说。爬起来掩面走出宾馆，眼睛里逐渐泛起泪光，为自己不值。

往事纷纷扰扰的，像漂浮在空中的尘埃将她包裹起来。她百无聊赖地走着，看着街上行人匆匆，朋友相携，唯独自己孤零零的，心中无比的凄凉。忽然，在红灯笼大排档前面，一对熟悉的身影进入她的眼帘，是王凯和叶佩佩。

看着他们亲密无间的样子，白姗一个晃神台阶上踩空了，随着“哎哟”一声，一个趔趄差点摔倒。王凯和女友叶佩佩听到声音同时看过来，白姗摸着崴了的脚看着他们。她多么希望王凯能上前问候一声啊。结果令她很失望，他们在对视了一眼后，继续低头自顾自地吃了起来。

“好你个王凯，这么无情无义！”白姗一瘸一拐地走着，心里凉透了。“哼，你若无情，休怪我无义。”

到医院简单地处理了一下伤处，白姗伤心地回到家里。王凯冷漠的眼神再次浮现在她的眼前，她拿起手机给王凯发了一条信息：“王凯，你忘得也太快了吧？还记得我们在四季青宾馆的一夜吗？我是那么终身难忘。”

没有回音。

白姗像写小说一样，一条一条地编发他们在一起时的情景。随着手机一条接一条信息的响起，叶佩佩好奇地问道：“来了信息你怎么不看呢？”

王凯讪讪一笑说：“都是些垃圾信息，不是加我看 A 片的就是发红包的，我今天生日。”

叶佩佩将信将疑，但也没有问下去。

见王凯不回信息，白姗的愤怒升级，开始打电话。哼，不理我，我也让你不得安生。

电话声音响起，王凯顿时紧张起来。“谁的电话啊？你怎么不接啊？”叶佩佩伸手就要去拿手机。

“移动客服。怎么老盯着我手机不放？”王凯抢先一步拿起手机，以攻为守地责怪道。

“干吗，有什么见不得人的。”叶佩佩知道，男人越是这么说，越是有着不可告人的秘密。

她曾在网上看过一则消息，说一位妻子不小心打开了丈夫的电脑，点开云储存，居然发现丈夫在虚拟世界里结婚生子，小日子过得有模有样。于是一气之下把电脑砸了。可是这并没有解决问题，丈夫还有手机，依然可以在云端过着不为人知的小日子。

“你怎么就不相信我对你的忠诚呢？”王凯故意把手机递给她说，“你接。”

“没兴趣，”叶佩佩有些失望道，“人家不是说了，这过去吧不离不弃叫夫妻，现如今吧不离不弃叫手机！”转而又严厉警告道：“结婚后我要经常检查手机。”

王凯一愣后说：“不会吧？你这样不是让我一点隐私都没有了。”

叶佩佩狠狠地瞪了他一眼道：“当然没有，加密码更不行。手机加密码的人，往往防的都是身边人。”

王凯只好叹了一口气，无限愁苦地在心里想象着婚后的生活。正在这时，叶佩佩突然叫道：“不对呀，你手机号是联通的呀。”

一语中的。王凯想死的心都有了。

第二天一上班，王凯的办公桌上就放着一份芝士蛋糕外加一杯咖啡。

咖啡一词源自埃塞俄比亚的一个名叫卡法kaffa的小镇，在希腊语中“Kaweh”的意思是“力量与热情”。肯定是白姗。因为之前她跟王凯说过这咖啡的意义并让王凯尝到了甜蜜的滋味。就像那首歌所唱：“我的计谋只有你懂。”

“这是谁送的？”王凯故意加大声地问道，那表情只有帅哥自豪时才有的得意。不过他的眼神中又带上些担忧。

办公室女孩们哈哈一笑，齐声说道：“那可是白总满满的爱心早餐哦。”

“我的天，这是……不可能，怎么可能呀。”王凯虽然嘴上说不可能，心里却犯了嘀咕。

“幸福吧王凯，白总可是特意提醒你要好好享受哦！”女孩儿的尾音拉长，意味深远，成人都懂的。

王凯像一下子明白了，连忙掩饰道：“她还真是关心下属啊。呵呵……”

“谁说不是呢，可是她只关心你呢！”女孩们又开始起哄道，“为什么呢？

为什么呢？”

远远就听到办公室的笑闹声，叶佩佩一进门就问道：“什么喜事让你们这么开心？”平时板着脸的她，今天衣服穿的少点，口红描了点，眼线画了点，整出个狐狸精样。

大家立即停止住笑声，怜悯地看着她，气氛陷入一种紧张的沉默中。她环视一圈后，发现了新情况。

看到王凯桌上的好东西。“你给我买的呀”，随后笑着咬了一口，说，“真香！谢谢哦。”说着叶佩佩还不忘炫耀地扫了一眼四周。

此时王凯的脸又红又青，比猪肝还难看。

“好吃吧，佩佩，那可是我的爱心早餐哦。”随着一声柔媚的声音传来，白姗不知什么时候走了进来。

叶佩佩一口蛋糕卡在嗓子眼儿，咽下去不是，吐出来也不是，转身向卫生间跑去。

“你这是……”王凯不知道说什么。

“蛋糕好好吃的，可惜了……”白姗没搭理王凯，挥手转身离去。大家辛苦地咬着嘴唇忍着笑。

三

“你什么意思啊？”白姗回到她的办公室后，立即收到了王凯的信息。

女人的心眼比男人多一窍。白姗采用王凯的做法，坚决不回答！以牙还牙，简单易学。如此一来，王凯心里就更没底了。就像两位武林高手对峙，要时刻提防着，否则一个不小心就会一刀毙命。

对峙一番后，王凯开始打电话。白姗依然不理睬，并将来电显示设定为王八蛋。

沉默的盛筵很饕餮。

杵在办公室的窗口，王凯虚眯着眼睛看着远方，却是在气急败坏，身上每个细胞仿佛都像蚂蚁在爬。

“我生性不是个主动的人，如果你不来找我，那我就会自动理解成我们就这样了。”王凯下了最后通牒。他的想法很天真，以为女人都吃这一套。

就算哄三岁小孩你也得拿俩糖吧。白姗在心里说。

王凯的麻烦还没结束，很快王凯就收到了女友叶佩佩的信息，质问他跟白姗的关系，为什么会大清早突然给他送早餐等等。

懊丧，好不懊丧！王凯连忙回信息说那是白姗的恶作剧。肯定因为昨天晚上她崴脚时我们视而不见，她生气了。

这样解释，叶佩佩是一千个不相信，不过瞬间她又顿悟。“你们之前肯定有什么事儿，否则人家不会这样，最多在心里骂你见死不救，不会这样明目张胆地示威、挑衅？”

看来再想忽悠已经不可能了。王凯思考了一下，只好坦白道：“她之前是喜欢我，但我不喜欢她。但那都是过去的事，我和她不可能再有什么关系。再说现在有你，我只爱你一个。”

全是此地无银三百两的话，情话，颠三倒四的话，大有泪尽泣血的意思。

“好，信你一次。如果下次再发现你跟白姗有什么瓜葛，咱们就一刀两断。”叶佩佩将信将疑地回信说。

王凯带着后悔答：“保证心无旁骛，不会再有二心的。”这样的承诺，王凯自己都觉得好笑，就像许多恋爱中的女孩让男友写保证书一样，最终还是一地鸡毛。

暂时搞定了女友，他心里舒坦多了。

白姗正在一个适当的半径中逡巡和窃听着，此时故意一个闪身，被上厕所的王凯发现了。王凯不想再跟她有什么瓜葛，装作没看见她，继续往前走。

白姗见王凯目中无人，她也来气了，于是信息走起。

“你到底想干吗！”王凯终于无法沉默地问道。

“别弃如敝屣嘛，就是想你了，再给个机会吧，晚上我请你吃饭。”白姗故意挑逗地说，意味深长。她相信他懂得的。

王凯说："不可能！我有女朋友了。"要是以前他一定会用"改日"两个字来回绝。

"呵呵，革命同志个个有老婆，一个两个不算多。我都不介意，你干吗要亏待自己呢？"信息上还带个鬼脸的图像，有点诲人不倦的意思。

他知道这女人荷尔蒙严重失调了。"好自为之吧！你再这样我们连朋友都做不了了。"王凯生气道。

白姗："你昨天的表现像朋友吗？人家一日夫妻还百日恩呢。用着我就爬上来，用完连个脸都不给，你以为你是找小姐呀！"

无地自容。这时王凯才知道，上床容易下床难！不如泡妞，能够做尽现实生活中一切不能的事。

王凯："昨天的事我道歉！因为有叶佩佩在。"

白姗："可以原谅你，但你必须答应我一个条件，否则……"

威胁！不露声色的威胁就如怒马驰骋，人未动，魂已飞。王凯彻底明白了一句话，"人生的道路很漫长，最关键的却只有几步"。是啊，关键的步子自己走错了。

王凯："只要不是那什么，可以考虑。"

白姗："可我现在就需要那什么！你若答应了，前面所有的事一笔勾销。否则，你知道的。"

王凯："不行，绝对不行。"人生不能踏进同一条河流。

白姗："太绝对了吧？这世界上从未有人敢说这么绝对的话，你会后悔的。"

威胁有时候就像一只在眼前飞舞的蚊子，不叮人，却让人的心不得安宁，精神错乱。王凯这时真正意识到这世界上让人最刻骨铭心的不是爱情，而是你不爱的人总在缠着你。

他的思想在反复斗争着，他和白姗一起设了一个小金库，虽然他在其中是被动的，可是拿了钱就是同案犯了。再加上他们两人之间的关系，一切都变得更加复杂了。

把简单的问题复杂化是愚笨的；而把复杂的事情简单化是聪慧的。话是这么说，但谁也做不到。

“安总，有空吗？跟您汇报一下招标内奸查处的情况。”人事部长荆一东敲开安雨办公室说道。

安雨一愣，才想起她交代的事情。天天忙着房地产开发，亲自跑去跟柳总签协议，亲自参与融资，亲自安排人设计图纸等等，可谓焦头烂额。加上她认为这事也不可能查出个子丑寅卯来，也就没怎么放在心上。这是她才意识到，当领导有多么不容易。

“哦，查出结果了吗？”安雨头也没抬地问。

荆一东面带难色道：“经过认真排查，还真是个无头案，主要是我们的对手太狡猾了。”说完他停顿了一下，说他请来了公安所属单位的蓝盾公司，对所有嫌疑人的电脑进行了突击、地毯式技术侦察，没有发现蛛丝马迹……

听话听音。“你辛苦了，我知道了。”安雨呵呵一笑，那笑里分明有冷冽的意思，很像一缕深秋里跳溅的溪水。意思你可以走了，这事我早就知道结果了。

谁知荆一东不知道是中了什么邪，居然又补充道：“这事也许的确跟文琪有一定关系，下面人都在议论……”

安雨的脸几乎在一瞬间就乌云密布，抬头瞪着荆一东，吓得荆一东不敢再说下去。这是他第一次领略到安雨的恐怖。大家都知道是白姗干的，但就是没有证据。

半晌，安雨把手里的笔往桌上一丢，心想，这祁远盛用的都是什么人啊？这种智商的人放在人事部门，不是添乱就是乱来。她决定忙完这一阵，一定要全面整顿一下。

白姗热情似火，表现出压抑许久的热情。王凯则心不在焉，尽管他来时已经有心理准备。

在急剧的喘息声里，王凯乞求道："我受不了了。看在过往的份上，你饶了我吧。"说完又补充道，"这样下去对不起我女朋友。"

白姗调戏道，"这样不好吗？我又没不允许你交女朋友。我们还像过去一样，好吧。"说着把嘴凑到他脸上亲着。

"不行，不行，今天我们必须了断。"

白姗听到自己心碎的声音，虽然她不确定自己是不是爱这个男人，但是这个男人要抛弃她却是事实。没错，是她先把他拉下河的不错，却是他把她一个人留在河里的，什么人品。

"那不行！这事不能你一个人说了算！"白姗继续纠缠道。

王凯愤怒加求饶道："你到底要怎样？你这样做是自贱！你对得起你自己吗？"

白姗美丽的眼睛在咫尺之间，顿时融化为两汪几欲流淌的水。她好像想说什么，但又没说出来。于是王凯心又软了。

白姗的手在王凯敏感部位上移动起来，王凯隐忍着将她抱了起来放到床上，而且在故意放的一瞬间用力扔了下去，白姗"啊"了一声在床上的席梦思上抖了抖，那样子十分滑稽。

他们相互撕扯着对方的衣服，似干涸的河床等待洪水到来。她随着他的节奏摆动着身体并发出呻吟声。这熟悉的叫声依然令他不能自拔，于是他狠狠地发起了冲锋……爱恨交错，就在这一刻得到诠释。

雨过天晴。

王凯觉得总算是解脱了。他对眼前的这个女人可以说是爱恨交加。她就像一只完美的苍蝇，看起来讨厌，但不恶心。

"咱们从此两不相欠了！以后不要再联系了。"王凯走出她的家门前重复地说。

白姗也不生气，却是甜蜜地一笑，嗔道："别这么扫兴好不好？我又不打算跟你结婚。"

"不可能！不可能！"王凯落荒而逃地说。

白姗又是甜蜜一笑。“哼！决定两个人在一起我说了算，不在一起还得我说了算。”

安雨忙了一阵后，突然想起好久没有打开邮箱了。当她打开看时，文琪的邮件瞬间进入她的眼帘。安雨很惊讶。

看完这封别样的邮件，动画片中忏悔妹妹的形象立即让安雨明白了文琪的全部用心。

这幅图像来自动漫《神薙》。讲述了平凡型主人公御厨仁的故事。小时候御厨仁在神社里捕捉昆虫时，少女忽然出现，对他温柔一笑随即又消失，这个场景给他留下了非常深的印象。以致许多年后，由于规划等原因，需要将神树砍掉，御厨仁就取了神树的一部分做了一个等身大的巫女木雕。木雕自然破开出现了一位挑剔的大小姐自称为产土神，并与神木“薙”同名。由于失去了神木的保护，诸多魑魅魍魉亦降临人间，薙便以除魔为借口开始缠着仁。

于是两人开始了同居生活。这个“神”之少女根本没有一点神的样子，不但任性、懒惰，还经常发大小姐脾气；同时她又善良而且温柔、活泼可爱。她给仁惹了许多麻烦，真是诸多矛盾的统一体……

《神薙》没有语言的表达，却超越了语言的含义，真真切切，扣人心弦。

这个故事令安雨心里很不是滋味，尤其当她想起文琪发怒时那孤单无力的画面，眼里就盈出歉疚的泪光。

为人处世，不易！安雨决定以同样的方式诚恳地给文琪回一封信。可当她拿起铅笔时，又想起自己是不擅长绘画的。一番思索后，她最后还是写了一封信给文琪。她写道：

文琪：见信问好。

邮件刚刚才看到，先对你表达我诚挚的歉意。在“歉意”两字打出的刹那，我顿时满盈泪水。关于之前的误会经过调查了解，是大家误解您了……

表达了对文琪的深深歉意后，安雨又将远盛集团目前面临的困难实事求是地跟她说了一番。意思很明确：希望文琪抛弃以前的误会，不要因此断了与集团的贸易往来……写到此处，安雨觉得应该告诉她丈夫祁远盛的现状。可是思来想去，觉得不解释就是最好的解释。她相信，这封信一定能把文琪残存的怨恨消除。

第十五章　站起来

一

风吹进安雨的后颈，在轻轻打了一个寒战后她在颓败与疲惫里又鼓起了精神。

丈夫住院要用钱，婆婆住院要用钱，地产项目建设要用钱，集团员工发薪要用钱……钱钱钱，她现在满脑子都是钱。

都说钱能搞定的事都不是事，最后发现自己没有钱才是事。

“安总，外面有几名警察同志找您。”白姗推门进来小心谨慎地说道。

听说公安来找，安雨心里一个咯噔，她条件反射般紧张地反问：“警察来干吗呀？”

白姗一脸探寻地说：“具体情况不清楚。”

安雨快速思考着，她不知道哪个地方又出了问题。“那请他们进来吧。能是什么事呢？”安雨自言自语道。

见两名警察同志进来，安雨收拾了一下烦躁的情绪，笑吟吟地迎上去握手。

警察一进门便说：“安女士吧？我们是来跟你通报情况的，你丈夫的车祸案告破了。”说着递给她一份材料。

“警察同志辛苦了！谢谢谢谢。”安雨这才恍然大悟，连说了好几个谢谢。

一名警察说：“安女士，根据我们连续多天的侦查，现在你丈夫的车祸案可以结案了。”

安雨连忙问：“是怎么发生的交通事故？谁的责任？”这是她一直想知道的。而且也是这么多天来，她藏在心中的一个巨大疑团。

“经过嫌疑人的供述，那天因为下雨路黑，你丈夫在穿过马路时，与疾驰而来的小轿车擦撞……”

释然了，终于释然了。送走了交警，安雨心情好了很多，便收拾了一下去了医院。

“远盛，刚才警察来找我了。”安雨推开病房的门就欣喜地道。

祁远盛闻言很紧张地反问：“警察？警察找你干吗？你怎么了。”紧张得一副生怕妻子惹上什么官司的样子。

“我能有什么事呀，是关于你的事啊。”安雨看着丈夫小心谨慎地回答。

“我……有什么事？”说完他才想起自己还在医院里，肯定和自己被撞有关。于是他怏怏地问，“那警察怎么说的？”

见丈夫一脸无辜的样子，安雨很是生气，脸一沉质问道：“怎么回事，你自己不知道呀？难道喝酒了就能忘记一切？”

祁远盛挠挠头，眼神躲闪着。喝酒断片的事儿，安雨永远不能理解，更不能理解男人在喝醉后什么都干得出来的事。

“警察说肇事人找到了。”安雨说。

祁远盛则一脸懵然。安雨真不知道他是难为情还是确实记不起来了。“抓住就好。”祁远盛又悻悻然，“这样的人就得好好处罚，让他们喝了酒还开车……”

看着丈夫一脸孩子气的义愤填膺，“你怎么不说自己也有责任呢？自己也喝酒了呀！怎么不检讨自己呢？”安雨有些哭笑不得地打断道。

醍醐灌顶，他醒了。祁远盛一愣争辩道：“我喝酒了可我没有开车呀，是他撞的我呀，我喝酒不关他的事吧？”

强词夺理，安雨觉得有点不可理喻。“可你没有遵守交通规则，横穿马路了呀。要是不喝酒不那么晚外出你就不会做出这样的事啊。”这是安雨第一次忍无可忍。

面对妻子的责怪，祁远盛生气道：“你……你这是帮谁说话呀！”

“出了事要学会举一反三，要学会换位思考，不要把全部责任推给别人是吧？”安雨提醒道。

祁远盛无语中，幽怨地瞟了妻子一眼。你说你那么玲珑剔透的干吗？

“荀子曰：‘自知者不怨人，知命者不怨天；怨人者穷，怨天者无志。’”安雨继续帮他强化记忆。

“你文化高，我说不过你，行了吧？”祁远盛说两手一摊，作出无奈的样子。

对此，安雨争辩道：“不行，今天你必须好好反省一下。对了，还有一件事要告诉你，你得有心理准备。”安雨看到他心情不错又加了一句道。

祁远盛一脸沉着道：“放心，经过生死的人，还能怕什么。说吧。”

于是安雨故意制造悬念道：“不过在告诉你之前，你得保持纯洁的心态以及高尚的情操，不能往歪处想，可以吗？”

“说！”

“你妈病重住院了。”

“啊！什么？”祁远盛立即急出一头汗来。

见此，安雨把那天晚上去他家的事说了一遍。

“你怎么那么傻啊，夜黑风高的，你肚子里又怀着孩子，你说要是万一……”祁远盛心疼得不得了，又把妻子全身上下地打量了一番……

“你怎么不关心你妈呢，真是娶了媳妇忘了娘！”安雨甜蜜地嗔道。

祁远盛才醒过神来说：“哦，对了，我妈现在怎么样了？”

瞬间，安雨捂住肚子“咯咯”地笑了起来。好久了，她似乎都快忘记怎么笑了。

“有那么好笑？”

安雨止住笑说：“妈妈没事了，就住这个医院。”

祁远盛：“你……你怎么不早点说呀？”

安雨:“你这样……我怎么说？她知道你这样又会怎么样。过过脑子吧！”一副恨铁不成钢的表情。

祁远盛叹了一口气，挣扎了一下说：“都怪我，给你们都……都添了这么多麻烦是吧？”

“过去的事咱们翻篇，有个事得跟你商量一下。”安雨说着又纠正道，“不，得跟你们俩商量一下。我想把你和妈安排住在一起，你看行吗？”

一听要跟妈妈住在一起，祁远盛连忙说：“当然好呀，这样你们照顾起来方便些，我还可以跟我妈说说话……”

见丈夫像孩子般的激动，安雨犹豫了一下道：“不过，妈现在还不知道你受伤，要是知道了会不会……”

“你这样……就说我摔了一跤。”祁远盛想了一下，找了一个自认为很充分的理由。安雨笑了笑，算作认可。

不一会儿，带着笑意和爱怜的妈妈，被护士推了进来。她一双慈爱的眼睛依旧。

“妈，你怎么样了？”祁远盛看到母亲的一刹那又孩子般的哭了，而且哭得很伤心。

“儿子，你……你这是怎么了？别哭，妈不是好好的。”说着老太太就用手够着抚摸他的脸，就像丢失的孩子失而复得。

安雨悄悄地退出病房，把空间留给了丈夫和婆婆。

母子俩像所有亲人长久分离后再相见时一样，相互问候，相互抚摸，然后相拥喜极而泣。安雨想，如果有一天自己和孩子以这样的方式相见，会不会也是这种情境。想到这儿，她眼里就有些涩涩的。

安雨在外面转了一圈回来，刚到门口就听到了这样的对话。

“儿子，安雨可是个好媳妇，你可要好好对她啊，没有她这次你就见不到你妈了。”

“是呀是呀妈，我保证对她好，您放心！”

“不许惹她生气啊，不许在外面花天酒地，不许像那些老板一样在外面……在外面招蜂惹蝶，不像人样的。否则妈跟你没完。”

“妈，这个你放心，你儿子什么样你还不了解吗？”

听到这里，安雨很是有些感动。人心都是肉长的，婆婆如此待我，我以后也要更加的孝敬她老人家。

安雨微笑着推门进来，并打趣道：“妈，你说我跟远盛到底谁最好？”

“当然你最好！”老太太说完又补充道，“他也不错。你们都是孝顺的孩子。”

“不是吧，他是您儿子，我可是外人呀。”

“到一口锅里吃饭就是一家人，都一样亲，一样亲。”说完老太太爱怜地看着她。

安雨舒心地笑了。

二

“老天是公平的，给你多大的享受，将来就会给你多大的难受。”王凯终于明白爸爸十年前说过的话了。

男：“无爱的两个人，强行在一起，谁都不好过。”

女：“谁说没爱？我爱你！”

男：“我不爱你啊！”

女：“来我家，我下面给你吃！”

男：“不！”

女：“我要！”

王凯本以为上次以一种爱恨情仇的方式与白姗了断了，殊不知他那样做却让白姗重新燃起了希望。为此当王凯再次收到白姗这样的信息后，他几乎真的要疯了。不，几乎是崩溃！

“不要！不要！不可能要！不可能要！”王凯连续发了三遍。

白姗知道他这次是来真的，便威胁道：“别说得那么绝对！你等着瞧吧！”

再次祭出老办法，王凯不再理她。生活套路深，谁也别当真，看你把我怎么办！

然而，当他下班回到租住地后，他发现自己的衣物、行李箱之类的东西像垃圾一样，堆在门外。物品上还留下一张纸条。“你没车没房，还想哄着人和你上床，还是先定一个小目标吧！”

于是他疯狂地敲门，疯狂地打叶佩佩的电话，可是没人理他。他又疯狂地打电话给白姗。

电话一通，白姗清脆的声音还是那么温暖。“来吧，我这充满温情和水，欢迎你随时到来。”还没等他骂人的话说出口，对方已经挂上电话。

王凯恨啊，像一头发疯的公牛，在小区里气得团团转。死女人，臭女人，把他玩弄于股掌之上。哼，你等着。

爱的仇恨，从来都是这么兵不见血刃。白姗见王凯不回她的短信，一气之下便找到叶佩佩，将她们的曾经和最近在一起的事情全告诉了她。

叶佩佩呆愣在那里，不过她一句话没说，转身走了。

但是从叶佩佩的神情中，白姗读出了隐忍和诀绝的味道。不语胜过所有的行动。白姗心里乐了，太高兴了。她觉得这样做简直是一箭双雕，令王凯求生不得，求死不能。报复来自心里的仇恨。白姗觉得，那些长得帅又有钱的，左拥右抱也就算了。可一个穷光蛋没钱没才华还要玩女人，玩完了还和别人去出双入对，凭什么？得不到，就得毁掉！

气极败坏的王凯急匆匆地向仁德医院跑去。一进医院的大门，正遇到安雨往外走。

“安总，好，我找你有事汇报。”王凯急道。

安雨见王凯气呼呼的，好奇地道：“你这是怎么了？”

王凯没有犹豫，像许多受到伤害的人一样，将白姗是内奸的事说了出来。

看到安雨有些不相信后，他情急之下，又将手机里他与白姗的对话放了出来。

一个伪善的所谓正义，却不知是赤裸和无耻。不过王凯已经管不了那么多了。他觉得只有撕开白姗的面纱，把窗户纸捅破才能让她收手。可是他没意识到，这样的孤注一掷，只能是伤敌一千，自损八百。

安雨听了，脑子里顿时出现了千百个电视中的谍战片、商战片，当然还有宫斗片的画面。

思忖片刻，安雨脸色阴沉地说：“你电话给人事部长荆一东，你们一起到我办公室来。”

王凯“啊”了一声，却不动。

“怎么了？”安雨好奇中问。

“他……他们是一伙的。”

“我知道！”说完自己打电话给荆一东。这令王凯非常意外。这个看似柔弱的女人，其实内心很强大，也很聪明。集团发生的事居然已经全部在她的掌控中，真是令人钦佩。

此时，荆一东正在与白姗对酒当歌。白姗婀娜多姿地笑着，讨好地与他碰着杯。荆一东觉得这女人就是斩千夫的主，也许男人在她面前都会把持不住。

电话是那么不合时宜地响起来，荆一东一看是安雨电话，再一听说有急事，瞬间就失望起来。好事又泡汤了，怎么自己的运气就这么背呢？

“荆部长，内奸的事已经查清楚了。”安雨开门见山地看着荆一东的眼睛说。

荆一东一个趔趄，差点闪着腰问：“啊，什么情况？我怎么不……不知道啊。”

安雨没再说话，只是淡定地把王凯手机打开了。

“不会吧，不会吧，怎么会这样，这录音从哪儿来的？这录音从哪儿来的？”荆一东不大相信地问。

“王凯，你进来吧。”

荆一东顿时明白了一切。他怎么也没想到王凯会来了个无间道。把他自己与白姗的对话全部录了下来，这家伙太有心计了。刚才还信心满满地跟白姗打包票说这事他已经摆平了，没想到突然给他来了个措手不及。

再想想自己前几天帮白姗说过的好话，心里顿时苦涩极了。好在录音不是他和白姗的，否则他这下就彻底完蛋了。为此，他定了定神，决定丢卒保车：“安总，这事一定要严肃处理！”

见荆一东角色转换的很快，安雨平静地问道：“你作为人事部长说说应该怎么处理？”

荆一东念头一闪，极聪明地打着太极说道：“一切听您的。”

“你就不想说说你的意见？我倒是想听听。”球又被还了回来，而且他还必须把这球接好。

荆一东哭丧着摆摆手，说：“我……我一切听您的。”

官薪不配，拿着钱不干事还挑事，这是安雨不能接受的，顿时一股厌恶涌上心头。不过她还是给他保留了几分面子说：“人事部长不管事，是不是有点缺位了？现在知道冤枉人家了吧！”

荆一东脸一红，说：“是是是，都怪我当时调查不力，听信一些人的谗言。”谁知这一急，把自己拖进了陷阱中。

“听了谁的谗言？”安雨跟踪追击地问，“说说吧！”

荆一东顿时傻了，脸色涨红到脖子根，他知道自己彻底完了。

安雨觉得这种人没救了，思索了一下说道：“从明天开始，你、白姗，还有王凯都不要来上班了。”

“开除？”

“对！”

王凯一听他被炒了，上吊的心都有了，连忙辩解道：“安总，我可是有功之人，不能把我也炒了啊。”

怒其不争，安雨淡淡地说：“如果不是因为白姗对你死缠乱打，你会举报她吗？脚上的泡都是自己走的。作为企业的一名高级职员，为什么知情不早报？你不要学有些人逮住尾巴才想起主动交代，晚了，你们走吧。”

安雨用她柔软的性格，第一次实施了快刀斩乱麻！

“用人失察！严重地用人失察！”安雨后悔了，不过她是替丈夫后悔。这些人就是企业中的蛀虫，必须清除！文琪，对不起了，冤枉了你。

安雨觉得这人心太复杂了，以致把自己都弄复杂了。劳心啊！

“噔、噔、噔……”脚步声由远及近，像一首铿锵的音符。

“安晴，你怎么来了？”安雨睁开眼睛，惊奇地问道。

安晴撇撇嘴，丢下包包，把自己扔到沙发上说：“去了医院，姐夫说你刚走，叫我赶紧来陪你，防止‘大熊猫’有半点闪失……”说着摊摊手，表示一切服从指挥的样子。

“他真这么说的？”

安晴嘿嘿一笑，说：“你老妹什么时候说过假话？别用这种眼神看着我。”不过一出口就后悔了，于是她赶紧转移话题道，“姐，刚才上楼时看到一个帅哥，那人是谁呀？帅呆了。”

对于妹妹神经大条的事，安雨从来没有上过心，因此她一愣好奇地问：“帅哥？”

安晴把王凯描述了一番。

“还帅哥？就是一鬼，刚才被我开除了。”

“别呀姐，那可是我喜欢的类型，让我收留吧。”安晴一脸垂涎欲滴的样子。于是安雨生气地把王凯跟白姗的事说了出来。

“可惜了，太可惜了，”安晴很是疑惑地说，“间谍也不带长这么帅的，太喜欢了。”

“出来混总是要还的！这样的人你还要吗？”

安晴赶紧摇摇头说：“不要。”

安雨摇摇头警告说：“不要帅哥了吧。告诉你安晴，这帅哥吧，不是花心就被花，他们的后面常常被各种觊觎的女人包围着……”

“不对吧，我姐夫……”

“别提他，他的账以后再算。不用提醒我，我记着呢。你忘记我是学什么的吧。”说完她又补充道，“坏账待摊不是那么容易的！”

“你这是要搞清算呀，姐。”

“这不叫清算，这叫正风肃纪。正家风，除恶扬善。”安雨加重语气说。

“厉害，厉害，老妹终于见到老虎发威了。还好我没老，腿脚跑得快。”

“告诉你安晴，我就像人们常说的那种人，一般不发威，发起威来就不一般。我是财会出身，算账可是我的强项。”说到这儿她顿了顿：“当边际支出大于成本时，那我就当仁不让……你懂得的。”脸色阴沉，透出狠劲。

“别生气，别生气，当心伤到我外甥。”安晴说着做出要抚摸她小腹的样子。

安雨苦涩一笑，说：“我才不跟这些无品人生气。我生气的是这帮人把我当成娱乐场了。”说完一伸手，一伸手搭在安晴的肩膀上。

安晴顺势就像搀扶老佛爷一样，说：“走吧，回家吧，累死我了。对了，姐还有一件事想跟你商量。”

“什么事？”安雨眼睛瞪得老大。

安晴说她历尽千辛万苦，好不容易制作了一部揭露食品加工小作坊的片子。结果不知怎么被当事人知道了，把有关方面的头儿给买通了，硬是不让她播。她觉得太没意思了，想辞职……

“辞职好呀，正好来帮帮我。”

安晴阴郁的眼睛立刻明亮起来，不过还是不太相信地问：“不会吧，你说的是真的？”

“当然真的呀，我这儿正缺人。你就当我的助理吧，负责房地产的督导，咱们也来个打虎亲兄弟，上阵亲姐妹……”

安晴突然间给安雨来了个拥抱，还兴冲冲地凑上去要吻她，被安雨推着嗔道：“疯了不是。”安晴耸了耸鼻子自言自语地说：“可我有些舍不得呀，就这样放弃了自己喜欢的事业。”

“舍不得就继续呀，不过你得转变自己的立场，否则你还是会很痛苦还是会……”安雨惋惜地说。

安晴觉得姐姐的话有理，在新闻舆论的战场上，很多时候自己不一定能表达良知的，要学会委屈、变通，还有……就拿这次采访来说吧，完全是一场为人民群众食品安全的保卫战，最后却变成制造食品危害的保全战。

“好吧，我还是听从内心。生活不止是苟且，还有诗和远方，决定跟你干定了。”

可是，安雨还是不相信地点点头。觉得这个妹妹总是不按常理出牌，而且还经常打错牌。

站在烦恼中仰望幸福，幸福已被你踩在脚下。站在行动中仰望幸福，幸福随时会来。

“咚咚咚。”第二天上班，柳正翰就敲响了安雨办公室的房门。

“柳总，您怎么来了？”安雨很惊喜，连忙给他沏茶。

“不用，不用，小安，今天我是来跟你道歉的。”

一听道歉，安雨就感觉有些不妙。难道融资的事吹了？于是勉强稳住心神说：“您快别这样说，没事的，大家都有难处……”

“给你们家造成了伤害，对不起！请您一定要原谅那孩子……”柳正翰沉浸在兀自忏悔中。

安雨眨着眼，在揣度他话中的含义，却又听不出与自己有关。在懵懵中，她问道：“您说的什么呀，柳总？”

见安雨不明就里，柳正翰犹豫了一下，讪讪地苦笑着，把儿子酒后驾车的事难过地说了出来。

意外，太意外了，巧合，太巧合了。安雨一下子懵在那儿，觉得太不可思议了。半天反应过来问道："你是说那……那车祸是你家儿子……"

"是的，那天你打电话过来正好警察找上门，所以挂断了你的电话……"

安雨这才明白，撞了丈夫祁远盛的居然是柳正翰的儿子，这也太诡异了！可是……"那您今天来想让我怎么做？"

沉默了片刻，柳正翰说："按照国家的交通相关法律，只要不是酒驾是可以免予起诉的。希望你能给他一个机会……"

可怜天下父母心。面对柳正翰一脸的真诚，安雨笑着说："柳总，我丈夫现在已经脱离危险了，您又给予我们这么大的帮助。这件事，我们尽量降低影响，给孩子一个改过自新的机会。您看，这样行吗？"

安雨想着自己马上就要做母亲了，权当给孩子积德吧！

生活总是令人措手不及，就如她从没想过要像一个男人那样去面对商战。

三

太阳出来了月亮落下去了，月亮出来了太阳又落下去了。乌山觉得商场如战场，总有一方失败又总有一方会有胜利之时。

乌山满脸喜悦地冲进安雨办公室，喜滋滋地说："安总，告诉您一个好消息？"

安雨一愣问："什么好消息呀？"

"真是积善之家，心有余庆。今天认酬中，我们的房地产项目从大通路都排到立信路，那场面真是壮观宏大。我工作这么久，还没有见过这样的场面呢……"

"啊！有这样的好事？"

"必须啊！"

据乌山说，自从购房者知道他们的房地产公司，力争在锡都打造平民安乐窝的消息后，老百姓几乎是奔走相告。又听说是远盛集团的下属公司后，觉得这家公司一定会像远盛集团一样是诚信企业，对老百姓不离不弃，所以纷纷来购房……

“太好了！”此时安雨才觉得丈夫祁远盛的决策是正确的。将心比心，你对老百姓诚心诚意，他们就对你真心真意。因为他们把投桃报李这一朴素的做人道理深入人心了。

“你的意思今天基本可以认酬告罄？”安雨不可置信地问。

“是的，我们要加紧推出新的楼盘，不然这么好的形势错过就不会再有啦。”乌山答。

“嗯，不错，这就是诚信的力量！”

“诚信的力量？”乌山立即好奇问道。

“对！没想到信任会产生如此大的能动力。”安雨把丈夫的一番话搬了过来。

“你的意思是不管人们怎么抢房都不提价了？”乌山疑惑地问道。

“当然！必须的！”安雨看着他说，“按照我之前说的，人家赚 50%，我们只要 20% 甚至更少，我会让财务部门做好核算的。”

“你这不是……不是放着到手的钱不挣嘛！安总。”乌山迟疑地问。

“我知道有人会说我傻。但我想说，老板要卖产品，同时也要卖思想、卖愿景。一个人也许不能得到所有人的认同，但只要通过卖愿景，能团结一些有相同价值观的人建立一个团队，形成一种文化，这个企业离成功就不远了。”

“这个我懂，可是放着到手的钱不赚，也太对不起钱了吧。”乌山又不甘心地说。

安雨看了他一眼后没作答。她知道作为老板，要经常与自己的核心团队和骨干沟通，一是讲企业未来发展的蓝图，实现这个蓝图对团队的个人有什么利益和好处；二是帮企业骨干规划好他自己的职业目标，只有这样他在努力做事的时候才不会认为自己只是在为老板打工，而是把工作当作实现自己梦想的平台，就会爆发他们的潜能。

乌山知道人在利益面前不能失去自我，当初他加入这个集体是抱着不忘初心，让贫困的人家都能住得起房的愿望而来，这也是这个公司的发展理念。现在当他手握利益大权时，赚钱效应左右了自己的社会责任。只是这样的变化令他自己也没有想到。

对此，乌山还是不甘心地劝道："那我们这样做，搞不好会遭到同行打击报复。"这是一句实话。安雨却是一愣，非常意外地道："打击报复？干吗要打击报复，怎么报复？"

乌山幽幽地说，这是行业心照不宣的潜规则。就像市场卖的鱼，你如果比人家便宜，买的人就会全跑你这儿来了。别人那儿就没有生意，于是你就惹了众怒……

"真会发生这样的事？不会吧？"安雨很是惊愕。

"几年前，甲地产公司与丙地产公司都在太湖新城开发楼盘，之间只有一条马路之隔。丙地产公司为了早点将资金回笼，便比甲地产公司开发的楼盘便宜了许多。这下彻底把甲地产公司惹火了，先是正面与这家楼盘提意见，又请他们吃饭拉拢，无效。便派卧底到他们的施工工地去找问题，然后发到网上，后来严重影响了丙地产公司的声誉。"

"做最好的自己！咱们只要全力做好各项工程，不让人抓住问题就行了。"安雨听后却是哈哈一笑道。

单纯。乌山在心里说，随即他有耐心地解释道："安总，这常言说得好，就是吃……吃大饭店的绝品龙虾也有个别不争气的吧，别说一个楼盘从设计到打地基再到装修……一百多个环节，要想找你茬太容易了。"

实话之中有千秋。有时候不是你想不惹事就不会有事的。安雨觉得这话有道理，但事实上并不是这么一回事。她依然坚持最初的誓言——建平民的安乐窝。最后她说："价格你就不用管了，质量第一，不能让老百姓住无所居……"说完从座位上站起来："走，乌山，带我去认酬现场看看吧。"

有人强调，蔑视资本权利是可悲的，只讲资本话语是可怕的。就如那两个知名地产之争。很多人将其归结为情怀与规则之争。其实是资本之争。安雨想着。

汽车一进入“山语银城世家”附近，安雨远远地就看到排队认酬的宏大场面——有白发苍苍的老爷爷老奶奶，有衣着朴素的中年男女，还有年轻的情侣……她激动地看着他们，并暗暗承诺，不久你们都将住进新居。安雨曾经看到一篇报道，说在一线城市的北京，买一套 90 平方米、西四环附近、价格在 15 万元 / 平方米的新房，一个北京人不吃不喝也要一百多年。而在南方某城市，一些大型企业为了留住人才，减少企业经营成本，已经准备将总部搬迁。

想到这里安雨问：“乌山，房价为什么一直居高不下啊？”

“老百姓总是抱怨房价如此高，黑心房产商肯定赚了昧心钱。房产商叫冤，我房子卖得贵，还不是因为地方政府的土地卖得贵？地方政府又哭穷了，我靠卖地讨生活，还不是被两税制给逼的？再来看开发商们，他们也的确是冤，1 万元 / 平方米的房产成本中，土地成本就占了接近四成，何况房地产又是高投入、高风险项目，理应有较高回报率。”

安雨听完，长长叹了一口气，说：“都不容易啊，希望我们不忘初心和初衷，能实实在在地为普通人的安居乐业做点事……”

白姗从荆一东口中得知被开除的消息后，几乎气疯了。一点儿没有幸福的生活是被自己给毁了的觉悟。

于是一个电话打给王凯，各种不堪入耳的话从电话中倾泻而出。王凯听不下去了，挂了电话。又打来，又被挂。王凯想关机，可是想想自己也挺冤的，于是跟白姗发信息。

白姗：“你这人还有没有良心啊？”

王凯：“还不都是被你逼的！我已经对得起你了。你害得我女朋友都吹了，还丢了工作。”

白姗："丢工作是你自己找的吧，你不说出来你的工作会丢吗？"

王凯："那我女友那是谁去捣乱的？"

白姗："因为我看到你脚踩两条船，凭什么啊！"只许州官放火，不许百姓点灯。现实中几乎人人都是，可依然还在要求着别人。

王凯："还不都是你逼的。"

白姗："好，我明天去告诉安雨你也分过小金库的钱，这个没有逼你吧，让安雨把你送到监狱里去！"

王凯："你告去好了，反正你是主谋，我……我只是从犯。"

白姗："混蛋，垃圾，败类……"

人一犯傻，脸和屁股都不重要了，又是一轮对骂……所谓的合作，所谓的爱……都在颠三倒四的对骂中支离破碎了。

中国式的爱和中国式的恨，总是这样珠联璧合、不离不弃，然后以双方完败而结束。

放下电话后，王凯开始收拾糟糕的心情。开除就开除吧，现在这年头，到哪都能混碗饭吃，饿不死人。活着不成问题，怎么活得更好尚需努力，但怎么活得幸福开心也不太难。

想到这儿，王凯心里顿时坦然了许多。于是他索性开始做起俯卧撑来。以致当同病相怜的荆一东敲开他房门时，发现他两臂撑地哼哧哼哧在做俯卧撑，全身都是汗水，像从水里捞起来似的。

荆一东好笑地调侃道："下面又没有妞儿，你这么卖力干吗？发泄解决不了问题。"

"这叫体力储备知道吗？咱要钱没钱，要脸蛋没脸蛋，将来泡妞，就全凭体力强、功夫好，不先人一步怎么行。"

"对，努力的最大好处，就在于你可以选择你想要的生活，而不是被迫随遇而安。"

“脸色怎么这么难看？”安雨一走进病房，祁远盛就看着她问道。

安雨眨眨眼睛，说，“是吗？”又佯装看了一下繁华的街景后，果断地说，“今天我做了一个重大决定，希望你能理解。”

祁远盛咧咧嘴角，笑着问：“什么重大的决定，搞得这么一脸凝重？”

安雨最终把荆一东、王凯、白姗三人所干的事告诉了祁远盛，并说已经把他们开除了。说完后，她松了一口气，好像用尽了洪荒之力。

短暂的一瞬间，祁远盛蹭地从床上下来，暴躁道：“怎么会发生这样的事，他们怎么能这样干……”然后突然想起什么似的说：“你这样不行，肯定不行，你……你知道荆一东是谁的亲戚吗？”他那张敏锐深邃的脸，变得愤怒起来。

安雨被他连续的质问，吓懵了：“你……你……”

“我什么我？”祁远盛火气冲天，一个转身从床上下来，“你这样我们以后没法干了。”

安雨更是惊讶得说不出话来，“你……你……你怎么站起来了？”语气悲喜交加，说着还上前推了推他，确认是不是真的。

祁远盛一挥手推开了她的手，上下打量了自己一番，好像站不站起来并不重要，然后满脸的气馁道：“你又闯祸了，他是……”

安雨有些生气了，道：“管他是谁的亲戚，只要损害公司的利益就必须开除！”

祁远盛又急切地说：“我的姑奶奶，他是劳动和社会保障局宴局长的大舅子。那是得罪不起的。”

安雨嘴一撇，坚定地说：“我做企业，选人用人是我自己的事，跟他有什么关系？再说我这是私企，他们管不着！”

祁远盛一脸的生无可恋：“天真！你太天真了。”看他说话的样子，真有点儿死的心都有了的感觉。安雨加重语气说：“真是搞笑了，我们企业会有什么事求他们呢？”

“无论企业用工还是劳动保险，或是出个什么事故，只要他们想找你麻烦，你就有麻烦……”

“那损害企业的利益就不管不问了？”

“他损害企业什么了？我们损失什么了？”祁远盛迟疑了一下又问。

这一问还真把安雨给问住了。

“那人家男女间不清不楚是他们自己的事，关你什么事？”祁远盛道。

“可是他包庇白姗，还……”

“你有证据吗？”

安雨却又哑然了。

“赶紧叫他明天回来上班。”祁远盛急道，一屁股坐到床上。

安雨一愣，反问：“回来？那……”

“那”字还没说出来，祁远盛的手机就响了。他拿起一看，便一脸颓败地说：“说曹操曹操到！”

祁远盛故作不知来意地客气道：“宴局，您好，这么晚了还没休息啊。”

”是呀，睡不着。”

“那有什么事需要帮助，宴局？”

“今天大舅子回来告诉我他下岗了，不知道为什么被下岗，所以就电话来问问。”

好在祁远盛早就有心理准备，便故作惊讶道：“有这事啊？”接下来说自己在住院，企业暂由妻子在打理……最后说马上了解了解。

那边宴局长像松了一口气般连忙致谢，并说最近中央要求劳动保障部门和财政部门全力支持成长型企业做大做强，现在可以申报扶持资金……

放下电话，祁远盛突然觉得这电话叫人糊涂又叫人惊喜，还有点不知所措。

“那也不能就这么让他回来吧？”安雨把他们的对话听得清清楚楚。

“不回来还能怎么办？”

“再好的企业也会被这些人弄垮！做企业怎么这么难呢？”安雨嘀咕道。

祁远盛叹气道：“强龙压不过地头蛇呀，古训有道理啊同志。”

“那上面不是一直说政府不能干涉企业吗？不是说要减少政府有形之手少干扰市场之手吗？”安雨又质问道。

祁远盛苦涩一笑道：“单纯，单纯啊。那是因为没有直接牵涉到他们的利益，所以不愿意作为。这是他的亲舅子。”说完补充道，“息事宁人吧，明大让他回来上班吧。”

安雨很不服气道：“回来上班可以，但绝对不能再到人事部门上班了。这样的人怎么能去管人，都把人管上……”她想说“床”字，但急刹车地忍住了。

祁远盛怔了一下，立刻了然地嘿嘿一笑道：“那你说安排在什么岗位？”

安雨思忖了一下说：“到……就到集团保卫部吧，正好没有跨界。”

祁远盛担心道：“不好吧？这宴局的面子上挂不住啊。”

“他们不是经常在会议上说革命工作没有贵贱之分，只有分工不同吗？让想干事的人有事干，干成事嘛……”

祁远盛哈哈大笑道：“小绵羊，你也学坏了啊，都快让我不认识你了。”安雨没有正面接丈夫的话，却反问：“你说人为什么会一年年变得丑起来？”

祁远盛愣了下答：“身体各项机能就像汽车般磨损变坏，所以就……”

“不对，你没有领悟人生的要义。”

祁远盛惊愣地看着妻子。

安雨慢条斯理地说：“这人之所以会一年年变丑，是因为在成长中结识各种糟粕，从内心然后延伸到器官、机能，然后再附着在人体的表面上……”

“扯淡，完全是扯淡！”

安雨也不急，反驳道：“你看小朋友是不是都很漂亮？”

“是呀，这跟你说的有什么关系？”

安雨接着有理有据地说：“因为他们心灵纯洁啊！”

祁远盛又一次发现妻子的独到见解，便假装惭愧地一笑，眯着眼道：“有一点道理，不过属于歪理邪说。”

“什么叫歪理邪说呀？孔子都说过，人之初性本善，你看看一拨接一拨的坏人在成长。”

“难道地球在变化我却不进化？不对，不对，你这是对人类发展的错解，不能归咎于环境。”

“知道相由心生是谁说的吗？”

“谁说的？还真不知道。”

“老子啊！”安雨说完指了一下自己笑道。

祁远盛一愣，接着用手戳戳她的鼻子说道：“什么人啊！”

“今天我才知道什么才叫真理掌握在少数人手里。”安雨得意地说。

“对了，咱妈回家去了，现在怎么样了？”祁远盛突然转移话题问道。

安雨告诉他，婆婆说回家后，觉也睡得香了，饭也吃的香了……说一闻医院的那股刺鼻子的味道就想吐了。

祁远盛叹气道：“都怪我，不然她一定会多住些日子的。”

安雨说“这跟你有什么关系？老人家在城里都住不习惯，更别说医院了。”

“怎么没关系，她老人家一辈子怕麻烦人家，见你大着肚子还要管着企业还要照顾我还要照顾她，她不忍心。所以心疼你，就回家了啊。”

安雨觉得有道理，也很感动。“是呀，老妈总是怕儿子受苦，自己能支撑的就坚持着，还不让我送她回家。”说到这儿，她突然提醒道，“以后对安晴好一点啊，这次多亏了她忙前忙后的。”

“我一直对她都不错，一直当亲妹妹，可是她……”祁远盛说着脸一沉，透着几分难为情，话意中明显有不想说的意思。

安雨理解地转移话题道：“咱们的楼盘卖火啦！”

“不会吧，不是还没拿到批文吗，怎么就卖起来了？”祁远盛说。

“这叫认酬！”说完就咯咯乐起来。

祁远盛向妻子投去敬意的目光：“从明天开始，我要工作了，你下岗了！”

安雨一愣，说：“好呀，你行吗？”

“从来就没有不行过，”祁远盛又扭扭腰，拍拍胸脯说，“保证没有问题！”

四

面对雨后春笋般的房产公司，全国各地“地王”频出，楼市一片火热。杭州地王、上海地王、北京地王、深圳地王，在短短时间内都迅速出炉。在它们的蝴蝶效应引领下，中国房市成为全世界有史以来最大的赌场！与此同时，制造业却如堕冰窟，工厂机器沉寂，无人问津！有一个数据非常重要，它堪称“让高层最为忧虑”，这就是“民间固定资产投资增速大幅减缓”。

民间固定资产投资增速减缓，遭遇近年来罕见的断崖式下滑。还有的外资企业出现了搬迁撤离的景象。尤其在南方某地一知名高科技企业，准备将企业搬迁到二线三线城市……

面对这一情形，高层紧张起来，全国各地相继出台措施，楼市立即进入新一轮的调控新阶段……

与此同时，在全国各地楼市调控新政频发的背景下，有 42% 左右的网友表示不会在此时出手买房，有 32% 左右的网友选择观望，仅有不到二成的购房者表示会继续推进买房计划。

祁远盛看完报纸后，顿时开始担心起来，他觉得形势不妙。一个电话叫来乌山。

“乌山，房地产开始调控啦，你觉得锡都这个二线城市会不会也要调控？”

乌山似乎早有准备道：“至少目前不会，因为我了解了一下我们这儿的去年库存情况，也就库存八个月。”

祁远盛说：“中央现在开始土地财政化了，怕是……怕是大跌要开始了。”

“目前还没有那么快，这中国的楼市就像中国的股市，有人唱空，有人唱多，关键还在于我们抓住时机……”乌山又胸有成竹地说。

“那好吧，抓紧把二组的房源推出来，做完这一组我们得好好观望一下了，不然……”祁远盛说。

“好！”乌山说完准备离开却又停住，“总裁，资金不够了。”

“你们前面认酬的不是回笼了不少资金？”于是乌山给他算了一笔账。

祁远盛意识到再开发第二组房源就得重新融资了，这可是个不小的窟窿。为此他陷于长长的沉默之中。

“听你姐说你可以让你朋友融资？”祁远盛在电话中问安晴。

“是呀。”随即她无奈地叹了一口气，“不过，这友谊的小船说翻就翻，人家变卦了。”

“不借了？”

“不是，借呀，可是人家要价比较高。”

“说来听听？”

于是安晴说她朋友的老公说要入股，说不能眼看着自己的鸡到别人家里去下蛋，自己什么也捞不着……

此时的祁远盛想起一句话，“钱不仅是完善社会的资源，也是社会稳定的资源。更重要的是所谓朋友相互取利的资源”。

“那好，你就同意吧，具体条件你全权办理。”祁远盛最后拍板。

在这一问题上，祁远盛比安雨有远见卓识。因为融资也好，P2P 也好，参入股份也好，都是一把双刃剑，没有不担负风险就可以便宜占尽的。即使钱放到银行也有风险，更别说你要参与这么高的利润分配了，不付出点代价是不可能的。

他觉得那些玩 P2P 概念的融资者们，坏得并不是那么彻底，毕竟是你情我愿的事情。天下熙熙，皆为利来嘛。想到这儿他自己也笑了。

贪多嚼不烂，祁远盛并不觉得这是真理。为了让他的第二组团的房源卖得更好，他决定先抓好面子工程，于是特意交待乌山对销售大厅的样板房进行了全方位、立体式的改造，力求大气上档次，一下子把人们的眼球吸引住。

乌山心领神会并开始偏离了他要为房奴担当的立场。只是这种变化连他自己也不是很清楚。就在前几天，他在跟另一家德众房产置业的销售总监喝酒时，人家问他一个月拿多少薪水，结果他一出口就被人家捂着肚子笑个不停，并说就你那点钱不够我到迪拜去洗一次澡。

对此他很受打击，最后那德众房产置业的销售总监还告诉他，他们除了年薪以外还拿销售提成……

乌山回到家后一夜无眠，并不是因为他拿的薪金少，而是人家觉得他的付出和得到不对称。收钱、拿钱并不因为缺钱，而是因为钱可以满足虚荣心，看起来有成就感。

他决定跟祁远盛谈谈。话头都想好了，要全面提升销售人员的提成，只有这样，一线销售人员才会不遗余力。死命打电话也好，动员亲戚朋友也好，夜以继日也罢，总之会想办法把房子卖出去。提高了一线销售人员的薪金，自然他的薪金就会水涨船高。

正如他设想的那样，第二组图纸设计好后，再加上大气豪华的样板间一展示，完全呈现出高大上。乌山便跟祁远盛说了给销售人员加薪提成的事，结果祁远盛没有犹豫就答应了。乌山在兴奋之余，请来了炒房团，又请了一批假购房人。好家伙，售楼里里处外，挤满了购房人。

抢白菜式的几个小时后，还是荒地的地块已经变成堆成山的人民币。见此情景，祁远盛顿时觉得安雨有战略眼光，不仅挽救了企业，还成就他的人生。

下班回家后，祁远盛不无兴奋地告诉安雨，这第二组的房源将比之前的收入翻一倍。

“啊，怎么会那么多？”祁远盛便将他跟乌山商量的计谋一一道来。安雨沉默了一会儿后，从道义上，从良知上，从人品上，从法律上进行了一番责怪。最后，再三提醒他，悬崖勒马，在定价上要有道德、良心和节操。

祁远盛很后悔，不应该告诉妻子一切。

很快第一组的批文下来，综合认酬情况一看，报出了价格。于是很多认酬人开始大呼上当了。有的人说开始就相信这家房地产打出的广告才来认酬的，没想到房价这么高，要求退还认酬金。一传十，十传百，销售部大厅前又排起了长队，要求退还认酬金。

乌山只好出来解释说有合约在先，认酬金不能退的。你们看好上面白纸黑字写的清清楚楚："是定金，不是订金，你们打官司也没用。"于是乱嚷嚷的声讨声，闹得不可开交，还引来了新闻单位，惊动了市里的特警队。

在家待产的安雨得知这一消息后，暗道不好，搞不好远盛集团就要身败名裂，便硬撑着挺着个大肚子来到售楼处，跟大家重复她之前的承诺。说经过再次核算成本，本着利民和企业发展的考虑，将会把价格降下来，让大家回家等待结果。

就这样，要求退款的购房人才在疑惑中离去。

祁远盛回家后，夫妻俩发生了第一次激烈争吵。安雨第二天重返远盛集团，叫来财务部的一干人对项目本进行了认真核算。最后决定以 20% 的利率为基准，上下浮动 5%。

对此，集团很多人说她太傻，眼看着白花花的银子就这样没了。但安雨说，既然开始承诺的事情，就不能不兑现。于是当第一组团的房价再次公开后，很快就销售一空。

祁远盛心里很纠结，觉得干了半天就赚了一个吆喝，太不值得了。因此他下狠心就是吵架离婚在第二组房源销售时也得提价。

令他猝不及防的是，计划赶不上变化。祁远盛怎么也没想到，当第二组房源拿到定价批文的当天夜里，市里突然下发了《关于规范锡都房地产秩序和稳定房地产价格的规定》。这不啻是晴天霹雳。

政策一出，炒房的人跑了，刚性需求的人开始观望了。祁远盛的房子卖不出去了，销售大厅前门可罗雀了。

房子卖不出去，一连串的问题来了。后续建设的资金跟不上，就交不了房，交不了房就是违约，违约就要赔钱打官司。危机一步步到来，祁远盛陷于绝望之中。

看着祁远盛烦闷的样子，安雨猜到发生了什么事情。她一个电话打给柳正翰，说她这楼盘资金链断了，做不下去了，希望他能接盘……

"不行啊小安，这次我泥菩萨过河自身难保了，救不了你们了……"听完柳正翰的话，安雨顿时也绝望了。集团的工人要发工资，地产项目要用钱，危机四伏啊！

消息传到远盛集团后，集团上下顿时各种议论频起。有的哭着说在这工作十几年，现在要卖集团了，饭碗没着落实了，一家老小怎么办？还有的人说早知今日，何必当初……

面对集团人心涣散的局面，安雨作出一个重大决定。“通知员工明天开个大会吧。”

“你要干吗？还嫌不够乱吗？”祁远盛一脸颓败的责怪道。

“你就不能振作一点吗？你这样站起来了和倒下有什么两样……”安雨生气得嘴唇颤抖。

“倒就倒了，大不了我再去打工好了。”祁远盛很有点破罐破摔道。

安雨强压住怒火，稳定了一下情绪说：“一个人身体倒了不要紧，如果心倒了就没救了。”

“那你说怎么办？”祁远盛无力地叹息道。

“未见敌踪，先备降书。”

祁远盛病倒了，而且这病来的很快。精神恍惚萎靡，嘴里还常常念念有词。安雨忙得脚都要上房了，还得顾着丈夫。她拉着他要上医院。结果听到“医院”二字时，他一下子又恢复了正常，并用责怪加怒吼强烈抵制。安雨从他口中吐出的词判断，他没病，而是得了心病。

安雨认真思考一番后，拉着丈夫的手说：“这事业之路吧就如人生的路，只要你愿意走下去，就一定有路可走。天无绝人之路的，其实每个人都很最优秀，差别就在于如何认识自己，如何发掘和重用自己……胸中有情怀，什么处境中都能重用自己。倘若无抱负和坚守，则很容易自我放逐。”

祁远盛听着，木呆呆地白了安雨一眼，把头扭到了一边。

于是安雨又把手放到他的头上，像哄孩子一样抚摸着：“还有的人，活在社会某种预设的期许里，总觉得到了某个年龄段，就应该有相应的平台。得之则喜，不得则忧，最终迷失了自己。”

“我不要听！”祁远盛烦躁地挣扎道。

“说明你在听，不听也得听。你若盛开，清风自来。学会重用自己，做最好的自己，又岂会为外物所扰？在日益多元开放的社会环境中，每个个体梦想成真的机会越来越多。只要我们有梦想，有奋斗，我们就有机会成为最好的自己……”安雨缓缓地说着。

远盛集团里，得到消息的人们开始为企业担心起来。有的人怪罪安雨不应该拓展房地产项目，并说女人的眼光就是不行，否则集团也不会走到困境……

消息也很快传到安雨的耳朵里。她觉得必须“维稳”了，否则人心一乱，集团倒得更快。于是安雨跟祁远盛商量召开员工大会，商量停发两月的工资，共渡难关。

“这样行吗？人家会同意吗？”祁远盛担心地问。

面对丈夫的胆怯，安雨恨铁不成钢地说：“你没有做怎么知道行不行呢？”

当安雨又一次挺着大肚子重返远盛集团时，员工们知道自己饭碗有救了。当她说出自己的想法后，员工们没有任何犹豫地支持了她。不为别的，就为她的诚实守信！

安雨在大会上说：“候鸟的迁徙是一场生命的拼搏和延续。迁徙呈现了鸟类坚定的意志。迁徙虽然危机重重，但却数千年经久不衰。为了履行那个归来的承诺，候鸟坚持飞向那遥远而危险的里程。飞翔，飞翔，飞翔，不停地飞翔，只有一个目标——为生存！我们每个人都得过日子，每天也都在过日子。有的人，日子过得清汤寡水；有的人，日子过得剑拔弩张；有的人，日子则过得云淡风轻，有滋有味。同样是过日子，为什么有这么大的差别？关键在于能不能克服眼前的困难……”

员工们被安雨的话深深打动，尤其安雨推出职工内部房的措施深得人心，很多员工还买到了集团旗下的便宜房，把当房奴变成了安居乐业。最后在员工们的齐心协力下，远盛集团下属的地产公司的资金链没有彻底断开。

往者不可谏，来者犹可追。

危机化解了，祁远盛也明白了“跨界”的危险性。对此，他决定心无旁骛地专注做PC，并在大家的期盼中又站了起来。他明白了“远攻近交”不如“专注执着”，这对企业家来说多么重要。

危机化解后的第一个月后，祁远盛精心准备了远盛集团的发展规划，并召开一次高层会议。会议着重围绕发展PC平台创新“AR”技术的大讨论。

尽管他知道AR像手机一样大规模普及，还需底层软硬件技术的进步、内容的丰富和价格的进一步下降。但继智能手机后，AR有潜力成为下一个重大通用计算平台。在全世界范围内，人在这方面一点都不差，在图像识别、人脸、手势识别等方面的基础技术，国内外差距迅速缩小，已有赶超趋势。

正如经济专家预言的那样，未来终将会出现手机完全从口袋里消失的那一刻，取而代之的是眼镜甚至最终是隐形眼镜，人们仅需要伸出手就能与周围所见的一切交互。到2020年，AR的市场规模将达到1200亿美元。他知道这是一个非常好的战略机遇，而且创新非常重要。

“好消息，好消息。”祁远盛一走进家门就高兴地说道。

安雨关掉胎教机问：“什么好消息？”

“安晴和乌山在非洲开拓市场成功，一下子意向签约5000万元的订单。有了这个好的开始，后面的资金就好办了。”

看到丈夫信心十足，安雨高兴地嗔道：“鸟儿不怕笨，只要肯勤飞。”

“嘿嘿，必须呀。因为有你的陪伴，什么样的困难都会过去的。”祁远盛说。

“这叫夫妻同心，其利断金！”于是他们紧紧地相拥在一起。

“姐，那个乌山真是个人才。”

安雨盯着她问：“哦，是吗？从你嘴里说出一个男人不错不容易啊。”

“真的不错呀，他知识面广、有思想、善思考……”总之是个非常优秀的男人。说这话时，她眼里眉里全是说不清楚的情意。见此，安雨心里骤然一紧，坏了。

“你不会……”

安晴脸一沉，问：“我不会什么呀？”

“你不会喜欢上他了吧？这可不行啊！”安雨看着她警告道。

“干吗不行呢？”安晴一脸不清不楚的表情回答。

安雨对此觉得太不可思议了，十天半月会爱上一个人，这也太狗血了吧。见安雨脸色十分难看，安晴嬉笑道：“有些人一旦遇见便一眼万年！”

安雨发现她当真了，尽管是在用嬉笑的言辞。于是再次警告道：“绝对不行，人家可是有妇之夫。”

“你情我愿，谁又没有人逼他。”

安雨恨恨地说：“千里之堤毁于蚁穴！当你不做那只无空不入的蚂蚁时，大堤就会安然无恙。”

“那他可以拒绝入侵者呀！”

“山不动为什么你要动呢？”

“因为我是水，总会流淌。”说完还得意地扮了一个鬼脸。这下，安雨真急了。“绝对不行！”一连说了三遍，脸上充满了恐惧，好像发生了什么可怕的事情。

安晴为此又打趣味道：“难道有情不必终老，暗香浮动恰好？”

“这就对了嘛，我也不相信你这么聪明的人会做出傻事。即使再喜欢也不会拆散别人的家庭对吧，这可是咱们安家的大忌。”那表情，明显就是松了一口气的样子。

安晴安慰道：“好啦，我知道了，我的亲姐姐。”

安雨还是不放心地絮絮叨叨着。

安晴却没继续听，起身来到阳台上，眺望远方。在非洲的十多天里，就如前生五百次的回眸，才换来今生擦身而过般的遗憾。乌山带给她太多太多的美好，他们紧紧相依一起骑非洲大象，一起到大草原看流星雨，一起到大海里去垂钓，海天一色的傍晚，夫唱妇随般甜蜜地烧烤……

“君似明月我似雾，雾随月隐空留露。”所有的美好就如远方闪亮的摩天轮，好看却无法攀越。

姐姐的话也让安晴明白，巧取豪夺的爱情是不道德的。但她觉得有情不必终老，暗香浮动恰好。因为并非每个人都适合婚姻，婚姻只是人生中的一件小事。那种依仗一段婚姻关系的维持，得到的更体面的物质生活，得到的所谓有爱不放弃……无论前者还是后者，都是对婚姻的误会。

远处的海滩上，天色已暗。有一个男人和女人紧紧地相拥着。目睹了这一场热烈的拥抱，安晴在心里说：我还是去寻找那个未娶的他吧！

后 记

在这个多元时代，适婚的男人们“与时俱进”地对女人们的要求越来越高：光有容貌不行，还得有素养；光有学位不行，还得温柔贤惠……为此稍有“实力”的男人们在伴侣的选择上可谓是挑了又挑，又总感觉差强人意、令人哀叹。

在苦苦寻觅中，突然有一天发现“众里寻他千百度，蓦然回首，那人却在灯火阑珊处”。

她们漂亮温柔，知书达理，工作敬业，爱家爱孩子爱丈夫。这种女人，总是不以物喜，也不以己悲，始终抱着一颗平常心面对事业、家庭；这种女人，一开始就“定位”了自己的人生目标，她们平凡而不平庸，低调但绝不颓废；她们体贴温柔，洁净温暖；不愠不火，不左不右。用杨绛先生的话说，她们活在自己的小世界里——男人们称这种女人为“37℃女人”。

之所以把这类女人称之为37℃的女人，是因为她们在“情智”和“里子面子”等重大事项上，理得清晰明了，如10℃的健康；10℃的智慧；还有10℃的美好自信，然后是5℃的一些可爱；最后是锦上添花的2℃高贵。

“这样的女人到哪儿去找？”“你在讲童话故事吧！不可能有这么完美的人，我太需要这样的一个伴侣了。”诚然，女性们也会问：“你配得上这样的人吗？”

关键是，一定也会有人呵呵一笑说：“我的妻子就是这样的女人。”

心有余而力不足的理由总是与影随形，一如我们的婚姻。或许有人会说，如果找到宋仲基这样的男人，我一定会为他改变；或许有人会说“等我有钱了一定找某某明星一样的女人”。其实这些都是“如果没有如果”的自我“搭台”。

现如今，男人有钱固然可以任性，也能买得一些女人的“芳心”。同样你美貌也能“拴住”一些人，但这终将是一时的。因为当你花别人的钱“买买买”之中，其实你也在一天天“卖卖卖”自己。你在他的眼中就是一件商品，他在你的眼中仅仅就是一叠钞票。

相爱容易相处难，一直是伴随着时代发展不断加剧的婚姻话题。没有人从自身去寻找因为所以，相反许多人会拿放大镜在对方身上寻找瑕疵，进而演变成“后悔”的凄叹。

其实，一桩完善的婚姻并不是对方某些先天的条件所能决定的。而应如诗人所描述的那样：“我必须是你近旁的一株木棉，作为树的形象和你站在一起……”

应该是他或她总是以对方的高度决定自己的存在；她和他在稀疏平常的日子里共成长，比肩而立，成为彼此最喜欢的那个人，最无法割舍的那个人。这才是《@37℃女人》所要表达的真正要义。

作者定稿于 2016 年 11 月